COLLECTION

DES AUTEURS CLASSIQUES

FRANÇOIS ET LATINS.

BREVET

QUI ORDONNE AU SIEUR DIDOT L'AÎNÉ
D'IMPRIMER
POUR L'ÉDUCATION DE M. LE DAUPHIN
DIFFÉRENTES ÉDITIONS
DES AUTEURS FRANÇOIS ET LATINS.

Aujourd'hui, premier avril mil sept cent quatre-vingt trois,
le ROI étant à Versailles, bien informé de la beauté des éditions
sorties des presses du sieur Didot l'aîné, et voulant récompenser et
encourager les soins qu'il s'est donnés pour perfectionner en France la
gravure des caracteres d'imprimerie et la fabrication des papiers, l'a
choisi pour faire les éditions des ouvrages destinés à l'éducation de
M. le Dauphin; et lui ordonne, en conséquence, d'imprimer sous
les formats in-4°., in-8°. et in-18, les principaux auteurs nationaux et
latins, en commençant par le Télémaque, dont sa Majesté agrée la
dédicace : à la charge par le sieur Didot l'aîné que chacune des éditions qui sortiront de ses presses pour cet objet soient faites avec des
caracteres et des papiers fabriqués dans le royaume, et qu'en outre le
sieur Didot l'aîné indemnisera, suivant l'estimation, ceux de ses confre-
res qui pourroient avoir la propriété de l'impression de quelques uns
des ouvrages que sa Majesté desire former partie de la Collection
destinée à l'éducation de M. le Dauphin. Mande sa Majesté au
sieur le Noir, Lieutenant-général de Police et Commissaire du Conseil
pour la Librairie, de tenir la main à ce que le sieur Didot l'aîné n'é-
prouve pour ce aucuns troubles ni empêchements : et pour assurance
de sa volonté, Elle lui a fait expédier le présent Brevet qu'Elle
a signé de sa main et fait contresigner par moi Conseiller-Secrétaire
d'État et de ses Commandements et Finances.

LOUIS.

AMELOT.

ŒUVRES

DE

JEAN RACINE.

TOME PREMIER.

IMPRIMÉ PAR ORDRE DU ROI

POUR L'ÉDUCATION

DE MONSEIGNEUR LE DAUPHIN.

A PARIS,

DE L'IMPRIMERIE DE FRANÇ. AMBR. DIDOT L'AINÉ.

M. DCC. LXXXIII.

1

NOTICE

———

Jean Racine naquit à la Ferté-Milon le 21 décembre 1639 : il apprit le latin au college de Beauvais, et le grec sous Claude Lancelot, sacristain de Port-Royal. Ce savant homme, auteur de plusieurs ouvrages utiles, le mit, dit-on, en moins d'un an, en état d'entendre Euripide et Sophocle. L'expérience prouve qu'il n'y a aucune langue, ni même aucune science, dans laquelle, avec de l'application, de l'aptitude, et, ce qui est plus rare encore, de bons maîtres, on ne puisse faire des progrès assez rapides : mais la langue grecque est si étendue, si abondante; ses formes sont si variées, si hardies; et la plupart des mots qui la composent ont des nuances si délicates, si fugitives, et cependant si distinctes pour qui sait les saisir, qu'on persuadera difficilement à ceux qui ont fait une étude approfondie de cette langue, que neuf ou dix mois, un an même, si l'on veut, aient suffi à Racine pour bien entendre Euripide, et sur-tout Sophocle, dont les chœurs ne sont pas sans obscurités, même pour les meilleurs critiques.

Racine montra dès ses premieres années un goût très vif pour la poésie. Son plus grand plaisir étoit d'aller s'enfoncer dans les bois, dont le vaste silence est si

favorable à la méditation, et semble même y inviter.
C'est là que, solitaire, il lisoit sans cesse les tragiques
grecs, qu'il savoit presque par cœur, et dont il a osé le
premier transporter dans sa langue les tours, les ex-
pressions et les images.

Ayant trouvé le roman grec des amours de Théa-
gene et de Chariclée, il le lisoit avidement, lorsque
Claude Lancelot son maître, animé de ce zele indiscret
et peu réfléchi qui fait passer le but lorsqu'il ne faudroit
que l'atteindre, lui arracha ce livre, et le jetta au feu.
Un second exemplaire ayant eu le même sort, le jeune
homme en acheta un troisieme; et après l'avoir appris
par cœur, il le porta à Lancelot, en lui disant : « Vous
« pouvez brûler encore celui-ci comme les autres. »

Ses premiers essais de poésie latine et françoise ne
furent pas heureux; mais il est si difficile d'écrire, même
médiocrement, dans une langue morte, qu'on pardonne
sans peine à Racine d'avoir fait de mauvais vers latins.
Horace et Virgile peuvent nous consoler du peu de succès des modernes dans ce genre d'écrire, et devroient
même les dispenser de s'y exercer. Un homme de génie
se plaît un moment à consacrer dans un beau vers latin
la mémoire de deux événements qui font époque, l'un
dans l'histoire des sciences, l'autre dans celle des em-
pires; mais il n'entreprendra pas de faire une ode, une
épître, un poëme, dans une langue qu'on ne parle plus :

il aura sur-tout le bon esprit de préférer le mérite si nécessaire et si rare d'écrire dans sa langue avec pureté, élégance et précision, au vain plaisir de faire de barbares et d'insipides centons dans une langue que les artisans, je dirois presque le peuple de Rome, entendoient, écrivoient et parloient mieux que nous.

A peine Racine eut-il achevé sa philosophie, qu'il se fit connoître assez avantageusement par son ode intitulée, LA NYMPHE DE LA SEINE. Cette piece, qu'il publia en 1660 à l'occasion du mariage du roi, fut jugée la meilleure de toutes celles qui parurent sur le même sujet. Chapelain, alors arbitre souverain du Parnasse, et que le jeune Racine avoit consulté sur son ode, parla si favorablement à Colbert et de l'ode et du poëte, que ce ministre lui envoya cent louis de la part du roi, et le mit peu de temps après sur l'état pour une pension de 600 livres. Si les vers de Chapelain ne font pas beaucoup d'honneur à son esprit, ce procédé en fait beaucoup à son discernement et à son caractere; et le philosophe célebre qui a soutenu, par des raisons aussi solides qu'éloquentes, qu'une belle page étoit plus difficile à faire qu'une belle action, pouvoit citer cet exemple comme une nouvelle preuve de la vérité de son opinion.

Ce premier succès, dans un âge où il n'y en a point d'indifférent, ne fit qu'accroître la passion de Racine

pour la poésie, et le détermina à s'y livrer entièrement.
L'étude épineuse de la jurisprudence, celle de la théologie, ces deux sciences dans lesquelles il est si difficile,
même avec de grands talents, de fixer sur soi les regards du public, et de se faire une réputation durable,
contrarioient trop son goût dominant, pour qu'il pût
se résoudre à suivre l'une ou l'autre carriere, comme
ses amis et ses parents le desiroient. Cependant, par
déférence pour un oncle qui vouloit lui résigner son
bénéfice, Racine s'appliqua à la théologie, mais sans
négliger ses occupations chéries : « Je passe mon temps,
« écrivoit-il à la Fontaine, avec mon oncle, S. Thomas,
« Virgile et l'Arioste ». Il faisoit des extraits des poëtes
grecs, lisoit Plutarque et Platon, étudioit sur-tout sa
langue, qu'il a parlée depuis si purement, et à laquelle
il a su donner, par un choix, une propriété d'expres-
sion qui étonne, et par des associations de mots aussi
heureuses que neuves et hardies, une richesse, une
énergie, un mouvement qu'elle n'avoit point eus jusqu'alors.

De retour à Paris en 1664, il y fit connoissance avec
Moliere, ce poëte si philosophe qui a eu tant de successeurs et pas un rival, et que Boileau regardoit comme
le génie le plus rare du siecle de Louis XIV. Une cir-
constance assez délicate, dans laquelle Racine se con-
duisit avec une légèreté que son âge rend excusable,

causa entre Moliere et lui un refroidissement qui dura toujours : mais ils ne cesserent jamais de s'estimer, et de se rendre mutuellement la justice qu'ils se devoient.

Racine se lia la même année avec Boileau, qui se vantoit de lui avoir appris à faire difficilement des vers faciles. Dès ce moment il s'établit entre eux un commerce d'amitié qui a duré sans interruption jusqu'à la mort de Racine, et dont la douceur n'a même été altérée par aucun de ces troubles intestins et passagers qui s'élevent quelquefois parmi les amis les plus étroitement unis.

ALEXANDRE fut joué en 1665. Corneille, à qui Racine l'avoit lu, lui dit « qu'il avoit un grand talent pour « la poésie, mais qu'il n'en avoit point pour la tragédie. » Ce jugement nous paroît étrange, parcequ'il se lie dans notre esprit avec cette estime habituelle et sentie que nous avons pour Racine, et sur-tout avec l'admiration profonde que la lecture ou la représentation de ses pieces nous inspire : mais si l'on fait réflexion que ce n'est point à l'auteur d'IPHIGÉNIE, de PHEDRE et de BRITANNICUS, que Corneille a tenu ce discours, mais au jeune poëte qui avoit fait LA THÉBAÏDE et ALEXANDRE, on ne doutera pas que Corneille ne fût de bonne foi; on dira seulement qu'il s'est trompé; et que ce qu'il a dit avec raison d'ALEXANDRE, il ne l'eût certainement pas dit d'ANDROMAQUE, qui fut jouée deux ans après, et que

les premieres tragédies de Racine ne pouvoient pas faire
espérer. En effet, lorsqu'on mesure l'intervalle immense
qui sépare ces deux pieces, on applique à Racine ces
beaux vers d'Homere si bien traduits par Boileau :

> Autant qu'un homme assis au rivage des mers
> Voit d'un roc élevé d'espace dans les airs,
> Autant des Immortels les coursiers intrépides
> En franchissent d'un saut.

Andromaque, « piece admirable, à quelques scenes
« de coquetterie près [1] », excita le même enthousiasme
que le Cid, et ne le méritoit pas moins. Les applaudissements que Racine reçut à cette occasion étoient d'autant plus flatteurs, que de nouveaux succès dans une carriere que Corneille avoit parcourue avec tant de gloire
étoient nécessairement plus difficiles à obtenir. Lorsqu'un art ou une science a déja fait de grands progrès
chez un peuple, il faut plus de sagacité, plus de génie
pour reculer d'un pas les limites de cet art ou de cette
science, qu'il n'en falloit aux premiers inventeurs pour
porter l'un ou l'autre au point où ils l'ont laissé.

Un fait assez singulier, c'est que dans le privilege
d'Andromaque on donne à Racine le titre de Prieur
de l'Épinay : mais il n'en jouit pas long-temps ; le bénéfice lui fut disputé, et il n'en retira pour tout fruit
qu'un procès que ni lui ni ses juges n'entendirent ja-

(1) C'est le jugement que Voltaire en porte.

mais, comme il le dit dans la préface des PLAIDEURS, dont ce procès fut en partie l'occasion ou le prétexte.

BRITANNICUS suivit de près ANDROMAQUE; mais sa destinée ne fut pas aussi heureuse. Soit que les amis de Corneille, trop exclusifs sans doute, et par une suite de cette intolérance qui domine plus ou moins dans toutes les opinions quel qu'en soit l'objet, aient étouffé par leurs critiques malignes et insidieuses la voix presque toujours foible et timide de la louange; soit plutôt que les beautés dont la piece de Racine étincelle eussent un caractere trop sévere, trop antique pour le temps où elle parut, et qu'il en soit en littérature comme en politique, où, même pour les meilleures choses, il est nécessaire que les esprits soient préparés; il est certain qu'on ne sentit pas d'abord le mérite de BRITANNICUS. Cette piece, un des plus estimables ouvrages de Racine, « où l'on trouve, dit Voltaire, toute « l'énergie de Tacite exprimée dans des vers dignes de « Virgile », fut reçue très froidement, et ne réussit même que dans un temps où ce succès trop attendu devoit peu le flatter, et ne pouvoit presque rien ajouter à sa réputation.

Il avoue dans sa préface, avec cette candeur et cette modestie qu'on ne trouve que dans les hommes d'un talent supérieur, qu'il doit beaucoup à Tacite, qu'il appelle même le plus grand peintre de l'antiquité. On

c

voit avec plaisir un juge aussi éclairé, et d'un goût aussi correct, aussi pur que Racine, rendre cette justice à Tacite. Mais ce qui fait seul l'éloge de cet excellent historien, c'est que par-tout où Racine s'est proposé de l'imiter, il est resté au-dessous de lui, et que ces imitations, souvent aussi heureuses que le génie si différent des deux langues le comporte, et qu'une traduction en vers le permet, sont peut-être les plus beaux endroits de Britannicus, où, comme Racine le remarque, « il n'y a presque pas un trait éclatant dont Tacite ne « lui ait donné l'idée. »

Je n'entrerai dans aucun détail sur les autres pieces de Racine : il suffit d'observer en général qu'elles eurent le sort de tous les bons ouvrages, c'est-à-dire qu'elles furent critiquées avec autant de fiel que d'ignorance par les Zoïles du temps, et justement admirées des vrais connoisseurs, les seuls hommes dont le suffrage entraîne tôt ou tard celui de la nation, et dont la voix se fasse entendre dans l'avenir.

Après avoir donné en six ans cinq tragédies, dont la plus foible est écrite avec une élégance, un charme qui fait presque disparoître ou pardonner la langueur et la monotonie du seul sentiment qui y regne, Racine renonça à la poésie, et termina en 1677 sa carriere dramatique par la tragédie de Phedre. Il avoit pour cette piece une prédilection fondée sur d'assez fortes raisons :

il disoit même que s'il avoit produit quelque chose de parfait, c'étoit PHEDRE. Pour moi il me semble que cette perfection qu'il cherchoit, et dont personne n'a plus approché que lui, se trouve d'une maniere plus sensible et plus frappante dans IPHIGÉNIE, quoique le caractere de PHEDRE, que Voltaire appelle « le chef-d'œuvre de « l'esprit humain, et le modele éternel, mais inimitable, « de quiconque voudra jamais écrire en vers », soit incontestablement le plus tragique et le plus sublime qu'il y ait au théâtre.

Racine fut reçu à l'académie françoise en 1673, et y remplaça la Mothe le Vayer. Quelques années après il fut nommé avec Boileau historiographe du roi. M. de Valincour prétend avec beaucoup de vraisemblance « qu'après avoir long-temps essayé ce travail, ils senti- « rent qu'il étoit tout-à-fait opposé à leur génie ». C'est que pour bien écrire l'histoire il ne suffit pas d'être bon poëte, il faut un talent peut-être aussi rare, et que le premier ne suppose pas, celui de bien écrire en prose : il faut de plus une grande connoissance des hommes, qui ne s'acquiert point dans le silence de la retraite ; une longue expérience que rien ne peut suppléer, et qui tient à un courant subtil des choses de la vie bien observées ; un grand fonds d'idées, d'instruction, de raison, de philosophie, avantages qui se trouvent rarement réunis : en un mot, il faut avoir le mérite de Tacite ou de Voltaire, qui, dans deux genres très distincts, et en prenant chacun une route aussi diverse que le caractere de leur esprit et la nature des objets dont ils se sont occupés, ont laissé à la postérité les deux plus beaux modeles d'histoire qui existent dans aucune langue et chez aucun peuple, et les deux seuls entre lesquels il soit permis de balancer, et très difficile de choisir.

Plusieurs anecdotes de la vie de Racine, ses épigrammes, et sur-tout la préface de la premiere édition de Britannicus, où il tourne finement en ridicule, mais avec une ironie très amere, la plupart des pieces de Corneille, décelent en lui cet esprit caustique et ce caractere irascible qu'Horace attribue à tous les poëtes, qu'il appelle si plaisamment *une race colere*. La religion, vers laquelle Racine tourna d'assez bonne heure toutes ses pensées, avoit modéré son penchant pour la raillerie; et, ce qui étoit peut-être plus difficile encore, parceque le sacrifice étoit plus grand et plus pénible pour l'amour-propre, elle avoit éteint en lui la passion des vers et celle de la gloire, la plus forte de toutes dans les hommes que la nature a destinés à faire de grandes choses; mais elle n'avoit pu affoiblir son talent pour la poésie. Douze années presque uniquement consacrées aux devoirs de la piété, dont le sentiment tranquille et doux étoit devenu un besoin pour lui et remplissoit son ame toute entiere, ne lui avoient rien fait perdre de ce génie heureux et facile qu'on remarque dans tous ses ouvrages : il suffit, pour s'en convaincre, de lire avec attention les deux dernieres pieces qu'il fit, à la sollicitation de madame de Maintenon, pour les demoiselles de Saint-Cyr.

ESTHER fut représentée par les jeunes pensionnaires de cette maison, que l'auteur avoit formées à la déclamation. Mme de Sévigné fait mention, dans une de ses lettres, des applaudissements que reçut cette tragédie, qu'elle appelle UN CHEF-D'ŒUVRE DE RACINE. « Ce « poëte s'est surpassé, dit-elle ; il aime Dieu comme il « aimoit ses maîtresses ; il est pour les choses saintes « comme il étoit pour les profanes : tout est beau, tout « est grand, tout est écrit avec dignité. »

On est d'abord un peu étonné de cette admiration exagérée que Mme. de Sévigné montre ici pour ESTHER, après avoir parlé si froidement, pour ne pas dire si dédaigneusement, d'ANDROMAQUE, de BRITANNICUS, de BAJAZET, de PHEDRE, &c. pieces très supérieures à ESTHER. Mais lorsqu'on se rappelle que, fidele à ce qu'elle appelloit *ses vieilles admirations,* elle écrivoit à sa fille que « Racine n'iroit pas loin, et que le goût en « passeroit comme celui du café », on ne voit plus dans la critique comme dans l'éloge que le même défaut de tact et de jugement.

Quoiqu'ESTHER offre de très beaux détails soute-
nus de ce style enchanteur qui rend la lecture de Racine
si délicieuse, il faut avouer que les applications particulieres et malignes que les courtisans firent de plusieurs
vers de cette tragédie à certains événemens du temps,
contribuerent beaucoup au grand succès qu'elle eut
à la cour : mais le public, qui jugeoit la piece en elle-
même, et dans l'opinion duquel ces applications bonnes ou mauvaises ne pouvoient ajouter à l'ouvrage ni
une beauté ni un défaut, ne lui fut pas aussi favorable
qu'on l'avoit été à Versailles; et l'on convient généra-
lement aujourd'hui que le public eut raison.

Deux ans après, Racine, flatté d'avoir réussi dans un
genre dont il étoit l'inventeur, et qui peut-être avoit
senti renaître en lui le desir si naturel et si utile de la
gloire, traita dans les mêmes vues le sujet d'ATHALIE.
Mais le long silence qu'il s'étoit imposé, et qui auroit
dû lui faire pardonner sa réputation, n'avoit pu encore
désarmer l'envie : tous les ressorts les plus actifs, et dont
l'effet est le plus sûr lorsqu'on veut nuire, furent mis en
mouvement; et l'on parvint enfin à jetter dans l'esprit
de madame de Maintenon des scrupules qui firent sup-
primer les spectacles de Saint-Cyr; et ATHALIE n'y fut
point représentée. Racine la fit imprimer en 1691 ; mais
elle trouva peu de lecteurs. On se persuada qu'une piece
faite pour des enfans n'étoit bonne que pour eux; et

les gens du monde, qui craignent l'ennui autant que la douleur, et qui, moins par défaut de lumiere que d'application, n'ont guere en général d'autres sentiments que ceux qu'on leur inspire, suivirent le torrent, et continuerent à dépriser ATHALIE sans l'avoir lue.

Racine, étonné que le public reçût avec cette indifférence un ouvrage qui auroit suffi pour l'immortaliser, s'imagina qu'il avoit manqué son sujet; et il l'avouoit sincèrement à Boileau, qui lui soutenoit au contraire qu'ATHALIE étoit son chef-d'œuvre : « Je m'y connois, « lui disoit-il, et le public y reviendra ». La prédiction de Boileau s'est accomplie, mais si long-temps après la mort de Racine, que ce grand homme n'a pu ni jouir du succès de sa piece, ni même le prévoir.

Cette nouvelle injustice du public, qui venoit de *commettre un second crime* envers la poésie et le bon goût, détermina enfin Racine à ne plus s'occuper de vers, et à renoncer pour jamais au théâtre. Il étoit né très sensible; et cette extrême mobilité d'ame, qui donnoit à la fortune et aux événements tant de moyens divers de le tourmenter et de le rendre malheureux, devint en effet pour lui une source de peines. « Quoique « les applaudissements que j'ai reçus, disoit-il, m'aient « beaucoup flatté, la moindre critique, quelque mau- « vaise qu'elle ait été, m'a toujours causé plus de cha- « grin que toutes les louanges ne m'ont fait de plaisir. »

Un homme du génie le plus fécond, le plus original et
le plus universel qu'il y ait jamais eu, et qui a d'ailleurs
beaucoup d'autres rapports avec Racine, auroit pu faire
le même aveu.

La sensibilité de Racine se portoit sur tous les objets; elle abrégea même ses jours. Il avoit fait à la sollicitation de madame de Maintenon, et pour répondre à
la confiance qu'elle lui témoignoit, un projet de finances dont l'objet étoit de proposer un plan de réforme
et de législation qui pût soulager la misere du peuple.
Louis XIV surprit ce projet entre les mains de madame
de Maintenon, et blâma hautement le zele inconsidéré
de Racine. « Parcequ'il sait faire parfaitement des vers,
« dit le Roi, croit-il tout savoir? et parcequ'il est grand
« poëte, veut-il être ministre »? Racine auroit mieux
fait sans doute, pour sa gloire et pour son repos, de
donner au public une bonne tragédie de plus, que de
s'occuper à écrire des lieux communs plus ou moins
éloquents sur des matieres qu'il n'avoit pas étudiées, et
sur lesquelles, avec beaucoup de connoissance et une
longue expérience, il est si facile et si ordinaire de se
tromper. Mais la vanité lui fit un moment illusion : son
amour-propre fut flatté que madame de Maintenon
l'eût choisi pour porter la vérité, ou ce qu'il prenoit
pour elle, aux pieds du trône; et l'espoir si séduisant et
si doux de devenir l'instrument du bonheur du peuple,

après avoir été si long-temps celui de ses plaisirs, lui ferma les yeux sur les dangers de sa complaisance.

Cependant madame de Maintenon lui fit dire de ne pas paroître à la cour jusqu'à nouvel ordre. Dès ce moment Racine ne douta plus de sa disgrace : accablé de mélancolie, et portant par-tout le trait mortel dont il étoit atteint, il retourna quelque temps après à Versailles : mais tout étoit changé pour lui, ou du moins il le crut ainsi; et Louis XIV un jour ayant passé dans la galerie sans le regarder, Racine qui n'étoit pas, dit Voltaire, aussi philosophe que bon poëte, en mourut de chagrin [1] après avoir traîné pendant un an une vie langoureuse et pénible.

On ne peut assez regretter que Racine, trop indifférent pour ses tragédies profanes, qu'il auroit même voulu pouvoir anéantir s'il en faut croire son fils, ait toujours négligé de donner une édition correcte de ses œuvres. Toutes celles qui ont paru de son vivant et depuis sa mort sont si fautives, et le texte en est si corrompu, que je ne connois aucun ouvrage qui ait plus souffert de l'incapacité des éditeurs et de la négligence des imprimeurs. L'édition publiee avec des commentaires est plus belle mais non plus exacte que les précédentes; et l'on doit sur-tout reprocher aux éditeurs de n'avoir porté dans l'examen et le choix des diverses

[1] Le 21 avril 1699.

D

leçons ni une critique assez éclairée, ni un goût assez
sévere. A l'égard de leurs notes, il me semble qu'à l'ex-
ception des remarques de Louis Racine et de l'abbé
d'Olivet, dont ils ont profité, mais qu'ils n'ont pas toujours entendues, elles n'offrent rien d'utile et d'instruc-
tif. Peut-être aussi Voltaire étoit-il seul capable de faire
un bon commentaire sur Racine, et d'apprécier avec
justesse ses beautés et ses défauts; mais on ne trouve
dans ses ouvrages que des réflexions générales sur cet
auteur, et quelques observations particulieres sur Bé-
RÉNICE, qui sont un modele de goût, de précision,
et qui montrent toutes un jugement sain, une étude
profonde et réfléchie des principes de l'art, des vues
neuves et fines sur la langue et sur la poétique, et par-
tout l'admiration la plus sincere pour Racine. Voltaire
le croyoit le plus parfait de tous nos poëtes, et le seul
qui soutienne constamment l'épreuve de la lecture. Il en
parloit même avec tant d'enthousiasme, qu'un homme
de lettres lui demandant pourquoi il ne faisoit pas sur
Racine le même travail qu'il avoit fait sur Corneille :
« Il est tout fait, lui répondit Voltaire; il n'y a qu'à
« écrire au bas de chaque page, BEAU, ADMIRABLE,
« SUBLIME. »

F I N.

LA THÉBAÏDE

O U

LES FRERES ENNEMIS,

TRAGÉDIE.

1664.

PRÉFACE.

Le lecteur me permettra de lui demander un peu plus
d'indulgence pour cette piece que pour les autres qui
la suivent : j'étois fort jeune quand je la fis. Quelques
vers que j'avois faits alors tomberent par hasard entre
les mains de quelques personnes d'esprit ; elles m'exci-
terent à faire une tragédie, et me proposerent le sujet
de la Thébaïde.

Ce sujet avoit été autrefois traité par Rotrou, sous
le nom d'Antigone : mais il faisoit mourir les deux
freres dès le commencement de son troisieme acte. Le
reste étoit en quelque sorte le commencement d'une
autre tragédie, où l'on entroit dans des intérêts tout
nouveaux ; et il avoit réuni en une seule piece deux actions différentes, dont l'une sert de matiere aux Phéniciennes d'Euripide, et l'autre à l'Antigone de
Sophocle.

Je compris que cette duplicité d'action avoit pu
nuire à sa piece, qui d'ailleurs étoit remplie de quantité de beaux endroits. Je dressai à-peu-près mon plan

sur les PHÉNICIENNES d'Euripide : car pour la THÉ-
BAÏDE qui est dans Séneque, je suis un peu de l'opinion d'Heinsius, et je tiens, comme lui, que non seulement ce n'est point une tragédie de Séneque, mais
que c'est plutôt l'ouvrage d'un déclamateur qui ne savoit ce que c'étoit que tragédie.

La catastrophe de ma piece est peut-être un peu
trop sanglante; en effet il n'y paroît presque pas un acteur qui ne meure à la fin : mais aussi c'est la THÉBAÏDE,
c'est-à-dire le sujet le plus tragique de l'antiquité.

L'amour, qui a d'ordinaire tant de part dans les tragédies, n'en a presque point ici : et je doute que je lui
en donnasse davantage si c'étoit à recommencer; car il
faudroit ou que l'un des deux freres fût amoureux, ou
tous les deux ensemble. Et quelle apparence de leur
donner d'autres intérêts que ceux de cette fameuse
haine qui les occupoit tout entiers? Ou bien il faut jetter l'amour sur un des seconds personnages comme j'ai
fait; et alors cette passion, qui devient comme étrangere au sujet, ne peut produire que de médiocres ef-

fets. En un mot, je suis persuadé que les tendresses ou les jalousies des amants ne sauroient trouver que fort peu de place parmi les incestes, les parricides, et toutes les autres horreurs qui composent l'histoire d'Œdipe et de sa malheureuse famille.

ACTEURS.

ÉTÉOCLE, roi de Thebes.

POLYNICE, frere d'Étéocle.

JOCASTE, mere de ces deux princes et d'Antigone.

ANTIGONE, sœur d'Étéocle et de Polynice.

CRÉON, oncle des princes et de la princesse.

HÉMON, fils de Créon, amant d'Antigone.

OLYMPE, confidente de Jocaste.

ATTALE, confident de Créon.

UN SOLDAT de l'armée de Polynice.

GARDES.

La scene est à Thebes, dans une salle du palais royal.

LA THÉBAÏDE,

OU

LES FRERES ENNEMIS,

TRAGÉDIE.

ACTE PREMIER.

SCENE I.

JOCASTE, OLYMPE.

JOCASTE.

Ils sont sortis, Olympe? Ah mortelles douleurs!
Qu'un moment de repos me va coûter de pleurs!
Mes yeux depuis six mois étoient ouverts aux larmes,
Et le sommeil les ferme en de telles alarmes!
Puisse plutôt la mort les fermer pour jamais,
Et m'empêcher de voir le plus noir des forfaits!
Mais en sont-ils aux mains?

OLYMPE.

Du haut de la muraille
Je les ai vus déja tous rangés en bataille;
J'ai vu déja le fer briller de toutes parts;
Et pour vous avertir j'ai quitté les remparts.

Tome I.   I

J'ai vu, le fer en main, Étéocle lui-même;
Il marche des premiers, et d'une ardeur extrême
Il montre aux plus hardis à braver le danger.

JOCASTE.

N'en doutons plus, Olympe, ils se vont égorger.
Que l'on coure avertir et hâter la princesse;
Je l'attends. Juste ciel, soutenez ma foiblesse!
Il faut courir, Olympe, après ces inhumains;
Il les faut séparer, ou mourir par leurs mains.
Nous voici donc, hélas! à ce jour détestable
Dont la seule frayeur me rendoit misérable!
Ni prieres ni pleurs ne m'ont de rien servi;
Et le courroux du sort vouloit être assouvi.
Ô toi, Soleil, ô toi, qui rends le jour au monde,
Que ne l'as-tu laissé dans une nuit profonde!
A de si noirs forfaits prêtes-tu tes rayons?
Et peux-tu sans horreur voir ce que nous voyons?
Mais ces monstres, hélas! ne t'épouvantent gueres;
La race de Laïus les a rendus vulgaires:
Tu peux voir sans frayeur les crimes de mes fils,
Après ceux que le pere et la mere ont commis.
Tu ne t'étonnes pas si mes fils sont perfides,
S'ils sont tous deux méchants, et s'ils sont parricides;
Tu sais qu'ils sont sortis d'un sang incestueux,
Et tu t'étonnerois s'ils étoient vertueux.

SCENE II.

JOCASTE, ANTIGONE, OLYMPE.

JOCASTE.

Ma fille, avez-vous su l'excès de nos miseres?

ANTIGONE.

Oui, madame; on m'a dit la fureur de mes freres.

JOCASTE.

Allons, chere Antigone, et courons de ce pas
Arrêter, s'il se peut, leurs parricides bras.
Allons leur faire voir ce qu'ils ont de plus tendre;
Voyons si contre nous ils pourront se défendre,
Ou s'ils oseront bien, dans leur noire fureur,
Répandre notre sang pour attaquer le leur.

ANTIGONE.

Madame, c'en est fait, voici le roi lui-même.

SCENE III.

JOCASTE, ÉTÉOCLE, ANTIGONE,
OLYMPE.

JOCASTE.

Olympe, soutiens-moi; ma douleur est extrême;

ÉTÉOCLE.

Madame, qu'avez-vous? et quel trouble....

JOCASTE.

Ah mon fils!
Quelles traces de sang vois-je sur vos habits?
Est-ce du sang d'un frere? ou n'est-ce point du vôtre?

ÉTÉOCLE.

Non, madame, ce n'est ni de l'un ni de l'autre.
Dans son camp jusqu'ici Polynice arrêté,
Pour combattre, à mes yeux ne s'est point présenté.
D'Argiens seulement une troupe hardie
M'a voulu de nos murs disputer la sortie:
J'ai fait mordre la poudre à ces audacieux;
Et leur sang est celui qui paroît à vos yeux.

JOCASTE.

Mais que prétendiez-vous? et quelle ardeur soudaine
Vous a fait tout-à-coup descendre dans la plaine?

ÉTÉOCLE.

Madame, il étoit temps que j'en usasse ainsi,
Et je perdois ma gloire à demeurer ici.
Le peuple, à qui la faim se faisoit déja craindre,
De mon peu de vigueur commençoit à se plaindre,
Me reprochant déja qu'il m'avoit couronné,
Et que j'occupois mal le rang qu'il m'a donné.
Il le faut satisfaire; et, quoi qu'il en arrive,
Thebes dès aujourd'hui ne sera plus captive:

Je veux, en n'y laissant aucun de mes soldats,
Qu'elle soit seulement juge de nos combats.
J'ai des forces assez pour tenir la campagne;
Et si quelque bonheur nos armes accompagne,
L'insolent Polynice et ses fiers alliés
Laisseront Thebes libre, ou mourront à mes pieds.

JOCASTE.

Vous pourriez d'un tel sang, oh ciel! souiller vos armes?
La couronne pour vous a-t-elle tant de charmes?
Si par un parricide il la falloit gagner,
Ah mon fils! à ce prix voudriez-vous régner?
Mais il ne tient qu'à vous, si l'honneur vous anime,
De nous donner la paix sans le secours d'un crime,
Et, de votre courroux triomphant aujourd'hui,
Contenter votre frere, et régner avec lui.

ÉTÉOCLE.

Appellez-vous régner, partager ma couronne,
Et céder lâchement ce que mon droit me donne?

JOCASTE.

Vous le savez, mon fils, la justice et le sang
Lui donnent, comme à vous, sa part à ce haut rang:
Œdipe, en achevant sa triste destinée,
Ordonna que chacun régneroit son année;
Et, n'ayant qu'un état à mettre sous vos loix,
Voulut que tour-à-tour vous fussiez tous deux rois.
A ces conditions vous daignâtes souscrire.

Le sort vous appella le premier à l'empire;
Vous montâtes au trône; il n'en fut point jaloux:
Et vous ne voulez pas qu'il y monte après vous!

ÉTÉOCLE.

Non, madame, à l'empire il ne doit plus prétendre:
Thebes à cet arrêt n'a point voulu se rendre;
Et, lorsque sur le trône il s'est voulu placer,
C'est elle, et non pas moi, qui l'en a su chasser.
Thebes doit-elle moins redouter sa puissance,
Après avoir six mois senti sa violence?
Voudroit-elle obéir à ce prince inhumain
Qui vient d'armer contre elle et le fer et la faim?
Prendroit-elle pour roi l'esclave de Mycene,
Qui pour tous les Thébains n'a plus que de la haine,
Qui s'est au roi d'Argos indignement soumis,
Et que l'hymen attache à nos fiers ennemis?
Lorsque le roi d'Argos l'a choisi pour son gendre,
Il espéroit par lui de voir Thebes en cendre.
L'amour eut peu de part à cet hymen honteux;
Et la seule fureur en alluma les feux.
Thebes m'a couronné pour éviter ses chaînes;
Elle s'attend par moi de voir finir ses peines:
Il la faut accuser si je manque de foi;
Et je suis son captif, je ne suis pas son roi.

JOCASTE.

Dites, dites plutôt, cœur ingrat et farouche,

Qu'auprès du diadême il n'est rien qui vous touche.
Mais je me trompe encor; ce rang ne vous plaît pas,
Et le crime tout seul a pour vous des appas.
Hé bien! puisqu'à ce point vous en êtes avide,
Je vous offre à commettre un double parricide:
Versez le sang d'un frere; et, si c'est peu du sien,
Je vous invite encore à répandre le mien.
Vous n'aurez plus alors d'ennemis à soumettre,
D'obstacle à surmonter, ni de crime à commettre;
Et, n'ayant plus au trône un fâcheux concurrent,
De tous les criminels vous serez le plus grand.

ÉTÉOCLE.

Hé bien, madame, hé bien, il faut vous satisfaire;
Il faut sortir du trône, et couronner mon frere;
Il faut, pour seconder votre injuste projet,
De son roi que j'étois devenir son sujet;
Et, pour vous élever au comble de la joie,
Il faut à sa fureur que je me livre en proie;
Il faut, par mon trépas....

JOCASTE.

                    Ah ciel! quelle rigueur!
Que vous pénétrez mal dans le fond de mon cœur!
Je ne demande pas que vous quittiez l'empire;
Régnez toujours, mon fils, c'est ce que je desire.
Mais si tant de malheurs vous touchent de pitié,
Si pour moi votre cœur garde quelque amitié,

Et si vous prenez soin de votre gloire même,
Associez un frere à cet honneur suprême ;
Ce n'est qu'un vain éclat qu'il recevra de vous,
Votre regne en sera plus puissant et plus doux :
Les peuples, admirant cette vertu sublime,
Voudront toujours pour prince un roi si magnanime ;
Et cet illustre effort, loin d'affoiblir vos droits,
Vous rendra le plus juste et le plus grand des rois.
Ou, s'il faut que mes vœux vous trouvent inflexible,
Si la paix à ce prix vous paroît impossible,
Et si le diadême a pour vous tant d'attraits,
Au moins consolez-moi de quelque heure de paix :
Accordez cette grace aux larmes d'une mere.
Et cependant, mon fils, j'irai voir votre frere :
La pitié dans son ame aura peut-être lieu ;
Ou du moins pour jamais j'irai lui dire adieu.
Dès ce même moment permettez que je sorte :
J'irai jusqu'à sa tente, et j'irai sans escorte ;
Par mes justes soupirs j'espere l'émouvoir.

ÉTÉOCLE.

Madame, sans sortir vous le pouvez revoir ;
Et si cette entrevue a pour vous tant de charmes,
Il ne tiendra qu'à lui de suspendre nos armes.
Vous pouvez dès cette heure accomplir vos souhaits,
Et le faire venir jusques dans ce palais.
J'irai plus loin encore ; et, pour faire connoître

Qu'il a tort en effet de me nommer un traître,
Et que je ne suis pas un tyran odieux,
Que l'on fasse parler et le peuple et les dieux.
Si le peuple y consent, je lui cede ma place;
Mais qu'il se rende enfin, si le peuple le chasse.
Je ne force personne; et j'engage ma foi
De laisser aux Thébains à se choisir un roi.

SCENE IV.

JOCASTE, ÉTÉOCLE, ANTIGONE,
CRÉON, OLYMPE.

CRÉON.

Seigneur, votre sortie a mis tout en alarmes:
Thebes, qui croit vous perdre, est déja toute en larmes;
L'épouvante et l'horreur regnent de toutes parts,
Et le peuple effrayé tremble sur ses remparts.

ÉTÉOCLE.

Cette vaine frayeur sera bientôt calmée.
Madame, je m'en vais retrouver mon armée;
Cependant vous pouvez accomplir vos souhaits,
Faire entrer Polynice, et lui parler de paix.
Créon, la reine ici commande en mon absence;
Disposez tout le monde à son obéissance;

TOME I. 2

Laissez, pour recevoir et pour donner ses loix,
Votre fils Ménécée, et j'en ai fait le choix:
Comme il a de l'honneur autant que de courage,
Ce choix aux ennemis ôtera tout ombrage,
Et sa vertu suffit pour les rendre assurés.

(à Créon.)

Commandez-lui, madame. Et vous, vous me suivrez.

CRÉON.

Quoi seigneur!...

ÉTÉOCLE.

Oui, Créon, la chose est résolue.

CRÉON.

Et vous quittez ainsi la puissance absolue?

ÉTÉOCLE.

Que je la quitte, ou non, ne vous tourmentez pas;
Faites ce que j'ordonne, et venez sur mes pas.

SCENE V.

JOCASTE, ANTIGONE, CRÉON, OLYMPE.

CRÉON.

Qu'avez-vous fait, madame? et par quelle conduite
Forcez-vous un vainqueur à prendre ainsi la fuite?

Ce conseil va tout perdre.

JOCASTE.

Il va tout conserver;
Et par ce seul conseil Thebes se peut sauver.

CRÉON.

Eh quoi, madame, eh quoi! dans l'état où nous sommes,
Lorsqu'avec un renfort de plus de six mille hommes
La fortune promet toute chose aux Thébains,
Le roi se laisse ôter la victoire des mains!

JOCASTE.

La victoire, Créon, n'est pas toujours si belle;
La honte et les remords vont souvent après elle.
Quand deux freres armés vont s'égorger entre eux,
Ne les pas séparer, c'est les perdre tous deux.
Peut-on faire au vainqueur une injure plus noire,
Que lui laisser gagner une telle victoire?

CRÉON.

Leur courroux est trop grand....

JOCASTE.

Il peut être adouci.

CRÉON.

Tous deux veulent régner.

JOCASTE.

Ils régneront aussi.

CRÉON.

On ne partage point la grandeur souveraine;

Et ce n'est pas un bien qu'on quitte et qu'on reprenne.

JOCASTE.

L'intérêt de l'état leur servira de loi.

CRÉON.

L'intérêt de l'état est de n'avoir qu'un roi,
Qui, d'un ordre constant gouvernant ses provinces,
Accoutume à ses loix et le peuple et les princes.
Ce regne interrompu de deux rois différents,
En lui donnant deux rois, lui donne deux tyrans.
Par un ordre souvent l'un à l'autre contraire,
Un frere détruiroit ce qu'auroit fait un frere :
Vous les verriez toujours former quelque attentat,
Et changer tous les ans la face de l'état.
Ce terme limité que l'on veut leur prescrire
Accroît leur violence en bornant leur empire.
Tous deux feront gémir les peuples tour-à-tour :
Pareils à ces torrents qui ne durent qu'un jour ;
Plus leur cours est borné, plus ils font de ravage,
Et d'horribles dégâts signalent leur passage.

JOCASTE.

On les verroit plutôt, par de nobles projets,
Se disputer tous deux l'amour de leurs sujets.
Mais avouez, Créon, que toute votre peine
C'est de voir que la paix rend votre attente vaine ;
Qu'elle assure à mes fils le trône où vous tendez,
Et va rompre le piege où vous les attendez.

Comme, après leur trépas, le droit de la naissance
Fait tomber en vos mains la suprême puissance,
Le sang qui vous unit aux deux princes mes fils
Vous fait trouver en eux vos plus grands ennemis;
Et votre ambition, qui tend à leur fortune,
Vous donne pour tous deux une haine commune.
Vous inspirez au roi vos conseils dangereux,
Et vous en servez un pour les perdre tous deux.

CRÉON.

Je ne me repais point de pareilles chimeres:
Mes respects pour le roi sont ardents et sinceres;
Et mon ambition est de le maintenir
Au trône où vous croyez que je veux parvenir.
Le soin de sa grandeur est le seul qui m'anime;
Je hais ses ennemis, et c'est là tout mon crime:
Je ne m'en cache point. Mais, à ce que je voi,
Chacun n'est pas ici criminel comme moi.

JOCASTE.

Je suis mere, Créon; et, si j'aime son frere,
La personne du roi ne m'en est pas moins chere.
De lâches courtisans peuvent bien le haïr;
Mais une mere enfin ne peut pas se trahir.

ANTIGONE.

Vos intérêts ici sont conformes aux nôtres,
Les ennemis du roi ne sont pas tous les vôtres;
Créon, vous êtes pere, et, dans ces ennemis,

Peut-être songez-vous que vous avez un fils.
On sait de quelle ardeur Hémon sert Polynice.

CRÉON.

Oui, je le sais, madame, et je lui fais justice;
Je le dois, en effet, distinguer du commun,
Mais c'est pour le haïr encor plus que pas un:
Et je souhaiterois, dans ma juste colere,
Que chacun le haït comme le hait son pere.

ANTIGONE.

Après tout ce qu'a fait la valeur de son bras,
Tout le monde en ce point ne vous ressemble pas.

CRÉON.

Je le vois bien, madame, et c'est ce qui m'afflige:
Mais je sais bien à quoi sa révolte m'oblige;
Et tous ces beaux exploits qui le font admirer,
C'est ce qui me le fait justement abhorrer.
La honte suit toujours le parti des rebelles:
Leurs grandes actions sont les plus criminelles,
Ils signalent leur crime en signalant leur bras;
Et la gloire n'est point où les rois ne sont pas.

ANTIGONE.

Ecoutez un peu mieux la voix de la nature.

CRÉON.

Plus l'offenseur m'est cher, plus je ressens l'injure.

ANTIGONE.

Mais un pere à ce point doit-il être emporté?

Vous avez trop de haine.

CRÉON.

Et vous, trop de bonté.
C'est trop parler, madame, en faveur d'un rebelle.

ANTIGONE.

L'innocence vaut bien que l'on parle pour elle.

CRÉON.

Je sais ce qui le rend innocent à vos yeux.

ANTIGONE.

Et je sais quel sujet vous le rend odieux.

CRÉON.

L'amour a d'autres yeux que le commun des hommes.

JOCASTE.

Vous abusez, Créon, de l'état où nous sommes;
Tout vous semble permis: mais craignez mon courroux;
Vos libertés enfin retomberoient sur vous.

ANTIGONE.

L'intérêt du public agit peu sur son ame,
Et l'amour du pays nous cache une autre flamme.
Je la sais: mais, Créon, j'en abhorre le cours;
Et vous ferez bien mieux de la cacher toujours.

CRÉON.

Je le ferai, madame; et je veux par avance
Vous épargner encor jusques à ma présence.
Aussi-bien mes respects redoublent vos mépris;
Et je vais faire place à ce bienheureux fils.

Le roi m'appelle ailleurs, il faut que j'obéisse.
Adieu. Faites venir Hémon et Polynice.

JOCASTE.

N'en doute pas, méchant : ils vont venir tous deux ;
Tous deux ils préviendront tes desseins malheureux.

SCENE VI.

JOCASTE, ANTIGONE,
OLYMPE.

ANTIGONE.

Le perfide ! A quel point son insolence monte !

JOCASTE.

Ses superbes discours tourneront à sa honte.
Bientôt, si nos desirs sont exaucés des cieux,
La paix nous vengera de cet ambitieux.
Mais il faut se hâter, chaque heure nous est chere :
Appellons promptement Hémon et votre frere ;
Je suis, pour ce dessein, prête à leur accorder
Toutes les sûretés qu'ils pourront demander.
Et toi, si mes malheurs ont lassé ta justice,
Ciel, dispose à la paix le cœur de Polynice,
Seconde mes soupirs, donne force à mes pleurs,
Et comme il faut enfin fais parler mes douleurs !

ANTIGONE, seule.

Et si tu prends pitié d'une flamme innocente,
Ô ciel, en ramenant Hémon à son amante,
Ramene-le fidele, et permets, en ce jour,
Qu'en retrouvant l'amant je retrouve l'amour.

FIN DU PREMIER ACTE.

ACTE SECOND.

SCENE I.
ANTIGONE, HÉMON.

H É M O N.

Quoi! vous me refusez votre aimable présence,
Après un an entier de supplice et d'absence!
Ne m'avez-vous, madame, appellé près de vous,
Que pour m'ôter sitôt un bien qui m'est si doux?

A N T I G O N E.

Et voulez-vous sitôt que j'abandonne un frere?
Ne dois-je pas au temple accompagner ma mere?
Et dois-je préférer, au gré de vos souhaits,
Le soin de votre amour à celui de la paix?

H É M O N.

Madame, à mon bonheur c'est chercher trop d'obstacles;
Ils iront bien, sans nous, consulter les oracles.
Permettez que mon cœur, en voyant vos beaux yeux,
De l'état de son sort interroge ses dieux.
Puis-je leur demander, sans être téméraire,
S'ils ont toujours pour moi leur douceur ordinaire?
Souffrent-ils sans courroux mon ardente amitié?
Et du mal qu'ils ont fait ont-ils quelque pitié?
Durant le triste cours d'une absence cruelle,

Avez-vous souhaité que je fusse fidele?
Songiez-vous que la mort menaçoit, loin de vous,
Un amant qui ne doit mourir qu'à vos genoux?
Ah! d'un si bel objet quand une ame est blessée,
Quand un cœur jusqu'à vous éleve sa pensée,
Qu'il est doux d'adorer tant de divins appas!
Mais aussi que l'on souffre en ne les voyant pas!
Un moment, loin de vous, me duroit une année:
J'aurois fini cent fois ma triste destinée,
Si je n'eusse songé, jusques à mon retour,
Que mon éloignement vous prouvoit mon amour;
Et que le souvenir de mon obéissance
Pourroit en ma faveur parler en mon absence;
Et que, pensant à moi, vous penseriez aussi
Qu'il faut aimer beaucoup pour obéir ainsi.

ANTIGONE.

Oui, je l'avois bien cru qu'une ame si fidele
Trouveroit dans l'absence une peine cruelle;
Et, si mes sentiments se doivent découvrir,
Je souhaitois, Hémon, qu'elle vous fît souffrir,
Et qu'étant loin de moi, quelque ombre d'amertume
Vous fît trouver les jours plus longs que de coutume.
Mais ne vous plaignez pas: mon cœur chargé d'ennui
Ne vous souhaitoit rien qu'il n'éprouvât en lui,
Sur-tout depuis le temps que dure cette guerre,
Et que de gens armés vous couvrez cette terre.

Oh dieux! à quels tourments mon cœur s'est vu soumis,
Voyant des deux côtés ses plus tendres amis!
Mille objets de douleur déchiroient mes entrailles;
J'en voyois et dehors et dedans nos murailles:
Chaque assaut à mon cœur livroit mille combats;
Et mille fois le jour je souffrois le trépas.

H É M O N.

Mais enfin qu'ai-je fait, en ce malheur extrême,
Que ne m'ait ordonné ma princesse elle-même?
J'ai suivi Polynice; et vous l'avez voulu;
Vous me l'avez prescrit par un ordre absolu.
Je lui vouai dès lors une amitié sincere;
Je quittai mon pays, j'abandonnai mon pere;
Sur moi, par ce départ, j'attirai son courroux;
Et, pour tout dire enfin, je m'éloignai de vous.

A N T I G O N E.

Je m'en souviens, Hémon, et je vous fais justice:
C'est moi que vous serviez en servant Polynice;
Il m'étoit cher alors comme il est aujourd'hui,
Et je prenois pour moi ce qu'on faisoit pour lui.
Nous nous aimions tous deux dès la plus tendre enfance,
Et j'avois sur son cœur une entiere puissance;
Je trouvois à lui plaire une extrême douceur,
Et les chagrins du frere étoient ceux de la sœur.
Ah! si j'avois encor sur lui le même empire,
Il aimeroit la paix, pour qui mon cœur soupire.

Notre commun malheur en seroit adouci :
Je le verrois, Hémon; vous me verriez aussi!

H É M O N.

De cette affreuse guerre il abhorre l'image.
Je l'ai vu soupirer de douleur et de rage,
Lorsque, pour remonter au trône paternel,
On le força de prendre un chemin si cruel.
Espérons que le ciel, touché de nos miseres,
Achevera bientôt de réunir les freres:
Puisse-t-il rétablir l'amitié dans leur cœur,
Et conserver l'amour dans celui de la sœur!

A N T I G O N E.

Hélas! ne doutez point que ce dernier ouvrage
Ne lui soit plus aisé que de calmer leur rage.
Je les connois tous deux; et je répondrois bien
Que leur cœur, cher Hémon, est plus dur que le mien.
Mais les dieux quelquefois font de plus grands miracles.

SCENE II.

ANTIGONE, HÉMON, OLYMPE.

A N T I G O N E.

Hé bien? apprendrons-nous ce qu'ont dit les oracles?
Que faut-il faire?

OLYMPE.

Hélas!

ANTIGONE.

Quoi? qu'en a-t-on appris?
Est-ce la guerre, Olympe?

OLYMPE.

Ah! c'est encore pis!

HÉMON.

Quel est donc ce grand mal que leur courroux annonce?

OLYMPE.

Prince, pour en juger, écoutez leur réponse:
    « Thébains, pour n'avoir plus de guerres,
    « Il faut, par un ordre fatal,
    « Que le dernier du sang royal
    « Par son trépas ensanglante vos terres. »

ANTIGONE.

Ô dieux, que vous a fait ce sang infortuné?
Et pourquoi tout entier l'avez-vous condamné?
N'êtes-vous pas contents de la mort de mon pere?
Tout notre sang doit-il sentir votre colere?

HÉMON.

Madame, cet arrêt ne vous regarde pas;
Votre vertu vous met à couvert du trépas:
Les dieux savent trop bien connoître l'innocence.

ANTIGONE.

Hé! ce n'est pas pour moi que je crains leur vengeance.

Mon innocence, Hémon, seroit un foible appui;
Fille d'Œdipe, il faut que je meure pour lui.
Je l'attends, cette mort, et je l'attends sans plainte;
Et, s'il faut avouer le sujet de ma crainte,
C'est pour vous que je crains; oui, cher Hémon, pour vous.
De ce sang malheureux vous sortez comme nous;
Et je ne vois que trop que le courroux céleste
Vous rendra, comme à nous, cet honneur bien funeste,
Et fera regretter aux princes des Thébains
De n'être pas sortis du dernier des humains.

HÉMON.

Peut-on se repentir d'un si grand avantage?
Un si noble trépas flatte trop mon courage;
Et du sang de ses rois il est beau d'être issu,
Dût-on rendre ce sang sitôt qu'on l'a reçu.

ANTIGONE.

Hé quoi! si parmi nous on a fait quelque offense,
Le ciel doit-il sur vous en prendre la vengeance?
Et n'est-ce pas assez du pere et des enfants,
Sans qu'il aille plus loin chercher des innocents?
C'est à nous à payer pour les crimes des nôtres:
Punissez-nous, grands dieux; mais épargnez les autres.
Mon pere, cher Hémon, vous va perdre aujourd'hui;
Et je vous perds peut-être encore plus que lui:
Le ciel punit sur vous et sur votre famille,
Et les crimes du pere, et l'amour de la fille;

Et ce funeste amour vous nuit encore plus
Que les crimes d'Œdipe et le sang de Laïus.

HÉMON.

Quoi! mon amour, madame? Et qu'a-t-il de funeste?
Est-ce un crime qu'aimer une beauté céleste?
Et puisque sans colere il est reçu de vous,
En quoi peut-il du ciel mériter le courroux?
Vous seule en mes soupirs êtes intéressée;
C'est à vous à juger s'ils vous ont offensée:
Tels que seront pour eux vos arrêts tout-puissants,
Ils seront criminels, ou seront innocents.
Que le ciel à son gré de ma perte dispose,
J'en chérirai toujours et l'une et l'autre cause;
Glorieux de mourir pour le sang de mes rois,
Et plus heureux encor de mourir sous vos loix.
Aussi-bien que ferois-je en ce commun naufrage?
Pourrois-je me résoudre à vivre davantage?
En vain les dieux voudroient différer mon trépas,
Mon désespoir feroit ce qu'ils ne feroient pas.
Mais peut-être, après tout, notre frayeur est vaine;
Attendons.... Mais voici Polynice et la reine.

SCENE III.

JOCASTE, POLYNICE, ANTIGONE, HÉMON.

POLYNICE.

Madame, au nom des dieux, cessez de m'arrêter :
Je vois bien que la paix ne peut s'exécuter.
J'espérois que du ciel la justice infinie
Voudroit se déclarer contre la tyrannie,
Et que, lassé de voir répandre tant de sang,
Il rendroit à chacun son légitime rang :
Mais puisqu'ouvertement il tient pour l'injustice,
Et que des criminels il se rend le complice,
Dois-je encore espérer qu'un peuple révolté,
Quand le ciel est injuste, écoute l'équité?
Dois-je prendre pour juge une troupe insolente,
D'un fier usurpateur ministre violente,
Qui sert mon ennemi par un lâche intérêt,
Et qu'il anime encor, tout éloigné qu'il est?
La raison n'agit point sur une populace.
De ce peuple déja j'ai ressenti l'audace :
Et, loin de me reprendre après m'avoir chassé,
Il croit voir un tyran dans un prince offensé.
Comme sur lui l'honneur n'eut jamais de puissance,

Il croit que tout le monde aspire à la vengeance :
De ses inimitiés rien n'arrête le cours ;
Quand il hait une fois, il veut haïr toujours.

JOCASTE.

Mais s'il est vrai, mon fils, que ce peuple vous craigne,
Et que tous les Thébains redoutent votre regne,
Pourquoi par tant de sang cherchez-vous à régner
Sur ce peuple endurci que rien ne peut gagner ?

POLYNICE.

Est-ce au peuple, madame, à se choisir un maître ?
Sitôt qu'il hait un roi, doit-on cesser de l'être ?
Sa haine, ou son amour, sont-ce les premiers droits
Qui font monter au trône ou descendre les rois ?
Que le peuple à son gré nous craigne ou nous chérisse,
Le sang nous met au trône, et non pas son caprice ;
Ce que le sang lui donne, il le doit accepter ;
Et s'il n'aime son prince, il le doit respecter.

JOCASTE.

Vous serez un tyran haï de vos provinces.

POLYNICE.

Ce nom ne convient pas aux légitimes princes ;
De ce titre odieux mes droits me sont garants :
La haine des sujets ne fait pas les tyrans.
Appellez de ce nom Étéocle lui-même.

JOCASTE.

Il est aimé de tous.

POLYNICE.

C'est un tyran qu'on aime,
Qui par cent lâchetés tâche à se maintenir
Au rang où par la force il a su parvenir;
Et son orgueil le rend, par un effet contraire,
Esclave de son peuple et tyran de son frère.
Pour commander tout seul il veut bien obéir,
Et se fait mépriser pour me faire haïr.
Ce n'est pas sans sujet qu'on me préfere un traître:
Le peuple aime un esclave, et craint d'avoir un maître.
Mais je croirois trahir la majesté des rois,
Si je faisois le peuple arbitre de mes droits.

JOCASTE.

Ainsi donc la discorde a pour vous tant de charmes?
Vous lassez-vous déja d'avoir posé les armes?
Ne cesserons-nous point, après tant de malheurs,
Vous, de verser du sang, moi, de verser des pleurs?
N'accorderez-vous rien aux larmes d'une mere?
Ma fille, s'il se peut, retenez votre frere:
Le cruel pour vous seule avoit de l'amitié.

ANTIGONE.

Ah! si pour vous son ame est sourde à la pitié,
Que pourrois-je espérer d'une amitié passée,
Qu'un long éloignement n'a que trop effacée?
A peine en sa mémoire ai-je encor quelque rang:
Il n'aime, il ne se plaît qu'à répandre du sang.

Ne cherchez plus en lui ce prince magnanime,
Ce prince qui montroit tant d'horreur pour le crime,
Dont l'ame généreuse avoit tant de douceur,
Qui respectoit sa mere, et chérissoit sa sœur :
La nature pour lui n'est plus qu'une chimere ;
Il méconnoît sa sœur, il méprise sa mere ;
Et l'ingrat, en l'état où son orgueil l'a mis,
Nous croit des étrangers, ou bien des ennemis.

POLYNICE.

N'imputez point ce crime à mon ame affligée :
Dites plutôt, ma sœur, que vous êtes changée ;
Dites que de mon rang l'injuste usurpateur
M'a su ravir encor l'amitié de ma sœur.
Je vous connois toujours, et suis toujours le même.

ANTIGONE.

Est-ce m'aimer, cruel, autant que je vous aime,
Que d'être inexorable à mes tristes soupirs,
Et m'exposer encore à tant de déplaisirs ?

POLYNICE.

Mais vous-même, ma sœur, est-ce aimer votre frere,
Que de lui faire ainsi cette injuste priere,
Et me vouloir ravir le sceptre de la main ?
Dieux ! qu'est-ce qu'Étéocle a de plus inhumain !
C'est trop favoriser un tyran qui m'outrage.

ANTIGONE.

Non, non, vos intérêts me touchent davantage :

Ne croyez pas mes pleurs perfides à ce point;
Avec vos ennemis ils ne conspirent point.
Cette paix que je veux me seroit un supplice,
S'il en devoit coûter le sceptre à Polynice;
Et l'unique faveur, mon frere, où je prétends,
C'est qu'il me soit permis de vous voir plus long-temps.
Seulement quelques jours souffrez que l'on vous voie,
Et donnez-nous le temps de chercher quelque voie
Qui puisse vous remettre au rang de vos aïeux,
Sans que vous répandiez un sang si précieux.
Pouvez-vous refuser cette grace légere
Aux larmes d'une sœur, aux soupirs d'une mere?

JOCASTE.

Mais quelle crainte encor vous peut inquiéter?
Pourquoi si promptement voulez-vous nous quitter?
Quoi! ce jour tout entier n'est-il pas de la treve?
Dès qu'elle a commencé, faut-il qu'elle s'acheve?
Vous voyez qu'Étéocle a mis les armes bas:
Il veut que je vous voie; et vous ne voulez pas.

ANTIGONE.

Oui, mon frere, il n'est pas comme vous inflexible;
Aux larmes de sa mere il a paru sensible;
Nos pleurs ont désarmé sa colere aujourd'hui:
Vous l'appellez cruel, vous l'êtes plus que lui.

HÉMON.

Seigneur, rien ne vous presse; et vous pouvez sans peine

Laisser agir encor la princesse et la reine :
Accordez tout ce jour à leur pressant desir ;
Voyons si leur dessein ne pourra réussir.
Ne donnez pas la joie au prince votre frere
De dire que sans vous la paix se pouvoit faire.
Vous aurez satisfait une mere, une sœur,
Et vous aurez sur-tout satisfait votre honneur.
Mais que veut ce soldat ? son ame est toute émue.

SCENE IV.

JOCASTE, POLYNICE, ANTIGONE, HÉMON, UN SOLDAT.

LE SOLDAT, à Polynice.

Seigneur, on est aux mains, et la treve est rompue :
Créon et les Thébains, par ordre de leur roi,
Attaquent votre armée et violent leur foi.
Le brave Hippomédon s'efforce, en votre absence,
De soutenir leur choc de toute sa puissance.
Par son ordre, seigneur, je vous viens avertir.

POLYNICE.

Ah les traîtres ! Allons, Hémon, il faut sortir.

(à la reine.)

Madame, vous voyez comme il tient sa parole.
Mais il veut le combat, il m'attaque ; et j'y vole.

JOCASTE.

Polynice, mon fils.... Mais il ne m'entend plus;
Aussi-bien que mes pleurs, mes cris sont superflus.
Chere Antigone, allez, courez à ce barbare:
Du moins allez prier Hémon qu'il les sépare.
La force m'abandonne, et je n'y puis courir;
Tout ce que je puis faire, hélas! c'est de mourir.

FIN DU SECOND ACTE.

ACTE TROISIEME.

SCENE I.

JOCASTE, OLYMPE.

JOCASTE.

Olympe, va-t'en voir ce funeste spectacle;
Va voir si leur fureur n'a point trouvé d'obstacle,
Si rien n'a pu toucher l'un ou l'autre parti.
On dit qu'à ce dessein Ménécée est sorti.

OLYMPE.

Je ne sais quel dessein animoit son courage;
Une héroïque ardeur brilloit sur son visage.
Mais vous devez, madame, espérer jusqu'au bout.

JOCASTE.

Va tout voir, chere Olympe, et me viens dire tout;
Éclaircis promptement ma triste inquiétude.

OLYMPE.

Mais vous dois-je laisser en cette solitude?

JOCASTE.

Va : je veux être seule en l'état où je suis;
Si toutefois on peut l'être avec tant d'ennuis!

SCENE II.

JOCASTE.

Dureront-ils toujours ces ennuis si funestes?
N'épuiseront-ils point les vengeances célestes?
Me feront-ils souffrir tant de cruels trépas,
Sans jamais au tombeau précipiter mes pas?
Ô ciel, que tes rigueurs seroient peu redoutables,
Si la foudre d'abord accabloit les coupables!
Et que tes châtiments paroissent infinis,
Quand tu laisses la vie à ceux que tu punis!
Tu ne l'ignores pas, depuis le jour infâme
Où de mon propre fils je me trouvai la femme,
Le moindre des tourments que mon cœur a soufferts
Égale tous les maux que l'on souffre aux enfers.
Et toutefois, ô dieux, un crime involontaire
Devoit-il attirer toute votre colere?
Le connoissois-je, hélas! ce fils infortuné?
Vous-mêmes dans mes bras vous l'avez amené.
C'est vous dont la rigueur m'ouvrit ce précipice.
Voilà de ces grands dieux la suprême justice!
Jusques au bord du crime ils conduisent nos pas;
Ils nous le font commettre, et ne l'excusent pas.
Prennent-ils donc plaisir à faire des coupables,
Afin d'en faire après d'illustres misérables?

Et ne peuvent-ils point, quand ils sont en courroux,
Chercher des criminels à qui le crime est doux?

SCENE III.
JOCASTE, ANTIGONE.

JOCASTE.

Hé bien, en est-ce fait? l'un ou l'autre perfide
Vient-il d'exécuter son noble parricide?
Parlez, parlez, ma fille.

ANTIGONE.

　　　　　Ah, madame! en effet
L'oracle est accompli, le ciel est satisfait.

JOCASTE.

Quoi! mes deux fils sont morts?

ANTIGONE.

　　　　　Un autre sang, madame,
Rend la paix à l'état et le calme à votre ame;
Un sang digne des rois dont il est découlé:
Un héros pour l'état s'est lui-même immolé.
Je courois pour fléchir Hémon et Polynice:
Ils étoient déja loin avant que je sortisse;
Ils ne m'entendoient plus, et mes cris douloureux
Vainement par leur nom les rappelloient tous deux.
Ils ont tous deux volé vers le champ de bataille;
Et moi, je suis montée au haut de la muraille,

D'où le peuple étonné regardoit comme moi
L'approche d'un combat qui le glaçoit d'effroi.
A cet instant fatal, le dernier de nos princes,
L'honneur de notre sang, l'espoir de nos provinces,
Ménécée, en un mot, digne frere d'Hémon,
Et trop indigne aussi d'être fils de Créon,
De l'amour du pays montrant son ame atteinte,
Au milieu des deux camps s'est avancé sans crainte;
Et se faisant ouïr des Grecs et des Thébains:
« Arrêtez, a-t-il dit, arrêtez, inhumains. »
Ces mots impérieux n'ont point trouvé d'obstacle.
Les soldats, étonnés de ce nouveau spectacle,
De leur noire fureur ont suspendu le cours;
Et ce prince aussitôt poursuivant son discours:
« Apprenez, a-t-il dit, l'arrêt des destinées,
« Par qui vous allez voir vos miseres bornées.
« Je suis le dernier sang de vos rois descendu,
« Qui par l'ordre des dieux doit être répandu.
« Recevez donc ce sang que ma main va répandre;
« Et recevez la paix où vous n'osiez prétendre. »
Il se tait, et se frappe en achevant ces mots:
Et les Thébains, voyant expirer ce héros,
Comme si leur salut devenoit leur supplice,
Regardent en tremblant ce noble sacrifice.
J'ai vu le triste Hémon abandonner son rang
Pour venir embrasser ce frere tout en sang:

Créon, à son exemple, a jetté bas les armes,
Et vers ce fils mourant est venu tout en larmes;
Et l'un et l'autre camp, les voyant retirés,
Ont quitté le combat et se sont séparés.
Et moi, le cœur tremblant, et l'ame toute émue,
D'un si funeste objet j'ai détourné la vue,
De ce prince admirant l'héroïque fureur.

JOCASTE.

Comme vous je l'admire, et j'en frémis d'horreur.
Est-il possible, ô dieux, qu'après ce grand miracle
Le repos des Thébains trouve encor quelque obstacle?
Cet illustre trépas ne peut-il vous calmer,
Puisque même mes fils s'en laissent désarmer?
La refuserez-vous cette noble victime?
Si la vertu vous touche autant que fait le crime,
Si vous donnez les prix comme vous punissez,
Quels crimes par ce sang ne seront effacés?

ANTIGONE.

Oui, oui, cette vertu sera récompensée;
Les dieux sont trop payés du sang de Ménécée;
Et le sang d'un héros, auprès des immortels,
Vaut seul plus que celui de mille criminels.

JOCASTE.

Connoissez mieux du ciel la vengeance fatale.
Toujours à ma douleur il met quelque intervalle:
Mais, hélas! quand sa main semble me secourir,

C'est alors qu'il s'apprête à me faire périr.
Il a mis cette nuit quelque fin à mes larmes,
Afin qu'à mon réveil je visse tout en armes.
S'il me flatte aussitôt de quelque espoir de paix,
Un oracle cruel me l'ôte pour jamais.
Il m'amene mon fils, il veut que je le voie;
Mais, hélas! combien cher me vend-il cette joie!
Ce fils est insensible et ne m'écoute pas;
Et soudain il me l'ôte et l'engage aux combats.
Ainsi, toujours cruel, et toujours en colere,
Il feint de s'appaiser, et devient plus sévere;
Il n'interrompt ses coups que pour les redoubler,
Et retire son bras pour me mieux accabler.

ANTIGONE.

Madame, espérons tout de ce dernier miracle.

JOCASTE.

La haine de mes fils est un trop grand obstacle.
Polynice endurci n'écoute que ses droits:
Du peuple et de Créon l'autre écoute la voix;
Oui, du lâche Créon. Cette ame intéressée
Nous ravit tout le fruit du sang de Ménécée:
En vain pour nous sauver ce grand prince se perd,
Le pere nous nuit plus que le fils ne nous sert.
De deux jeunes héros cet infidele pere....

ANTIGONE.

Ah! le voici, madame, avec le roi mon frere.

SCENE IV.

JOCASTE, ÉTÉOCLE, ANTIGONE, CRÉON.

JOCASTE.

Mon fils, c'est donc ainsi que l'on garde sa foi?

ÉTÉOCLE.

Madame, ce combat n'est point venu de moi,
Mais de quelques soldats, tant d'Argos que des nôtres,
Qui, s'étant querellés les uns avec les autres,
Ont insensiblement tout le corps ébranlé,
Et fait un grand combat d'un simple démêlé.
La bataille sans doute alloit être cruelle,
Et son événement vuidoit notre querelle;
Quand du fils de Créon l'héroïque trépas
De tous les combattants a retenu le bras.
Ce prince, le dernier de la race royale,
S'est appliqué des dieux la réponse fatale;
Et lui-même à la mort il s'est précipité,
De l'amour du pays noblement transporté.

JOCASTE.

Ah! si le seul amour qu'il eut pour sa patrie
Le rendit insensible aux douceurs de la vie,

Mon fils, ce même amour ne peut-il seulement
De votre ambition vaincre l'emportement?
Un exemple si beau vous invite à le suivre.
Il ne faudra cesser de régner ni de vivre:
Vous pouvez, en cédant un peu de votre rang,
Faire plus qu'il n'a fait en versant tout son sang;
Il ne faut que cesser de haïr votre frere;
Vous ferez beaucoup plus que sa mort n'a su faire.
Ô dieux! aimer un frere, est-ce un plus grand effort
Que de haïr la vie et courir à la mort?
Et doit-il être enfin plus facile en un autre
De répandre son sang, qu'en vous d'aimer le vôtre?

ÉTÉOCLE.

Son illustre vertu me charme comme vous;
Et d'un si beau trépas je suis même jaloux.
Et toutefois, madame, il faut que je vous die
Qu'un trône est plus pénible à quitter que la vie:
La gloire bien souvent nous porte à la haïr;
Mais peu de souverains font gloire d'obéir.
Les dieux vouloient son sang; et ce prince, sans crime,
Ne pouvoit à l'état refuser sa victime.
Mais ce même pays, qui demandoit son sang,
Demande que je regne, et m'attache à mon rang.
Jusqu'à ce qu'il m'en ôte, il faut que j'y demeure:
Il n'a qu'à prononcer, j'obéirai sur l'heure;
Et Thebes me verra, pour appaiser son sort,

Et descendre du trône, et courir à la mort.

CRÉON.

Ah! Ménécée est mort, le ciel n'en veut point d'autre:
Laissez couler son sang, sans y mêler le vôtre;
Et puisqu'il l'a versé pour nous donner la paix,
Accordez-la, seigneur, à nos justes souhaits.

ÉTÉOCLE.

Hé quoi! même Créon pour la paix se déclare?

CRÉON.

Pour avoir trop aimé cette guerre barbare,
Vous voyez les malheurs où le ciel m'a plongé:
Mon fils est mort, seigneur.

ÉTÉOCLE.

                              Il faut qu'il soit vengé.

CRÉON.

Sur qui me vengerois-je en ce malheur extrême?

ÉTÉOCLE.

Vos ennemis, Créon, sont ceux de Thebes même:
Vengez-la, vengez-vous.

CRÉON.

                        Ah! dans ses ennemis,
Je trouve votre frere, et je trouve mon fils:
Dois-je verser mon sang, ou répandre le vôtre?
Et dois-je perdre un fils pour en venger un autre?
Seigneur, mon sang m'est cher, le vôtre m'est sacré;
Serai-je sacrilege ou bien dénaturé?

Souillerai-je ma main d'un sang que je révere?
Serai-je parricide, afin d'être bon pere?
Un si cruel secours ne me peut soulager;
Et ce seroit me perdre au lieu de me venger.
Tout le soulagement où ma douleur aspire,
C'est qu'au moins mes malheurs servent à votre empire.
Je me consolerai, si ce fils que je plains
Assure par sa mort le repos des Thébains.
Le ciel promet la paix au sang de Ménécée;
Achevez-la, seigneur, mon fils l'a commencée:
Accordez-lui ce prix qu'il en a prétendu,
Et que son sang en vain ne soit pas répandu.

JOCASTE.

Non, puisqu'à nos malheurs vous devenez sensible,
Au sang de Ménécée il n'est rien d'impossible.
Que Thebes se rassure après ce grand effort;
Puisqu'il change votre ame, il changera son sort.
La paix dès ce moment n'est plus désespérée:
Puisque Créon la veut, je la tiens assurée.
Bientôt ces cœurs de fer se verront adoucis;
Le vainqueur de Créon peut bien vaincre mes fils.

(à Étéocle.)

Qu'un si grand changement vous désarme et vous touche:
Quittez, mon fils, quittez cette haine farouche;
Soulagez une mere, et consolez Créon;
Rendez-moi Polynice, et lui rendez Hémon.

ÉTÉOCLE.

Mais enfin c'est vouloir que je m'impose un maître.
Vous ne l'ignorez pas, Polynice veut l'être;
Il demande sur-tout le pouvoir souverain,
Et ne veut revenir que le sceptre à la main.

SCENE V.

JOCASTE, ÉTÉOCLE, ANTIGONE, CRÉON, ATTALE.

ATTALE, à Étéocle.

Polynice, seigneur, demande une entrevue;
C'est ce que d'un héraut nous apprend la venue.
Il vous offre, seigneur, ou de venir ici,
Ou d'attendre en son camp.

CRÉON.

     Peut-être qu'adouci
Il songe à terminer une guerre si lente,
Et son ambition n'est plus si violente:
Par ce dernier combat, il apprend aujourd'hui
Que vous êtes au moins aussi puissant que lui.
Les Grecs même sont las de servir sa colere;
Et j'ai su, depuis peu, que le roi son beau-pere,
Préférant à la guerre un solide repos,
Se réserve Mycene, et le fait roi d'Argos.

Tout courageux qu'il est, sans doute il ne souhaite
Que de faire en effet une honnête retraite.
Puisqu'il s'offre à vous voir, croyez qu'il veut la paix.
Ce jour la doit conclure, ou la rompre à jamais.
Tâchez dans çe dessein de l'affermir vous-même,
Et lui promettez tout hormis le diadême.

ÉTÉOCLE.

Hormis le diadême il ne demande rien.

JOCASTE.

Mais voyez-le du moins.

CRÉON.

Oui, puisqu'il le veut bien :
Vous ferez plus tout seul que nous ne saurions faire ;
Et le sang reprendra son empire ordinaire.

ÉTÉOCLE.

Allons donc le chercher.

JOCASTE.

Mon fils, au nom des dieux,
Attendez-le plutôt, voyez-le dans ces lieux.

ÉTÉOCLE.

Hé bien, madame, hé bien, qu'il vienne, et qu'on lui donne
Toutes les sûretés qu'il faut pour sa personne.
Allons.

ANTIGONE.

Ah ! si ce jour rend la paix aux Thébains,
Elle sera, Créon, l'ouvrage de vos mains.

SCENE VI.

CRÉON, ATTALE.

CRÉON.

L'intérêt des Thébains n'est pas ce qui vous touche,
Dédaigneuse princesse ; et cette ame farouche,
Qui semble me flatter après tant de mépris,
Songe moins à la paix qu'au retour de mon fils.
Mais nous verrons bientôt si la fiere Antigone
Aussi-bien que mon cœur dédaignera le trône ;
Nous verrons, quand les dieux m'auront fait votre roi,
Si ce fils bienheureux l'emportera sur moi.

ATTALE.

Eh ! qui n'admireroit un changement si rare ?
Créon même, Créon pour la paix se déclare !

CRÉON.

Tu crois donc que la paix est l'objet de mes soins ?

ATTALE.

Oui, je le crois, seigneur, quand j'y pensois le moins ;
Et voyant qu'en effet ce beau soin vous anime,
J'admire à tout moment cet effort magnanime
Qui vous fait mettre enfin votre haine au tombeau.
Ménécée, en mourant, n'a rien fait de plus beau.
Et qui peut immoler sa haine à sa patrie,

Lui pourroit bien aussi sacrifier sa vie.

CRÉON.

Ah! sans doute, qui peut, d'un généreux effort,
Aimer son ennemi, peut bien aimer la mort.
Quoi! je négligerois le soin de ma vengeance,
Et de mon ennemi je prendrois la défense!
De la mort de mon fils Polynice est l'auteur,
Et moi je deviendrois son lâche protecteur!
Quand je renoncerois à cette haine extrême,
Pourrois-je bien cesser d'aimer le diadême?
Non, non, tu me verras d'une constante ardeur
Haïr mes ennemis et chérir ma grandeur.
Le trône fit toujours mes ardeurs les plus cheres:
Je rougis d'obéir où régnerent mes peres;
Je brûle de me voir au rang de mes aïeux,
Et je l'envisageai dès que j'ouvris les yeux.
Sur-tout depuis deux ans ce noble soin m'inspire.
Je ne fais point de pas qui ne tende à l'empire:
Des princes mes neveux j'entretiens la fureur,
Et mon ambition autorise la leur.
D'Étéocle d'abord j'appuyai l'injustice;
Je lui fis refuser le trône à Polynice:
Tu sais que je pensois dès-lors à m'y placer;
Et je l'y mis, Attale, afin de l'en chasser.

ATTALE.

Mais, seigneur, si la guerre eut pour vous tant de charmes,

D'où vient que de leurs mains vous arrachez les armes?
Et puisque leur discorde est l'objet de vos vœux,
Pourquoi, par vos conseils, vont-ils se voir tous deux?

CRÉON.

Plus qu'à mes ennemis la guerre m'est mortelle,
Et le courroux du ciel me la rend trop cruelle:
Il s'arme contre moi de mon propre dessein;
Il se sert de mon bras pour me percer le sein.
La guerre s'allumoit, lorsque, pour mon supplice,
Hémon m'abandonna pour servir Polynice:
Les deux freres par moi devinrent ennemis,
Et je devins, Attale, ennemi de mon fils.
Enfin, ce même jour, je fais rompre la treve,
J'excite le soldat, tout le camp se souleve,
On se bat; et voilà qu'un fils désespéré
Meurt, et rompt un combat que j'ai tant préparé.
Mais il me reste un fils; et je sens que je l'aime
Tout rebelle qu'il est, et tout mon rival même:
Sans le perdre, je veux perdre mes ennemis.
Il m'en coûteroit trop s'il m'en coûtoit deux fils.
Des deux princes, d'ailleurs, la haine est trop puissante:
Ne crois pas qu'à la paix jamais elle consente.
Moi-même je saurai si bien l'envenimer,
Qu'ils périront tous deux plutôt que de s'aimer.
Les autres ennemis n'ont que de courtes haines;
Mais quand de la nature on a brisé les chaînes,

Cher Attale, il n'est rien qui puisse réunir
Ceux que des nœuds si forts n'ont pas su retenir :
L'on hait avec excès lorsque l'on hait un frere.
Mais leur éloignement ralentit leur colere :
Quelque haine qu'on ait contre un fier ennemi,
Quand il est loin de nous, on la perd à demi.
Ne t'étonne donc plus si je veux qu'ils se voient :
Je veux qu'en se voyant leurs fureurs se déploient ;
Que rappellant leur haine, au lieu de la chasser,
Ils s'étouffent, Attale, en voulant s'embrasser.

ATTALE.

Vous n'avez plus, seigneur, à craindre que vous-même ;
On porte ses remords avec le diadême.

CRÉON.

Quand on est sur le trône on a bien d'autres soins ;
Et les remords sont ceux qui nous pesent le moins.
Du plaisir de régner une ame possédée
De tout le temps passé détourne son idée ;
Et de tout autre objet un esprit éloigné
Croit n'avoir point vécu tant qu'il n'a point régné.
Mais allons. Le remords n'est pas ce qui me touche,
Et je n'ai plus un cœur que le crime effarouche :
Tous les premiers forfaits coûtent quelques efforts ;
Mais, Attale, on commet les seconds sans remords.

FIN DU TROISIEME ACTE.

ACTE QUATRIEME.

SCENE I.

ÉTÉOCLE, CRÉON.

ÉTÉOCLE.

Oui, Créon, c'est ici qu'il doit bientôt se rendre ;
Et tous deux en ce lieu nous le pouvons attendre.
Nous verrons ce qu'il veut : mais je répondrois bien
Que par cette entrevue on n'avancera rien.
Je connois Polynice et son humeur altiere ;
Je sais bien que sa haine est encor toute entiere ;
Je ne crois pas qu'on puisse en arrêter le cours ;
Et pour moi, je sens bien que je le hais toujours.

CRÉON.

Mais s'il vous cede enfin la grandeur souveraine,
Vous devez, ce me semble, appaiser votre haine.

ÉTÉOCLE.

Je ne sais si mon cœur s'appaisera jamais :
Ce n'est pas son orgueil, c'est lui seul que je hais.
Nous avons l'un et l'autre une haine obstinée :
Elle n'est pas, Créon, l'ouvrage d'une année ;
Elle est née avec nous ; et sa noire fureur,
Aussitôt que la vie, entra dans notre cœur.

Nous étions ennemis dès la plus tendre enfance;
Que dis-je? nous l'étions avant notre naissance:
Triste et fatal effet d'un sang incestueux!
Pendant qu'un même sein nous renfermoit tous deux
Dans les flancs de ma mere, une guerre intestine
De nos divisions lui marqua l'origine.
Elles ont, tu le sais, paru dans le berceau,
Et nous suivront peut-être encor dans le tombeau.
On diroit que le ciel, par un arrêt funeste,
Voulut de nos parents punir ainsi l'inceste;
Et que dans notre sang il voulut mettre au jour
Tout ce qu'ont de plus noir et la haine et l'amour.
Et maintenant, Créon, que j'attends sa venue,
Ne crois pas que pour lui ma haine diminue;
Plus il approche, et plus il me semble odieux;
Et sans doute il faudra qu'elle éclate à ses yeux.
J'aurois même regret qu'il me quittât l'empire:
Il faut, il faut qu'il fuie, et non qu'il se retire.
Je ne veux point, Créon, le haïr à moitié,
Et je crains son courroux moins que son amitié.
Je veux, pour donner cours à mon ardente haine,
Que sa fureur au moins autorise la mienne;
Et puisqu'enfin mon cœur ne sauroit se trahir,
Je veux qu'il me déteste afin de le haïr.
Tu verras que sa rage est encore la même,
Et que toujours son cœur aspire au diadême;

Qu'il m'abhorre toujours, et veut toujours régner;
Et qu'on peut bien le vaincre, et non pas le gagner.

CRÉON.

Domtez-le donc, seigneur, s'il demeure inflexible;
Quelque fier qu'il puisse être, il n'est pas invincible :
Et puisque la raison ne peut rien sur son cœur,
Éprouvez ce que peut un bras toujours vainqueur.
Oui, quoique dans la paix je trouvasse des charmes,
Je serai le premier à reprendre les armes;
Et si je demandois qu'on en rompît le cours,
Je demande encor plus que vous régniez toujours.
Que la guerre s'enflamme et jamais ne finisse,
S'il faut, avec la paix, recevoir Polynice.
Qu'on ne nous vienne plus vanter un bien si doux;
La guerre et ses horreurs nous plaisent avec vous.
Tout le peuple thébain vous parle par ma bouche;
Ne le soumettez pas à ce prince farouche :
Si la paix se peut faire, il la veut comme moi;
Sur-tout, si vous l'aimez, conservez-lui son roi.
Cependant écoutez le prince votre frere,
Et s'il se peut, seigneur, cachez votre colere;
Feignez.... Mais quelqu'un vient.

SCENE II.

ETÉOCLE, CRÉON, ATTALE.

ÉTÉOCLE.

Sont-ils bien près d'ici?
Vont-ils venir, Attale?

ATTALE.

Oui, seigneur, les voici.
Ils ont trouvé d'abord la princesse et la reine;
Et bientôt ils seront dans la chambre prochaine.

ÉTÉOCLE.

Qu'ils entrent. Cette approche excite mon courroux.
Qu'on hait un ennemi quand il est près de nous!

CRÉON.

Ah! le voici. (à part.) Fortune, acheve mon ouvrage,
Et livre-les tous deux aux transports de leur rage.

SCENE III.

JOCASTE, ÉTÉOCLE, POLYNICE,

ANTIGONE, HÉMON, CRÉON.

JOCASTE.

Me voici donc tantôt au comblé de mes vœux,
Puisque déja le ciel vous rassemble tous deux.

Vous revoyez un frere, après deux ans d'absence,
Dans ce même palais où vous prîtes naissance:
Et moi, par un bonheur où je n'osois penser,
L'un et l'autre à la fois je vous puis embrasser.
Commencez donc, mes fils, cette union si chere;
Et que chacun de vous reconnoisse son frere.
Tous deux dans votre frere envisagez vos traits:
Mais, pour en mieux juger, voyez-les de plus près.
Sur-tout que le sang parle et fasse son office.
Approchez, Étéocle; avancez, Polynice.
Hé quoi! loin d'approcher, vous reculez tous deux!
D'où vient ce sombre accueil et ces regards fâcheux?
N'est-ce point que chacun, d'une ame irrésolue,
Pour saluer son frere attend qu'il le salue;
Et qu'affectant l'honneur de céder le dernier,
L'un ni l'autre ne veut s'embrasser le premier?
Étrange ambition qui n'aspire qu'au crime,
Où le plus furieux passe pour magnanime!
Le vainqueur doit rougir en ce combat honteux;
Et les premiers vaincus sont les plus généreux.
Voyons donc qui des deux aura plus de courage,
Qui voudra le premier triompher de sa rage.
Quoi! vous n'en faites rien! C'est à vous d'avancer,
Et, venant de si loin, vous devez commencer;
Commencez, Polynice, embrassez votre frere;
Et montrez....

ÉTÉOCLE.

Hé, madame! à quoi bon ce mystere?
Tous ces embrassements ne sont guere à propos:
Qu'il parle, qu'il s'explique, et nous laisse en repos.

POLYNICE.

Quoi! faut-il davantage expliquer mes pensées?
On les peut découvrir par les choses passées:
La guerre, les combats, tant de sang répandu,
Tout cela dit assez que le trône m'est dû.

ÉTÉOCLE.

Et ces mêmes combats, et cette même guerre,
Ce sang qui tant de fois a fait rougir la terre,
Tout cela dit assez que le trône est à moi;
Et, tant que je respire, il ne peut être à toi.

POLYNICE.

Tu sais qu'injustement tu remplis cette place.

ÉTÉOCLE.

L'injustice me plaît pourvu que je t'en chasse.

POLYNICE.

Si tu n'en veux sortir, tu pourras en tomber.

ÉTÉOCLE.

Si je tombe, avec moi tu pourras succomber.

JOCASTE.

Ô dieux! que je me vois cruellement déçue!
N'avois-je tant pressé cette fatale vue,
Que pour les désunir encor plus que jamais?

Ah, mes fils! est-ce là comme on parle de paix?
Quittez, au nom des dieux, ces tragiques pensées;
Ne renouvellez point vos discordes passées:
Vous n'êtes pas ici dans un champ inhumain.
Est-ce moi qui vous mets les armes à la main?
Considérez ces lieux où vous prîtes naissance;
Leur aspect sur vos cœurs n'a-t-il point de puissance?
C'est ici que tous deux vous reçûtes le jour;
Tout ne vous parle ici que de paix et d'amour:
Ces princes, votre sœur, tout condamne vos haines;
Enfin moi, qui pour vous pris toujours tant de peines,
Qui, pour vous réunir, immolerois.... Hélas!
Ils détournent la tête, et ne m'écoutent pas!
Tous deux pour s'attendrir ils ont l'ame trop dure;
Ils ne connoissent plus la voix de la nature!

(à Polynice.)

Et vous, que je croyois plus doux et plus soumis....

POLYNICE.

Je ne veux rien de lui que ce qu'il m'a promis:
Il ne sauroit régner sans se rendre parjure.

JOCASTE.

Une extrême justice est souvent une injure.
Le trône vous est dû, je n'en saurois douter;
Mais vous le renversez en voulant y monter.
Ne vous lassez-vous point de cette affreuse guerre?
Voulez-vous sans pitié désoler cette terre,

Détruire cet empire, afin de le gagner?
Est-ce donc sur des morts que vous voulez régner?
Thebes avec raison craint le regne d'un prince
Qui de fleuves de sang inonde sa province:
Voudroit-elle obéir à votre injuste loi?
Vous êtes son tyran avant qu'être son roi.
Dieux! si devenant grand souvent on devient pire,
Si la vertu se perd quand on gagne l'empire,
Lorsque vous régnerez, que serez-vous, hélas!
Si vous êtes cruel quand vous ne régnez pas?

POLYNICE.

Ah! si je suis cruel, on me force de l'être;
Et de mes actions je ne suis pas le maître.
J'ai honte des horreurs où je me vois contraint;
Et c'est injustement que le peuple me craint.
Mais il faut en effet soulager ma patrie;
De ses gémissements mon ame est attendrie.
Trop de sang innocent se verse tous les jours;
Il faut de ses malheurs que j'arrête le cours;
Et, sans faire gémir ni Thebes ni la Grece,
A l'auteur de mes maux il faut que je m'adresse:
Il suffit aujourd'hui de son sang ou du mien.

JOCASTE.

Du sang de votre frere?

POLYNICE.

Oui, madame, du sien:

Il faut finir ainsi cette guerre inhumaine.
Oui, cruel, et c'est là le dessein qui m'amene,
Moi-même à ce combat j'ai voulu t'appeller:
A tout autre qu'à toi je craignois d'en parler;
Tout autre auroit voulu condamner ma pensée,
Et personne en ces lieux ne te l'eût annoncée.
Je te l'annonce donc. C'est à toi de prouver
Si ce que tu ravis tu le sais conserver.
Montre-toi digne enfin d'une si belle proie.

ÉTÉOCLE.

J'accepte ton dessein, et l'accepte avec joie;
Créon sait là-dessus quel étoit mon desir:
J'eusse accepté le trône avec moins de plaisir.
Je te crois maintenant digne du diadême;
Je te le vais porter au bout de ce fer même.

JOCASTE.

Hâtez-vous donc, cruels, de me percer le sein,
Et commencez par moi votre horrible dessein:
Ne considérez point que je suis votre mere,
Considérez en moi celle de votre frere.
Si de votre ennemi vous recherchez le sang,
Recherchez-en la source en ce malheureux flanc:
Je suis de tous les deux la commune ennemie,
Puisque votre ennemi reçut de moi la vie;
Cet ennemi, sans moi, ne verroit pas le jour.
S'il meurt, ne faut-il pas que je meure à mon tour?

N'en doutez point, sa mort me doit être commune;
Il faut en donner deux, ou n'en donner pas une;
Et sans être ni doux ni cruel à demi,
Il faut me perdre, ou bien sauver votre ennemi.
Si la vertu vous plaît, si l'honneur vous anime,
Barbares, rougissez de commettre un tel crime:
Ou si le crime, enfin, vous plaît tant à chacun,
Barbares, rougissez de n'en commettre qu'un.
Aussi-bien, ce n'est point que l'amour vous retienne,
Si vous sauvez ma vie en poursuivant la sienne;
Vous vous garderiez bien, cruels, de m'épargner,
Si je vous empêchois un moment de régner.
Polynice, est-ce ainsi que l'on traite une mere?

POLYNICE.

J'épargne mon pays.

JOCASTE.

Et vous tuez un frere!

POLYNICE.

Je punis un méchant.

JOCASTE.

Et sa mort aujourd'hui
Vous rendra plus coupable et plus méchant que lui.

POLYNICE.

Faut-il que de ma main je couronne ce traître,
Et que de cour en cour j'aille chercher un maître?
Qu'errant et vagabond je quitte mes états,

Pour observer des loix qu'il ne respecte pas?
De ses propres forfaits serai-je la victime?
Le diadême est-il le partage du crime?
Quel droit ou quel devoir n'a-t-il point violé?
Et cependant il regne, et je suis exilé!

JOCASTE.

Mais si le roi d'Argos vous cede une couronne....

POLYNICE.

Dois-je chercher ailleurs ce que le sang me donne?
En m'alliant chez lui n'aurai-je rien porté?
Et tiendrai-je mon rang de sa seule bonté?
D'un trône qui m'est dû faut-il que l'on me chasse,
Et d'un prince étranger que je brigue la place?
Non, non; sans m'abaisser à lui faire la cour,
Je veux devoir le sceptre à qui je dois le jour.

JOCASTE.

Qu'on le tienne, mon fils, d'un beau-pere ou d'un pere,
La main de tous les deux vous sera toujours chere.

POLYNICE.

Non, non, la différence est trop grande pour moi;
L'un me feroit esclave, et l'autre me fait roi.
Quoi! ma grandeur seroit l'ouvrage d'une femme!
D'un éclat si honteux je rougirois dans l'ame.
Le trône, sans l'amour, me seroit donc fermé?
Je ne régnerois pas si l'on ne m'eût aimé?
Je veux m'ouvrir le trône, ou jamais n'y paroître;

Et quand j'y monterai, j'y veux monter en maître;
Que le peuple à moi seul soit forcé d'obéir;
Et qu'il me soit permis de m'en faire haïr.
Enfin, de ma grandeur je veux être l'arbitre,
N'être point roi, madame, ou l'être à juste titre;
Que le sang me couronne, ou, s'il ne suffit pas,
Je veux à son secours n'appeller que mon bras.

JOCASTE.

Faites plus, tenez tout de votre grand courage;
Que votre bras tout seul fasse votre partage;
Et dédaignant les pas des autres souverains,
Soyez, mon fils, soyez l'ouvrage de vos mains.
Par d'illustres exploits couronnez-vous vous-même;
Qu'un superbe laurier soit votre diadême:
Régnez et triomphez, et joignez à la fois
La gloire des héros à la pourpre des rois.
Quoi! votre ambition seroit-elle bornée
A régner tour-à-tour l'espace d'une année?
Cherchez à ce grand cœur, que rien ne peut domter,
Quelque trône où vous seul ayez droit de monter.
Mille sceptres nouveaux s'offrent à votre épée,
Sans que d'un sang si cher nous la voyions trempée.
Vos triomphes pour moi n'auront rien que de doux,
Et votre frere même ira vaincre avec vous.

POLYNICE.

Vous voulez que mon cœur, flatté de ces chimeres,

Laisse un usurpateur au trône de mes peres?

JOCASTE.

Si vous lui souhaitez en effet tant de mal,
Élevez-le vous-même à ce trône fatal.
Ce trône fut toujours un dangereux abîme;
La foudre l'environne aussi-bien que le crime:
Votre pere et les rois qui vous ont devancés,
Sitôt qu'ils y montoient, s'en sont vus renversés.

POLYNICE.

Quand je devrois au ciel rencontrer le tonnerre,
J'y monterois plutôt que de ramper à terre.
Mon cœur, jaloux du sort de ces grands malheureux,
Veut s'élever, madame, et tomber avec eux.

ÉTÉOCLE.

Je saurai t'épargner une chûte si vaine.

POLYNICE.

Ah! ta chûte, crois-moi, précédera la mienne.

JOCASTE.

Mon fils, son regne plaît.

POLYNICE.

                    Mais il m'est odieux.

JOCASTE.

Il a pour lui le peuple.

POLYNICE.

                    Et j'ai pour moi les dieux.

ÉTÉOCLE.

Les dieux de ce haut rang te vouloient interdire,

Puisqu'ils m'ont élevé le premier à l'empire.
Ils ne savoient que trop, lorsqu'ils firent ce choix,
Qu'on veut régner toujours quand on regne une fois.
Jamais dessus le trône on ne vit plus d'un maître;
Il n'en peut tenir deux, quelque grand qu'il puisse être;
L'un des deux, tôt ou tard, se verroit renversé,
Et d'un autre soi-même on y seroit pressé.
Jugez donc, par l'horreur que ce méchant me donne,
Si je puis avec lui partager la couronne.

POLYNICE.

Et moi je ne veux plus, tant tu m'es odieux!
Partager avec toi la lumiere des cieux.

JOCASTE.

Allez donc, j'y consens, allez perdre la vie;
A ce cruel combat tous deux je vous convie:
Puisque tous mes efforts ne sauroient vous changer,
Que tardez-vous? allez vous perdre et me venger.
Surpassez, s'il se peut, les crimes de vos peres:
Montrez, en vous tuant, comme vous êtes freres;
Le plus grand des forfaits vous a donné le jour,
Il faut qu'un crime égal vous l'arrache à son tour.
Je ne condamne plus la fureur qui vous presse;
Je n'ai plus pour mon sang ni pitié ni tendresse:
Votre exemple m'apprend à ne le plus chérir;
Et moi je vais, cruels, vous apprendre à mourir.

SCENE IV.

ANTIGONE, ÉTÉOCLE, POLYNICE, HÉMON, CRÉON.

ANTIGONE.

Madame.... Ô ciel! que vois-je! Hélas! rien ne les touche!

HÉMON.

Rien ne peut ébranler leur constance farouche.

ANTIGONE.

Princes....

ÉTÉOCLE.

Pour ce combat choisissons quelque lieu.

POLYNICE.

Courons. Adieu, ma sœur.

ÉTÉOCLE.

Adieu, princesse, adieu.

ANTIGONE.

Mes freres, arrêtez! Gardes, qu'on les retienne;
Joignez, unissez tous vos douleurs à la mienne.
C'est leur être cruels que de les respecter.

HÉMON.

Madame, il n'est plus rien qui les puisse arrêter.

ANTIGONE.

Ah généreux Hémon! c'est vous seul que j'implore :
Si la vertu vous plaît, si vous m'aimez encore,
Et qu'on puisse arrêter leurs parricides mains,
Hélas! pour me sauver, sauvez ces inhumains.

FIN DU QUATRIEME ACTE.

ACTE CINQUIEME.

SCENE I.

ANTIGONE.

A QUOI te résous-tu, princesse infortunée?
    Ta mere vient de mourir dans tes bras;
        Ne saurois-tu suivre ses pas,
Et finir, en mourant, ta triste destinée?
A de nouveaux malheurs te veux-tu réserver?
Tes freres sont aux mains, rien ne les peut sauver
        De leurs cruelles armes.
Leur exemple t'anime à te percer le flanc;
        Et toi seule verses des larmes,
        Tous les autres versent du sang.

Quelle est de mes malheurs l'extrémité mortelle!
        Où ma douleur doit-elle recourir?
        Dois-je vivre? dois-je mourir?
Un amant me retient, une mere m'appelle;
Dans la nuit du tombeau je la vois qui m'attend:
Ce que veut la raison, l'amour me le défend,
        Et m'en ôte l'envie.
Que je vois de sujets d'abandonner le jour!
        Mais, hélas! qu'on tient à la vie,
        Quand on tient si fort à l'amour!

Oui, tu retiens, amour, mon ame fugitive;
Je reconnois la voix de mon vainqueur:
L'espérance est morte en mon cœur,
Et cependant tu vis, et tu veux que je vive;
Tu dis que mon amant me suivroit au tombeau,
Que je dois de mes jours conserver le flambeau
Pour sauver ce que j'aime.
Hémon, vois le pouvoir que l'amour a sur moi:
Je ne vivrois pas pour moi-même,
Et je veux bien vivre pour toi.

Si jamais tu doutas de ma flamme fidele....
Mais voici du combat la funeste nouvelle.

S C E N E I I.

A N T I G O N E, O L Y M P E.

ANTIGONE.

Hé bien, ma chere Olympe, as-tu vu ce forfait?

OLYMPE.

J'y suis courue en vain, c'en étoit déja fait.
Du haut de nos remparts j'ai vu descendre en larmes
Le peuple qui couroit et qui crioit aux armes;
Et pour vous dire enfin d'où venoit sa terreur,

Le roi n'est plus, madame, et son frere est vainqueur.
On parle aussi d'Hémon; l'on dit que son courage
S'est efforcé long-temps de suspendre leur rage,
Mais que tous ses efforts ont été superflus.
C'est ce que j'ai compris de mille bruits confus.

ANTIGONE.

Ah! je n'en doute pas, Hémon est magnanime;
Son grand cœur eut toujours trop d'horreur pour le crime:
Je l'avois conjuré d'empêcher ce forfait;
Et s'il l'avoit pu faire, Olympe, il l'auroit fait.
Mais, hélas! leur fureur ne pouvoit se contraindre;
Dans des ruisseaux de sang elle vouloit s'éteindre.
Princes dénaturés, vous voilà satisfaits;
La mort seule entre vous pouvoit mettre la paix.
Le trône pour vous deux avoit trop peu de place;
Il falloit entre vous mettre un plus grand espace,
Et que le ciel vous mît, pour finir vos discords,
L'un parmi les vivants, l'autre parmi les morts.
Infortunés tous deux, dignes qu'on vous déplore!
Moins malheureux pourtant que je ne suis encore,
Puisque de tous les maux qui sont tombés sur vous
Vous n'en sentez aucun, et que je les sens tous!

OLYMPE.

Mais pour vous ce malheur est un moindre supplice
Que si la mort vous eût enlevé Polynice;
Ce prince étoit l'objet qui faisoit tous vos soins:

Les intérêts du roi vous touchoient beaucoup moins.

ANTIGONE.

Il est vrai, je l'aimois d'une amitié sincere ;
Je l'aimois beaucoup plus que je n'aimois son frere :
Et ce qui lui donnoit tant de part dans mes vœux,
Il étoit vertueux, Olympe, et malheureux.
Mais, hélas ! ce n'est plus ce cœur si magnanime,
Et c'est un criminel qu'a couronné son crime :
Son frere plus que lui commence à me toucher ;
Devenant malheureux, il m'est devenu cher.

OLYMPE.

Créon vient.

ANTIGONE.

                Il est triste ; et j'en connois la cause :
Au courroux du vainqueur la mort du roi l'expose.
C'est de tous nos malheurs l'auteur pernicieux.

SCENE III.

ANTIGONE, CRÉON, OLYMPE,
ATTALE, GARDES.

CRÉON.

Madame, qu'ai-je appris en entrant dans ces lieux?
Est-il vrai que la reine....

ANTIGONE.

Oui, Créon, elle est morte.

CRÉON.

Ô dieux! puis-je savoir de quelle étrange sorte
Ses jours infortunés ont éteint leur flambeau?

OLYMPE.

Elle-même, seigneur, s'est ouvert le tombeau;
Et s'étant d'un poignard en un moment saisie,
Elle en a terminé ses malheurs et sa vie.

ANTIGONE.

Elle a su prévenir la perte de son fils.

CRÉON.

Ah madame! il est vrai que les dieux ennemis....

ANTIGONE.

N'imputez qu'à vous seul la mort du roi mon frere,
Et n'en accusez point la céleste colere.
A ce combat fatal vous seul l'avez conduit:

Il a cru vos conseils; sa mort en est le fruit.
Ainsi de leurs flatteurs les rois sont les victimes;
Vous avancez leur perte en approuvant leurs crimes:
De la chûte des rois vous êtes les auteurs;
Mais les rois, en tombant, entraînent leurs flatteurs.
Vous le voyez, Créon, sa disgrace mortelle
Vous est funeste autant qu'elle nous est cruelle:
Le ciel, en le perdant, s'en est vengé sur vous;
Et vous avez peut-être à pleurer comme nous.

CRÉON.

Madame, je l'avoue; et les destins contraires
Me font pleurer deux fils, si vous pleurez deux freres.

ANTIGONE.

Mes freres et vos fils! dieux! que veut ce discours?
Quelque autre qu'Étéocle a-t-il fini ses jours?

CRÉON.

Mais ne savez-vous pas cette sanglante histoire?

ANTIGONE.

J'ai su que Polynice a gagné la victoire,
Et qu'Hémon a voulu les séparer en vain.

CRÉON.

Madame, ce combat est bien plus inhumain.
Vous ignorez encor mes pertes et les vôtres;
Mais, hélas! apprenez les unes et les autres.

ANTIGONE.

Rigoureuse fortune, acheve ton courroux!

Ah! sans doute, voici le dernier de tes coups!

CRÉON.

Vous avez vu, madame, avec quelle furie
Les deux princes sortoient pour s'arracher la vie;
Que d'une ardeur égale ils fuyoient de ces lieux,
Et que jamais leurs cœurs ne s'accorderent mieux.
La soif de se baigner dans le sang de leur frere
Faisoit ce que jamais le sang n'avoit su faire:
Par l'excès de leur haine ils sembloient réunis,
Et, prêts à s'égorger, ils paroissoient amis.
Ils ont choisi d'abord, pour leur champ de bataille,
Un lieu près des deux camps, au pied de la muraille.
C'est là que, reprenant leur premiere fureur,
Ils commencent enfin ce combat plein d'horreur.
D'un geste menaçant, d'un œil brûlant de rage,
Dans le sein l'un de l'autre ils cherchent un passage;
Et, la seule fureur précipitant leurs bras,
Tous deux semblent courir au-devant du trépas.
Mon fils, qui de douleur en soupiroit dans l'ame,
Et qui se souvenoit de vos ordres, madame,
Se jette au milieu d'eux, et méprise pour vous
Leurs ordres absolus qui nous arrêtoient tous.
Il leur retient le bras, les repousse, les prie,
Et pour les séparer s'expose à leur furie:
Mais il s'efforce en vain d'en arrêter le cours;
Et ces deux furieux se rapprochent toujours.

Il tient ferme pourtant, et ne perd point courage;
De mille coups mortels il détourne l'orage,
Jusqu'à ce que du roi le fer trop rigoureux,
Soit qu'il cherchât son frere ou ce fils malheureux,
Le renverse à ses pieds, prêt à rendre la vie.

ANTIGONE.

Et la douleur encor ne me l'a pas ravie!

CRÉON.

J'y cours, je le releve, et le prends dans mes bras;
Et me reconnoissant : « Je meurs, dit-il tout bas,
« Trop heureux d'expirer pour ma belle princesse.
« En vain à mon secours votre amitié s'empresse;
« C'est à ces furieux que vous devez courir :
« Séparez-les, mon pere, et me laissez mourir. »
Il expire à ces mots. Ce barbare spectacle
A leur noire fureur n'apporte point d'obstacle;
Seulement Polynice en paroît affligé:
« Attends, Hémon, dit-il, tu vas être vengé. »
En effet sa douleur renouvelle sa rage,
Et bientôt le combat tourne à son avantage.
Le roi, frappé d'un coup qui lui perce le flanc,
Lui cede la victoire, et tombe dans son sang.
Les deux camps aussitôt s'abandonnent en proie,
Le nôtre à la douleur, et les Grecs à la joie;
Et le peuple, alarmé du trépas de son roi,
Sur le haut de ses tours témoigne son effroi.

Polynice, tout fier du succès de son crime,
Regarde avec plaisir expirer sa victime;
Dans le sang de son frere il semble se baigner:
« Et tu meurs, lui dit-il, et moi, je vais régner.
« Regarde dans mes mains l'empire et la victoire:
« Va rougir aux enfers de l'excès de ma gloire;
« Et pour mourir encore avec plus de regret,
« Traître, songe en mourant que tu meurs mon sujet. »
En achevant ces mots, d'une démarche fiere
Il s'approche du roi couché sur la poussiere,
Et pour le désarmer il avance le bras.
Le roi, qui semble mort, observe tous ses pas;
Il le voit, il l'attend, et son ame irritée
Pour quelque grand dessein semble s'être arrêtée.
L'ardeur de se venger flatte encor ses desirs,
Et retarde le cours de ses derniers soupirs.
Prêt à rendre la vie, il en cache le reste,
Et sa mort au vainqueur est un piege funeste;
Et dans l'instant fatal que ce frere inhumain
Lui veut ôter le fer qu'il tenoit à la main,
Il lui perce le cœur, et son ame ravie,
En achevant ce coup, abandonne la vie.
Polynice frappé pousse un cri dans les airs,
Et son ame en courroux s'enfuit dans les enfers.
Tout mort qu'il est, madame, il garde sa colere;
Et l'on diroit qu'encore il menace son frere:

Son visage, où la mort a répandu ses traits,
Demeure plus terrible et plus fier que jamais.

ANTIGONE.

Fatale ambition, aveuglement funeste!
D'un oracle cruel suite trop manifeste!
De tout le sang royal il ne reste que nous;
Et plût aux dieux, Créon, qu'il ne restât que vous,
Et que mon désespoir, prévenant leur colere,
Eût suivi de plus près le trépas de ma mere!

CRÉON.

Il est vrai que des dieux le courroux embrasé
Pour nous faire périr semble s'être épuisé;
Car enfin sa rigueur, vous le voyez, madame,
Ne m'accable pas moins qu'elle afflige votre ame.
En m'arrachant mes fils....

ANTIGONE.

Ah! vous régnez, Créon;
Et le trône aisément vous console d'Hémon.
Mais laissez-moi, de grace, un peu de solitude,
Et ne contraignez point ma triste inquiétude;
Aussi-bien mes chagrins passeroient jusqu'à vous:
Vous trouverez ailleurs des entretiens plus doux.
Le trône vous attend, le peuple vous appelle;
Goûtez tout le plaisir d'une grandeur nouvelle.
Adieu. Nous ne faisons tous deux que nous gêner;
Je veux pleurer, Créon, et vous voulez régner.

CRÉON, arrêtant Antigone.

Ah, madame! régnez et montez sur le trône:
Ce haut rang n'appartient qu'à l'illustre Antigone.

ANTIGONE.

Il me tarde déja que vous ne l'occupiez.
La couronne est à vous.

CRÉON.

Je la mets à vos pieds.

ANTIGONE.

Je la refuserois de la main des dieux même;
Et vous osez, Créon, m'offrir le diadême!

CRÉON.

Je sais que ce haut rang n'a rien de glorieux
Qui ne cede à l'honneur de l'offrir à vos yeux.
D'un si noble destin je me connois indigne:
Mais si l'on peut prétendre à cette gloire insigne,
Si par d'illustres faits on la peut mériter,
Que faut-il faire enfin, madame?

ANTIGONE.

M'imiter.

CRÉON.

Que ne ferois-je point pour une telle grace!
Ordonnez seulement ce qu'il faut que je fasse:
Je suis prêt....

ANTIGONE, en s'en allant.

Nous verrons.

CRÉON, la suivant.

J'attends vos loix ici.

ANTIGONE, en s'en allant.

Attendez.

SCENE IV.

CRÉON, ATTALE, GARDES.

ATTALE.

Son courroux seroit-il adouci ?
Croyez-vous la fléchir ?

CRÉON.

Ouï, oui, mon cher Attale :
Il n'est point de fortune à mon bonheur égale ;
Et tu vas voir en moi, dans ce jour fortuné,
L'ambitieux au trône, et l'amant couronné.
Je demandois au ciel la princesse et le trône ;
Il me donne le sceptre, et m'accorde Antigone.
Pour couronner ma tête et ma flamme en ce jour,
Il arme en ma faveur et la haine et l'amour.
Il allume pour moi deux passions contraires ;
Il attendrit la sœur, il endurcit les freres ;
Il aigrit leur courroux, il fléchit sa rigueur,
Et m'ouvre en même temps et leur trône et son cœur.

ATTALE.

Il est vrai, vous avez toute chose prospere,
Et vous seriez heureux si vous n'étiez point pere.
L'ambition, l'amour n'ont rien à desirer;
Mais, seigneur, la nature a beaucoup à pleurer:
En perdant vos deux fils....

CRÉON.

Oui, leur perte m'afflige;
Je sais ce que de moi le rang de pere exige:
Je l'étois. Mais sur-tout j'étois né pour régner;
Et je perds beaucoup moins que je ne crois gagner.
Le nom de pere, Attale, est un titre vulgaire;
C'est un don que le ciel ne nous refuse guere:
Un bonheur si commun n'a pour moi rien de doux;
Ce n'est pas un bonheur s'il ne fait des jaloux.
Mais le trône est un bien dont le ciel est avare:
Du reste des mortels ce haut rang nous sépare;
Bien peu sont honorés d'un don si précieux:
La terre a moins de rois que le ciel n'a de dieux.
D'ailleurs tu sais qu'Hémon adoroit la princesse,
Et qu'elle eut pour ce prince une extrême tendresse:
S'il vivoit, son amour au mien seroit fatal.
En me privant d'un fils, le ciel m'ôte un rival.
Ne me parle donc plus que de sujets de joie:
Souffre qu'à mes transports je m'abandonne en proie;
Et, sans me rappeller des ombres des enfers,

Dis-moi ce que je gagne, et non ce que je perds.
Parle-moi de régner; parle-moi d'Antigone:
J'aurai bientôt son cœur, et j'ai déja le trône.
Tout ce qui s'est passé n'est qu'un songe pour moi:
J'étois pere et sujet, je suis amant et roi.
La princesse et le trône ont pour moi tant de charmes,
Que.... Mais Olympe vient.

ATTALE.

Dieux! elle est toute en larmes.

SCENE V.

CRÉON, OLYMPE, ATTALE,

GARDES.

OLYMPE.

Qu'attendez-vous, seigneur? la princesse n'est plus.

CRÉON.

Elle n'est plus, Olympe?

OLYMPE.

Ah! regrets superflus!
Elle n'a fait qu'entrer dans la chambre prochaine;
Et du même poignard dont est morte la reine,
Sans que je pusse voir son funeste dessein,
Cette fiere princesse a percé son beau sein:

Elle s'en est, seigneur, mortellement frappée;
Et dans son sang, hélas! elle est soudain tombée.
Jugez à cet objet ce que j'ai dû sentir.
Mais sa belle ame enfin, toute prête à sortir:
« Cher Hémon, c'est à toi que je me sacrifie, »
Dit-elle : et ce moment a terminé sa vie.
J'ai senti son beau corps tout froid entre mes bras;
Et j'ai cru que mon ame alloit suivre ses pas.
Heureuse mille fois, si ma douleur mortelle
Dans la nuit du tombeau m'eût plongée avec elle!

SCENE VI.

CRÉON, ATTALE, GARDES.

CRÉON.

Ainsi donc vous fuyez un amant odieux,
Et vous-même, cruelle, éteignez vos beaux yeux!
Vous fermez pour jamais ces beaux yeux que j'adore;
Et, pour ne me point voir, vous les fermez encore!
Quoiqu'Hémon vous fût cher, vous courez au trépas
Bien plus pour m'éviter que pour suivre ses pas!
Mais dussiez-vous encor m'être aussi rigoureuse,
Ma présence aux enfers vous fût-elle odieuse,
Dût, après le trépas, vivre votre courroux,
Inhumaine, je vais y descendre après vous.

Vous y verrez toujours l'objet de votre haine,
Et toujours mes soupirs vous rediront ma peine,
Ou pour vous adoucir, ou pour vous tourmenter;
Et vous ne pourrez plus mourir pour m'éviter.
Mourons donc....

ATTALE, lui arrachant son épée.

Ah, seigneur! quelle cruelle envie!

CRÉON.

Ah! c'est m'assassiner que me sauver la vie!
Amour, rage, transports, venez à mon secours,
Venez, et terminez mes détestables jours!
De ces cruels amis trompez tous les obstacles!
Toi, justifie, ô ciel! la foi de tes oracles.
Je suis le dernier sang du malheureux Laïus;
Perdez-moi, dieux cruels, ou vous serez déçus.
Reprenez, reprenez cet empire funeste;
Vous m'ôtez Antigone, ôtez-moi tout le reste:
Le trône et vos présents excitent mon courroux;
Un coup de foudre est tout ce que je veux de vous.
Ne le refusez pas à mes vœux, à mes crimes;
Ajoutez mon supplice à tant d'autres victimes.
Mais en vain je vous presse, et mes propres forfaits
Me font déja sentir tous les maux que j'ai faits.
Jocaste, Polynice, Étéocle, Antigone,
Mes fils que j'ai perdus pour m'élever au trône,
Tant d'autres malheureux dont j'ai causé les maux,

Font déja dans mon cœur l'office des bourreaux.
Arrêtez... Mon trépas va venger votre perte;
La foudre va tomber, la terre est entr'ouverte:
Je ressens à la fois mille tourments divers,
Et je m'en vais chercher du repos aux enfers.

(Il tombe entre les mains des gardes.)

F I N.

ALEXANDRE

LE GRAND,

TRAGÉDIE.

1665.

PRÉFACE.

Il n'y a guere de tragédie où l'histoire soit plus fidèlement suivie que dans celle-ci. Le sujet en est tiré de plusieurs auteurs, mais sur-tout du huitieme livre de Quinte-Curce. C'est là qu'on peut voir tout ce qu'Alexandre fit lorsqu'il entra dans les Indes, les ambassades qu'il envoya aux rois de ce pays-là, les différentes réceptions qu'ils firent à ses envoyés, l'alliance que Taxile fit avec lui, la fierté avec laquelle Porus refusa les conditions qu'on lui présentoit, l'inimitié qui étoit entre Porus et Taxile, et enfin la victoire qu'Alexandre remporta sur Porus, la réponse généreuse que ce brave Indien fit au vainqueur qui lui demandoit comment il vouloit qu'on le traitât, et la générosité avec laquelle Alexandre lui rendit tous ses états et en ajouta beaucoup d'autres.

Cette action d'Alexandre a passé pour une des plus belles que ce prince ait faites en sa vie; et le danger que Porus lui fit courir dans la bataille lui parut le plus grand où il se fût jamais trouvé. Il le confessa lui-même, en disant qu'il avoit trouvé enfin un péril digne de son courage. Et ce fut en cette même occasion qu'il s'écria:

PRÉFACE.

« Ô Athéniens, combien de travaux j'endure pour me
« faire louer de vous ! »

J'ai tâché de représenter en Porus un ennemi digne
d'Alexandre ; et je puis dire que son caractere a plu extrêmement sur notre théâtre, jusques-là que des personnes m'ont reproché que je faisois ce prince plus
grand qu'Alexandre. Mais ces personnes ne conside-
rent pas que dans la bataille et dans la victoire Alexandre est en effet plus grand que Porus ; qu'il n'y a pas
un vers dans la tragédie qui ne soit à la louange d'A-
lexandre, que les invectives même de Porus et d'Axiane sont autant d'éloges de la valeur de ce conquérant.
Porus a peut-être quelque chose qui intéresse davantage, parcequ'il est dans le malheur : car, comme dit
Séneque [1], « nous sommes de telle nature, qu'il n'y a
« rien au monde qui se fasse tant admirer qu'un homme
« qui sait être malheureux avec courage ».

Les amours d'Alexandre et de Cléofile ne sont pas
de mon invention ; Justin en parle aussi-bien que Quinte-
Curce : ces deux historiens rapportent qu'une reine dans
les Indes, nommée Cléofile, se rendit à ce prince avec

---

[1] Ita affecti sumus, ut nihil æquè magnam apud nos admirationem occupet,
quam homo fortiter miser.

PRÉFACE.

la ville où il la tenoit assiégée, et qu'il la rétablit dans son royaume, en considération de sa beauté. Elle en eut un fils, et elle l'appella Alexandre. [1]

---

(1) Regna Cleofilis reginæ petit, quæ cùm se dedisset ei, regnum ab Alexandro recepit, illecebris consecuta quod virtute non potuerat; filiumque, ab eo genitum, Alexandrum nominavit, qui postea regnum Indorum potitus est.

JUSTIN.

ACTEURS.

Alexandre.

Porus, } rois dans les Indes.
Taxile,

Axiane, reine d'une autre partie des Indes.

Cléofile, sœur de Taxile.

Éphestion.

Suite d'Alexandre.

La scene est sur le bord de l'Hydaspe, dans
le camp de Taxile.

ALEXANDRE

LE GRAND,

TRAGÉDIE.

ACTE PREMIER.

SCENE I.

TAXILE, CLÉOFILE.

CLÉOFILE.

Quoi! vous allez combattre un roi dont la puissance
Semble forcer le ciel à prendre sa défense,
Sous qui toute l'Asie a vu tomber ses rois,
Et qui tient la fortune attachée à ses loix!
Mon frere, ouvrez les yeux pour connoître Alexandre:
Voyez de toutes parts les trônes mis en cendre,
Les peuples asservis, et les rois enchaînés;
Et prévenez les maux qui les ont entraînés.

TAXILE.

Voulez-vous que, frappé d'une crainte si basse,
Je présente la tête au joug qui nous menace,

Et que j'entende dire aux peuples indiens
Que j'ai forgé moi-même et leurs fers et les miens?
Quitterai-je Porus? Trahirai-je ces princes
Que rassemble le soin d'affranchir nos provinces,
Et qui, sans balancer sur un si noble choix,
Sauront également vivre ou mourir en rois?
En voyez-vous un seul qui, sans rien entreprendre,
Se laisse terrasser au seul nom d'Alexandre,
Et, le croyant déja maître de l'univers,
Aille, esclave empressé, lui demander des fers?
Loin de s'épouvanter à l'aspect de sa gloire,
Ils l'attaqueront même au sein de la victoire:
Et vous voulez, ma sœur, que Taxile aujourd'hui,
Tout prêt à le combattre, implore son appui!

CLÉOFILE.

Aussi n'est-ce qu'à vous que ce prince s'adresse;
Pour votre amitié seule Alexandre s'empresse:
Quand la foudre s'allume et s'apprête à partir,
Il s'efforce en secret de vous en garantir.

TAXILE.

Pourquoi suis-je le seul que son courroux ménage?
De tous ceux que l'Hydaspe oppose à son courage,
Ai-je mérité seul son indigne pitié?
Ne peut-il à Porus offrir son amitié?
Ah! sans doute il lui croit l'ame trop généreuse
Pour écouter jamais une offre si honteuse:

Il cherche une vertu qui lui résiste moins;
Et peut-être il me croit plus digne de ses soins.

CLÉOFILE.

Dites, sans l'accuser de chercher un esclave,
Que de ses ennemis il vous croit le plus brave;
Et qu'en vous arrachant les armes de la main,
Il se promet du reste un triomphe certain.
Son choix à votre nom n'imprime point de taches;
Son amitié n'est point le partage des lâches:
Quoiqu'il brûle de voir tout l'univers soumis,
On ne voit point d'esclave au rang de ses amis.
Ah! si son amitié peut souiller votre gloire,
Que ne m'épargnez-vous une tache si noire!
Vous connoissez les soins qu'il me rend tous les jours;
Il ne tenoit qu'à vous d'en arrêter le cours.
Vous me voyez ici maîtresse de son ame;
Cent messages secrets m'assurent de sa flamme:
Pour venir jusqu'à moi, ses soupirs embrasés
Se font jour au travers de deux camps opposés.
Au lieu de le haïr, au lieu de m'y contraindre,
De mon trop de rigueur je vous ai vu vous plaindre;
Vous m'avez engagée à souffrir son amour,
Et peut-être, mon frere, à l'aimer à mon tour.

TAXILE.

Vous pouvez, sans rougir du pouvoir de vos charmes,
Forcer ce grand guerrier à vous rendre les armes;

Et, sans que votre cœur doive s'en alarmer,
Le vainqueur de l'Euphrate a pu vous désarmer :
Mais l'état aujourd'hui suivra ma destinée ;
Je tiens avec mon sort sa fortune enchaînée ;
Et, quoique vos conseils tâchent de me fléchir,
Je dois demeurer libre afin de l'affranchir.
Je sais l'inquiétude où ce dessein vous livre ;
Mais comme vous, ma sœur, j'ai mon amour à suivre.
Les beaux yeux d'Axiane, ennemis de la paix,
Contre votre Alexandre arment tous leurs attraits :
Reine de tous les cœurs, elle met tout en armes
Pour cette liberté que détruisent ses charmes ;
Elle rougit des fers qu'on apporte en ces lieux,
Et n'y sauroit souffrir de tyrans que ses yeux.
Il faut servir, ma sœur, son illustre colere ;
Il faut aller....

CLÉOFILE.

Hé bien, perdez-vous pour lui plaire ;
De ces tyrans si chers suivez l'arrêt fatal,
Servez-les : ou plutôt servez votre rival ;
De vos propres lauriers souffrez qu'on le couronne ;
Combattez pour Porus, Axiane l'ordonne ;
Et, par de beaux exploits appuyant sa rigueur,
Assurez à Porus l'empire de son cœur.

TAXILE.

Ah ma sœur ! croyez-vous que Porus....

CLÉOFILE.

                              Mais vous-même,
Doutez-vous en effet qu'Axiane ne l'aime?
Quoi! ne voyez-vous pas avec quelle chaleur
L'ingrate à vos yeux même étale sa valeur?
Quelque brave qu'on soit, si nous la voulons croire,
Ce n'est qu'autour de lui que vole la victoire:
Vous formeriez sans lui d'inutiles desseins;
La liberté de l'Inde est toute entre ses mains;
Sans lui déja nos murs seroient réduits en cendre;
Lui seul peut arrêter les progrès d'Alexandre:
Elle se fait un dieu de ce prince charmant,
Et vous doutez encor qu'elle en fasse un amant!

TAXILE.

Je tâchois d'en douter, cruelle Cléofile.
Hélas! dans son erreur affermissez Taxile:
Pourquoi lui peignez-vous cet objet odieux?
Aidez-le bien plutôt à démentir ses yeux:
Dites-lui qu'Axiane est une beauté fiere,
Telle à tous les mortels qu'elle est à votre frere;
Flattez de quelque espoir....

CLÉOFILE.

                              Espérez, j'y consens:
Mais n'espérez plus rien de vos soins impuissants.
Pourquoi dans les combats chercher une conquête
Qu'à vous livrer lui-même Alexandre s'apprête?

Ce n'est pas contre lui qu'il la faut disputer;
Porus est l'ennemi qui prétend vous l'ôter.
Pour ne vanter que lui, l'injuste renommée
Semble oublier les noms du reste de l'armée:
Quoi qu'on fasse, lui seul en ravit tout l'éclat;
Et, comme ses sujets, il vous mene au combat.
Ah! si ce nom vous plaît, si vous cherchez à l'être,
Les Grecs et les Persans vous enseignent un maître;
Vous trouverez cent rois compagnons de vos fers;
Porus y viendra même avec tout l'univers.
Mais Alexandre enfin ne vous tend point de chaînes;
Il laisse à votre front ces marques souveraines
Qu'un orgueilleux rival ose ici dédaigner.
Porus vous fait servir; il vous fera régner.
Au lieu que de Porus vous êtes la victime,
Vous serez.... Mais voici ce rival magnanime.

TAXILE.

Ah ma sœur! je me trouble; et mon cœur alarmé,
En voyant mon rival, me dit qu'il est aimé.

CLÉOFILE.

Le temps vous presse. Adieu. C'est à vous de vous rendre
L'esclave de Porus, ou l'ami d'Alexandre.

SCENE II.
PORUS, TAXILE.

PORUS.

Seigneur, ou je me trompe, ou nos fiers ennemis
Feront moins de progrès qu'ils ne s'étoient promis.
Nos chefs et nos soldats, brûlant d'impatience,
Font lire sur leur front une mâle assurance;
Ils s'animent l'un l'autre; et nos moindres guerriers
Se promettent déja des moissons de lauriers.
J'ai vu de rang en rang cette ardeur répandüe
Par des cris généreux éclater à ma vue:
Ils se plaignent qu'au lieu d'éprouver leur grand cœur,
L'oisiveté d'un camp consume leur vigueur.
Laisserons-nous languir tant d'illustres courages?
Notre ennemi, seigneur, cherche ses avantages;
Il se sent foible encore; et, pour nous retenir,
Éphestion demande à nous entretenir;
Et par de vains discours....

TAXILE.

　　　　　　Seigneur, il faut l'entendre;
Nous ignorons encor ce que veut Alexandre:
Peut-être est-ce la paix qu'il nous veut présenter.

PORUS.

La paix! Ah! de sa main pourriez-vous l'accepter?

Hé quoi! nous l'aurons vu, par tant d'horribles guerres,
Troubler le calme heureux dont jouissoient nos terres,
Et, le fer à la main, entrer dans nos états
Pour attaquer des rois qui ne l'offensoient pas;
Nous l'aurons vu piller des provinces entieres,
Du sang de nos sujets faire enfler nos rivieres:
Et, quand le ciel s'apprête à nous l'abandonner,
J'attendrai qu'un tyran daigne nous pardonner!

TAXILE.

Ne dites point, seigneur, que le ciel l'abandonne;
D'un soin toujours égal sa faveur l'environne.
Un roi qui fait trembler tant d'états sous ses loix
N'est pas un ennemi que méprisent les rois.

PORUS.

Loin de le mépriser j'admire son courage;
Je rends à sa valeur un légitime hommage:
Mais je veux à mon tour mériter les tributs
Que je me sens forcé de rendre à ses vertus.
Oui, je consens qu'au ciel on éleve Alexandre:
Mais si je puis, seigneur, je l'en ferai descendre,
Et j'irai l'attaquer jusques sur les autels
Que lui dresse en tremblant le reste des mortels.
C'est ainsi qu'Alexandre estima tous ces princes
Dont sa valeur pourtant a conquis les provinces:
Si son cœur dans l'Asie eût montré quelque effroi,
Darius en mourant l'auroit-il vu son roi?

TAXILE.

Seigneur, si Darius avoit su se connoître,
Il régneroit encore où regne un autre maître.
Cependant cet orgueil qui causa son trépas
Avoit un fondement que vos mépris n'ont pas :
La valeur d'Alexandre à peine étoit connue ;
Ce foudre étoit encore enfermé dans la nue :
Dans un calme profond Darius endormi
Ignoroit jusqu'au nom d'un si foible ennemi.
Il le connut bientôt ; et son ame, étonnée,
De tout ce grand pouvoir se vit abandonnée :
Il se vit terrassé d'un bras victorieux ;
Et la foudre en tombant lui fit ouvrir les yeux.

PORUS.

Mais encore, à quel prix croyez-vous qu'Alexandre
Mette l'indigne paix dont il veut vous surprendre ?
Demandez-le, seigneur, à cent peuples divers
Que cette paix trompeuse a jettés dans les fers.
Non, ne nous flattons point : sa douceur nous outrage ;
Toujours son amitié traîne un long esclavage :
En vain on prétendroit n'obéir qu'à demi ;
Si l'on n'est son esclave, on est son ennemi.

TAXILE.

Seigneur, sans se montrer lâche ni téméraire,
Par quelque vain hommage on peut le satisfaire.
Flattons par des respects ce prince ambitieux

Que son bouillant orgueil appelle en d'autres lieux.
C'est un torrent qui passe, et dont la violence
Sur tout ce qui l'arrête exerce sa puissance;
Qui, grossi du débris de cent peuples divers,
Veut du bruit de son cours remplir tout l'univers.
Que sert de l'irriter par un orgueil sauvage?
D'un favorable accueil honorons son passage;
Et, lui cédant des droits que nous reprendrons bien,
Rendons-lui des devoirs qui ne nous coûtent rien.

PORUS.

Qui ne nous coûtent rien, seigneur! L'osez-vous croire?
Compterai-je pour rien la perte de ma gloire?
Votre empire et le mien seroient trop achetés
S'ils coûtoient à Porus les moindres lâchetés.
Mais croyez-vous qu'un prince enflé de tant d'audace
De son passage ici ne laissât point de trace?
Combien de rois, brisés à ce funeste écueil,
Ne regnent plus qu'autant qu'il plaît à son orgueil!
Nos couronnes d'abord devenant ses conquêtes,
Tant que nous régnerions flotteroient sur nos têtes;
Et nos sceptres, en proie à ses moindres dédains,
Dès qu'il auroit parlé tomberoient de nos mains.
Ne dites point qu'il court de province en province:
Jamais de ses liens il ne dégage un prince;
Et pour mieux asservir les peuples sous ses loix,
Souvent dans la poussiere il leur cherche des rois.

Mais ces indignes soins touchent peu mon courage :
Votre seul intérêt m'inspire ce langage.
Porus n'a point de part dans tout cet entretien,
Et quand la gloire parle, il n'écoute plus rien.

TAXILE.

J'écoute, comme vous, ce que l'honneur m'inspire,
Seigneur ; mais il m'engage à sauver mon empire.

PORUS.

Si vous voulez sauver l'un et l'autre aujourd'hui,
Prévenons Alexandre, et marchons contre lui.

TAXILE.

L'audace et le mépris sont d'infideles guides.

PORUS.

La honte suit de près les courages timides.

TAXILE.

Le peuple aime les rois qui savent l'épargner.

PORUS.

Il estime encor plus ceux qui savent régner.

TAXILE.

Ces conseils ne plairont qu'à des ames hautaines.

PORUS.

Ils plairont à des rois, et peut-être à des reines.

TAXILE.

La reine, à vous ouïr, n'a des yeux que pour vous.

PORUS.

Un esclave est pour elle un objet de courroux.

TAXILE.

Mais croyez-vous, seigneur, que l'amour vous ordonne
D'exposer avec vous son peuple et sa personne?
Non, non : sans vous flatter, avouez qu'en ce jour
Vous suivez votre haine, et non pas votre amour.

PORUS.

Hé bien, je l'avouerai que ma juste colere
Aime la guerre autant que la paix vous est chere:
J'avouerai que, brûlant d'une noble chaleur,
Je vais contre Alexandre éprouver ma valeur,
Du bruit de ses exploits mon ame importunée
Attend depuis long-temps cette heureuse journée.
Avant qu'il me cherchât, un orgueil inquiet
M'avoit déja rendu son ennemi secret.
Dans le noble transport de cette jalousie,
Je le trouvois trop lent à traverser l'Asie;
Je l'attirois ici par des vœux si puissants,
Que je portois envie au bonheur des Persans:
Et maintenant encor, s'il trompoit mon courage,
Pour sortir de ces lieux s'il cherchoit un passage,
Vous me verriez moi-même, armé pour l'arrêter,
Lui refuser la paix qu'il nous veut présenter.

TAXILE.

Oui, sans doute, une ardeur si haute et si constante
Vous promet dans l'histoire une place éclatante;
Et, sous ce grand dessein dussiez-vous succomber,

Au moins c'est avec bruit qu'on vous verra tomber.
La reine vient. Adieu. Vantez-lui votre zele;
Découvrez cet orgueil qui vous rend digne d'elle.
Pour moi, je troublerois un si noble entretien;
Et vos cœurs rougiroient des foiblesses du mien.

SCENE III.
PORUS, AXIANE.

AXIANE.
Quoi! Taxile me fuit! Quelle cause inconnue....
PORUS.
Il fait bien de cacher sa honte à votre vue:
Et puisqu'il n'ose plus s'exposer aux hasards,
De quel front pourroit-il soutenir vos regards?
Mais laissons-le, madame; et, puisqu'il veut se rendre,
Qu'il aille avec sa sœur adorer Alexandre.
Retirons-nous d'un camp où, l'encens à la main,
Le fidele Taxile attend son souverain.
AXIANE.
Mais, seigneur, que dit-il?
PORUS.
                    Il en fait trop paroître:
Cet esclave déja m'ose vanter son maître;
Il veut que je le serve....

AXIANE.

                     Ah! sans vous emporter,
Souffrez que mes efforts tâchent de l'arrêter:
Ses soupirs, malgré moi, m'assurent qu'il m'adore.
Quoi qu'il en soit, souffrez que je lui parle encore;
Et ne le forçons point, par ce cruel mépris,
D'achever un dessein qu'il peut n'avoir pas pris.

PORUS.

Hé quoi! vous en doutez; et votre ame s'assure
Sur la foi d'un amant infidele et parjure,
Qui veut à son tyran vous livrer aujourd'hui,
Et croit, en vous donnant, vous obtenir de lui!
Hé bien, aidez-le donc à vous trahir vous-même:
Il vous peut arracher à mon amour extrême;
Mais il ne peut m'ôter, par ses efforts jaloux,
La gloire de combattre et de mourir pour vous.

AXIANE.

Et vous croyez qu'après une telle insolence
Mon amitié, seigneur, seroit sa récompense!
Vous croyez que, mon cœur s'engageant sous sa loi,
Je souscrirois au don qu'on lui feroit de moi!
Pouvez-vous sans rougir m'accuser d'un tel crime?
Ai-je fait pour ce prince éclater tant d'estime?
Entre Taxile et vous s'il falloit prononcer,
Seigneur, le croyez-vous qu'on me vît balancer?
Sais-je pas que Taxile est une ame incertaine,

Que l'amour le retient quand la crainte l'entraîne?
Sais-je pas que, sans moi, sa timide valeur
Succomberoit bientôt aux ruses de sa sœur?
Vous savez qu'Alexandre en fit sa prisonniere,
Et qu'enfin cette sœur retourna vers son frere;
Mais je connus bientôt qu'elle avoit entrepris
De l'arrêter au piege où son cœur étoit pris.

PORUS.

Et vous pouvez encor demeurer auprès d'elle!
Que n'abandonnez-vous cette sœur criminelle?
Pourquoi, par tant de soins, voulez-vous épargner
Un prince....

AXIANE.

C'est pour vous que je le veux gagner.
Vous verrai-je, accablé du soin de nos provinces,
Attaquer seul un roi vainqueur de tant de princes?
Je vous veux dans Taxile offrir un défenseur
Qui combatte Alexandre, en dépit de sa sœur.
Que n'avez-vous pour moi cette ardeur empressée!
Mais d'un soin si commun votre ame est peu blessée:
Pourvu que ce grand cœur périsse noblement,
Ce qui suivra sa mort le touche foiblement.
Vous me voulez livrer sans secours, sans asyle,
Au courroux d'Alexandre, à l'amour de Taxile
Qui, me traitant bientôt en superbe vainqueur,
Pour prix de votre mort demandera mon cœur.

Hé bien, seigneur, allez, contentez votre envie;
Combattez, oubliez le soin de votre vie;
Oubliez que le ciel, favorable à vos vœux,
Vous préparoit peut-être un sort assez heureux.
Peut-être qu'à son tour Axiane charmée
Alloit.... Mais non, seigneur, courez vers votre armée:
Un si long entretien vous seroit ennuyeux;
Et c'est vous retenir trop long-temps en ces lieux.

PORUS.

Ah madame! arrêtez, et connoissez ma flamme;
Ordonnez de mes jours, disposez de mon ame:
La gloire y peut beaucoup, je ne m'en cache pas;
Mais que n'y peuvent point tant de divins appas!
Je ne vous dirai point que pour vaincre Alexandre
Vos soldats et les miens alloient tout entreprendre;
Que c'étoit pour Porus un bonheur sans égal
De triompher tout seul aux yeux de son rival:
Je ne vous dis plus rien. Parlez en souveraine;
Mon cœur met à vos pieds et sa gloire et sa haine.

AXIANE.

Ne craignez rien; ce cœur, qui veut bien m'obéir,
N'est pas entre des mains qui le puissent trahir:
Non, je ne prétends pas, jalouse de sa gloire,
Arrêter un héros qui court à la victoire.
Contre un fier ennemi précipitez vos pas;
Mais de vos alliés ne vous séparez pas:

Ménagez-les, seigneur, et, d'une ame tranquille,
Laissez agir mes soins sur l'esprit de Taxile;
Montrez en sa faveur des sentiments plus doux :
Je le vais engager à combattre pour vous.

PORUS.

Hé bien, madame, allez, j'y consens avec joie :
Voyons Éphestion, puisqu'il faut qu'on le voie.
Mais sans perdre l'espoir de le suivre de près,
J'attends Éphestion, et le combat après.

FIN DU PREMIER ACTE.

ACTE SECOND.

SCENE I.

CLÉOFILE, ÉPHESTION.

ÉPHESTION.

Oui, tandis que vos rois déliberent ensemble,
Et que tout se prépare au conseil qui s'assemble,
Madame, permettez que je vous parle aussi
Des secretes raisons qui m'amenent ici.
Fidele confident du beau feu de mon maître,
Souffrez que je l'explique aux yeux qui l'ont fait naître;
Et que pour ce héros j'ose vous demander
Le repos qu'à vos rois il veut bien accorder.
Après tant de soupirs, que faut-il qu'il espere?
Attendez-vous encore après l'aveu d'un frere?
Voulez-vous que son cœur, incertain et confus,
Ne se donne jamais sans craindre vos refus?
Faut-il mettre à vos pieds le reste de la terre?
Faut-il donner la paix? faut-il faire la guerre?
Prononcez: Alexandre est tout prêt d'y courir,
Ou pour vous mériter, ou pour vous conquérir.

CLÉOFILE.

Puis-je croire qu'un prince, au comble de la gloire,

De mes foibles attraits garde encor la mémoire;
Que, traînant après lui la victoire et l'effroi,
Il se puisse abaisser à soupirer pour moi?
Des captifs comme lui brisent bientôt leur chaîne;
A de plus hauts desseins la gloire les entraîne;
Et l'amour dans leurs cœurs, interrompu, troublé,
Sous le faix des lauriers est bientôt accablé.
Tandis que ce héros me tint sa prisonniere,
J'ai pu toucher son cœur d'une atteinte légere:
Mais je pense, seigneur, qu'en rompant mes liens
Alexandre à son tour brisa bientôt les siens.

ÉPHESTION.

Ah! si vous l'aviez vu, brûlant d'impatience,
Compter les tristes jours d'une si longue absence,
Vous sauriez que, l'amour précipitant ses pas,
Il ne cherchoit que vous en courant aux combats.
C'est pour vous qu'on l'a vu, vainqueur de tant de princes,
D'un cours impétueux traverser vos provinces,
Et briser en passant, sous l'effort de ses coups,
Tout ce qui l'empêchoit de s'approcher de vous.
On voit en même champ vos drapeaux et les nôtres;
De ses retranchements il découvre les vôtres:
Mais, après tant d'exploits, ce timide vainqueur
Craint qu'il ne soit encor bien loin de votre cœur.
Que lui sert de courir de contrée en contrée,
S'il faut que de ce cœur vous lui fermiez l'entrée?

Si, pour ne point répondre à de sinceres vœux,
Vous cherchez chaque jour à douter de ses feux?
Si votre esprit, armé de mille défiances....

CLÉOFILE.

Hélas! de tels soupçons sont de foibles défenses;
Et nos cœurs, se formant mille soins superflus,
Doutent toujours du bien qu'ils souhaitent le plus.
Oui, puisque ce héros veut que j'ouvre mon ame,
J'écoute avec plaisir le récit de sa flamme:
Je craignois que le temps n'en eût borné le cours;
Je souhaite qu'il m'aime, et qu'il m'aime toujours.
Je dis plus : quand son bras força notre frontiere,
Et dans les murs d'Omphis m'arrêta prisonniere,
Mon cœur, qui le voyoit maître de l'univers,
Se consoloit déja de languir dans ses fers;
Et, loin de murmurer contre un destin si rude,
Il s'en fit, je l'avoue, une douce habitude;
Et de sa liberté perdant le souvenir,
Même en la demandant, craignoit de l'obtenir:
Jugez si son retour me doit combler de joie.
Mais, tout couvert de sang, veut-il que je le voie?
Est-ce comme ennemi qu'il se vient présenter?
Et ne me cherche-t-il que pour me tourmenter?

ÉPHESTION.

Non, madame : vaincu du pouvoir de vos charmes,
Il suspend aujourd'hui la terreur de ses armes;

Il présente la paix à des rois aveuglés,
Et retire la main qui les eût accablés.
Il craint que la victoire, à ses vœux trop facile,
Ne conduise ses coups dans le sein de Taxile :
Son courage, sensible à vos justes douleurs,
Ne veut point de lauriers arrosés de vos pleurs.
Favorisez les soins où son amour l'engage;
Exemptez sa valeur d'un si triste avantage;
Et disposez des rois qu'épargne son courroux
A recevoir un bien qu'ils ne doivent qu'à vous.

CLÉOFILE.

N'en doutez point, seigneur, mon ame, inquiétée,
D'une crainte si juste est sans cesse agitée;
Je tremble pour mon frere, et crains que son trépas
D'un ennemi si cher n'ensanglante le bras.
Mais en vain je m'oppose à l'ardeur qui l'enflamme,
Axiane et Porus tyrannisent son ame;
Les charmes d'une reine et l'exemple d'un roi,
Dès que je veux parler, s'élevent contre moi.
Que n'ai-je point à craindre en ce désordre extrême?
Je crains pour lui, je crains pour Alexandre même.
Je sais qu'en l'attaquant cent rois se sont perdus;
Je sais tous ses exploits : mais je connois Porus.
Nos peuples, qu'on a vus triomphants à sa suite
Repousser les efforts du Persan et du Scythe,
Et tout fiers des lauriers dont il les a chargés,

Vaincront à son exemple, ou périront vengés.
Et je crains....

ÉPHESTION.

Ah ! quittez une crainte si vaine ;
Laissez courir Porus où son malheur l'entraîne ;
Que l'Inde en sa faveur arme tous ses états,
Et que le seul Taxile en détourne ses pas.
Mais les voici.

CLÉOFILE.

Seigneur, achevez votre ouvrage :
Par vos sages conseils dissipez cet orage ;
Ou, s'il faut qu'il éclate, au moins souvenez-vous
De le faire tomber sur d'autres que sur nous.

SCENE II.

PORUS, TAXILE, ÉPHESTION.

ÉPHESTION.

Avant que le combat qui menace vos têtes
Mette tous vos états au rang de nos conquêtes,
Alexandre veut bien différer ses exploits,
Et vous offrir la paix pour la derniere fois.
Vos peuples, prévenus de l'espoir qui vous flatte,
Prétendoient arrêter le vainqueur de l'Euphrate ;
Mais l'Hydaspe, malgré tant d'escadrons épars,

Voit enfin sur ses bords flotter nos étendards :
Vous les verriez plantés jusques sur vos tranchées,
Et de sang et de morts vos campagnes jonchées,
Si ce héros, couvert de tant d'autres lauriers,
N'eût lui-même arrêté l'ardeur de nos guerriers.
Il ne vient point ici, souillé du sang des princes,
D'un triomphe barbare effrayer vos provinces,
Et, cherchant à briller d'une triste splendeur,
Sur le tombeau des rois élever sa grandeur :
Mais vous-mêmes, trompés d'un vain espoir de gloire,
N'allez point dans ses bras irriter la victoire ;
Et lorsque son courroux demeure suspendu,
Princes, contentez-vous de l'avoir attendu.
Ne différez point tant à lui rendre l'hommage
Que vos cœurs, malgré vous, rendent à son courage ;
Et, recevant l'appui que vous offre son bras,
D'un si grand défenseur honorez vos états.
Voilà ce qu'un grand roi veut bien vous faire entendre,
Prêt à quitter le fer, et prêt à le reprendre.
Vous savez son dessein : choisissez aujourd'hui
Si vous voulez tout perdre, ou tenir tout de lui.

TAXILE.

Seigneur, ne croyez point qu'une fierté barbare
Nous fasse méconnoître une vertu si rare ;
Et que dans leur orgueil nos peuples affermis
Prétendent, malgré vous, être vos ennemis.

Nous rendons ce qu'on doit aux illustres exemples:
Vous adorez des dieux qui nous doivent leurs temples;
Des héros qui chez vous passoient pour des mortels
En venant parmi nous ont trouvé des autels.
Mais en vain l'on prétend, chez des peuples si braves,
Au lieu d'adorateurs se faire des esclaves:
Croyez-moi, quelque éclat qui les puisse toucher,
Ils refusent l'encens qu'on leur veut arracher.
Assez d'autres états, devenus vos conquêtes,
De leurs rois, sous le joug, ont vu ployer les têtes:
Après tous ces états qu'Alexandre a soumis,
N'est-il pas temps, seigneur, qu'il cherche des amis?
Tout ce peuple captif, qui tremble au nom d'un maître,
Soutient mal un pouvoir qui ne fait que de naître:
Ils ont pour s'affranchir les yeux toujours ouverts:
Votre empire n'est plein que d'ennemis couverts:
Ils pleurent en secret leurs rois sans diadêmes:
Vos fers trop étendus se relâchent d'eux-mêmes;
Et déja dans leur cœur les Scythes mutinés
Vont sortir de la chaîne où vous nous destinez.
Essayez, en prenant notre amitié pour gage,
Ce que peut une foi qu'aucun serment n'engage;
Laissez un peuple, au moins, qui puisse quelquefois
Applaudir sans contrainte au bruit de vos exploits.
Je reçois à ce prix l'amitié d'Alexandre;
Et je l'attends déja comme un roi doit attendre

Un héros dont la gloire accompagne les pas,
Qui peut tout sur mon cœur, et rien sur mes états.

PORUS.

Je croyois, quand l'Hydaspe, assemblant ses provinces,
Au secours de ses bords fit voler tous ses princes,
Qu'il n'avoit avec moi, dans des desseins si grands,
Engagé que des rois ennemis des tyrans:
Mais puisqu'un roi, flattant la main qui nous menace,
Parmi ses alliés brigue une indigne place,
C'est à moi de répondre aux vœux de mon pays,
Et de parler pour ceux que Taxile a trahis.
Que vient chercher ici le roi qui vous envoie?
Quel est ce grand secours que son bras nous octroie?
De quel front ose-t-il prendre sous son appui
Des peuples qui n'ont point d'autre ennemi que lui?
Avant que sa fureur ravageât tout le monde,
L'Inde se reposoit dans une paix profonde;
Et si quelques voisins en troubloient les douceurs,
Il portoit dans son sein d'assez bons défenseurs.
Pourquoi nous attaquer? Par quelle barbarie
A-t-on de votre maître excité la furie?
Vit-on jamais chez lui nos peuples en courroux
Désoler un pays inconnu parmi nous?
Faut-il que tant d'états, de déserts, de rivieres,
Soient entre nous et lui d'impuissantes barrieres?
Et ne sauroit-on vivre au bout de l'univers

Sans connoître son nom et le poids de ses fers ?
Quelle étrange valeur, qui, ne cherchant qu'à nuire,
Embrase tout sitôt qu'elle commence à luire ;
Qui n'a que son orgueil pour regle et pour raison ;
Qui veut que l'univers ne soit qu'une prison,
Et que, maître absolu de tous tant que nous sommes,
Ses esclaves en nombre égalent tous les hommes !
Plus d'états, plus de rois : ses sacrileges mains
Dessous un même joug rangent tous les humains.
Dans son avide orgueil je sais qu'il nous dévore :
De tant de souverains nous seuls régnons encore.
Mais, que dis-je, nous seuls ? il ne reste que moi
Où l'on découvre encor les vestiges d'un roi.
Mais c'est pour mon courage une illustre matiere :
Je vois d'un œil content trembler la terre entiere,
Afin que par moi seul les mortels secourus,
S'ils sont libres, le soient de la main de Porus ;
Et qu'on dise par-tout, dans une paix profonde :
« Alexandre vainqueur eût domté tout le monde ;
« Mais un roi l'attendoit au bout de l'univers,
« Par qui le monde entier a vu briser ses fers ».

ÉPHESTION.

Votre projet du moins nous marque un grand courage ;
Mais, seigneur, c'est bien tard s'opposer à l'orage :
Si le monde penchant n'a plus que cet appui,
Je le plains, et vous plains vous-même autant que lui.

Je ne vous retiens point; marchez contre mon maître :
Je voudrois seulement qu'on vous l'eût fait connoître;
Et que la renommée eût voulu, par pitié,
De ses exploits au moins vous conter la moitié;
Vous verriez....

PORUS.

Que verrois-je, et que pourrois-je apprendre
Qui m'abaisse si fort au-dessous d'Alexandre?
Seroit-ce sans effort les Persans subjugués,
Et vos bras tant de fois de meurtres fatigués?
Quelle gloire en effet d'accabler la foiblesse
D'un roi déja vaincu par sa propre mollesse,
D'un peuple sans vigueur et presque inanimé,
Qui gémissoit sous l'or dont il étoit armé,
Et qui, tombant en foule, au lieu de se défendre,
N'opposoit que des morts au grand cœur d'Alexandre?
Les autres, éblouis de ses moindres exploits,
Sont venus à genoux lui demander des loix;
Et leur crainte écoutant je ne sais quels oracles,
Ils n'ont pas cru qu'un dieu pût trouver des obstacles.
Mais nous, qui d'un autre œil jugeons des conquérants,
Nous savons que les dieux ne sont pas des tyrans;
Et de quelque façon qu'un esclave le nomme,
Le fils de Jupiter passe ici pour un homme.
Nous n'allons point de fleurs parfumer son chemin;
Il nous trouve par-tout les armes à la main :

Il voit à chaque pas arrêter ses conquêtes;
Un seul rocher ici lui coûte plus de têtes,
Plus de soins, plus d'assauts, et presque plus de temps,
Que n'en coûte à son bras l'empire des Persans.
Ennemis du repos qui perdit ces infâmes,
L'or qui naît sous nos pas ne corrompt point nos ames.
La gloire est le seul bien qui nous puisse tenter,
Et le seul que mon cœur cherche à lui disputer:
C'est elle....

ÉPHESTION, en se levant.

Et c'est aussi ce que cherche Alexandre;
A de moindres objets son cœur ne peut descendre:
C'est ce qui, l'arrachant du sein de ses états,
Au trône de Cyrus lui fit porter ses pas,
Et, du plus ferme empire ébranlant les colonnes,
Attaquer, conquérir, et donner les couronnes.
Et puisque votre orgueil ose lui disputer
La gloire du pardon qu'il vous fait présenter,
Vos yeux, dès aujourd'hui témoins de sa victoire,
Verront de quelle ardeur il combat pour la gloire:
Bientôt le fer en main vous le verrez marcher.

PORUS.

Allez donc : je l'attends, ou je le vais chercher.

SCENE III.

PORUS, TAXILE.

TAXILE.

Quoi! vous voulez, au gré de votre impatience....

PORUS.

Non, je ne prétends point troubler votre alliance:
Éphestion, aigri seulement contre moi,
De vos soumissions rendra compte à son roi.
Les troupes d'Axiane, à me suivre engagées,
Attendent le combat sous mes drapeaux rangées;
De son trône et du mien je soutiendrai l'éclat;
Et vous serez, seigneur, le juge du combat:
A moins que votre cœur, animé d'un beau zele,
De vos nouveaux amis n'embrasse la querelle.

SCENE IV.

AXIANE, PORUS, TAXILE.

AXIANE, à Taxile.

Ah! que dit-on de vous, seigneur! Nos ennemis
Se vantent que Taxile est à moitié soumis;
Qu'il ne marchera point contre un roi qu'il respecte.

TAXILE.

La foi d'un ennemi doit être un peu suspecte,
Madame; avec le temps ils me connoîtront mieux.

AXIANE.

Démentez donc, seigneur, ce bruit injurieux;
De ceux qui l'ont semé confondez l'insolence;
Allez, comme Porus, les forcer au silence,
Et leur faire sentir, par un juste courroux,
Qu'ils n'ont point d'ennemi plus funeste que vous.

TAXILE.

Madame, je m'en vais disposer mon armée.
Écoutez moins ce bruit qui vous tient alarmée:
Porus fait son devoir; et je ferai le mien.

SCENE V.

AXIANE, PORUS.

AXIANE.

Cette sombre froideur ne m'en dit pourtant rien,
Lâche; et ce n'est point là, pour me le faire croire,
La démarche d'un roi qui court à la victoire.
Il n'en faut plus douter; et nous sommes trahis:
Il immole à sa sœur sa gloire et son pays;
Et sa haine, seigneur, qui cherche à vous abattre,
Attend pour éclater que vous alliez combattre.

PORUS.

Madame, en le perdant je perds un foible appui;
Je le connoissois trop pour m'assurer sur lui.
Mes yeux sans se troubler ont vu son inconstance:
Je craignois beaucoup plus sa molle résistance.
Un traître, en nous quittant pour complaire à sa sœur,
Nous affoiblit bien moins qu'un lâche défenseur.

AXIANE.

Et cependant, seigneur, qu'allez-vous entreprendre?
Vous marchez sans compter les forces d'Alexandre;
Et, courant presque seul au-devant de leurs coups,
Contre tant d'ennemis vous n'opposez que vous.

PORUS.

Hé quoi! voudriez-vous qu'à l'exemple d'un traître
Ma frayeur conspirât à vous donner un maître?
Que Porus, dans un camp se laissant arrêter,
Refusât le combat qu'il vient de présenter?
Non, non, je n'en crois rien. Je connois mieux, madame,
Le beau feu que la gloire allume dans votre ame:
C'est vous, je m'en souviens, dont les puissants appas
Excitoient tous nos rois, les traînoient aux combats;
Et de qui la fierté, refusant de se rendre,
Ne vouloit pour amant qu'un vainqueur d'Alexandre.
Il faut vaincre; et j'y cours, bien moins pour éviter
Le titre de captif, que pour le mériter.
Oui, madame, je vais, dans l'ardeur qui m'entraîne,

Victorieux ou mort mériter votre chaîne;
Et puisque mes soupirs s'expliquoient vainement
A ce cœur que la gloire occupe seulement,
Je m'en vais, par l'éclat qu'une victoire donne,
Attacher de si près la gloire à ma personne,
Que je pourrai peut-être amener votre cœur
De l'amour de la gloire à l'amour du vainqueur.

A X I A N E.

Hé bien, seigneur, allez. Taxile aura peut-être
Des sujets dans son camp plus braves que leur maître;
Je vais les exciter par un dernier effort:
Après, dans votre camp j'attendrai votre sort.
Ne vous informez point de l'état de mon ame:
Triomphez, et vivez.

P O R U S.

Qu'attendez-vous, madame?
Pourquoi dès ce moment ne puis-je pas savoir
Si mes tristes soupirs ont pu vous émouvoir?
Voulez-vous, car le sort, adorable Axiane,
A ne vous plus revoir peut-être me condamne;
Voulez-vous qu'en mourant un prince infortuné
Ignore à quelle gloire il étoit destiné?
Parlez.

A X I A N E.

Que vous dirai-je?

PORUS.

Ah! divine princesse,
Si vous sentiez pour moi quelque heureuse foiblesse,
Ce cœur, qui me promet tant d'estime en ce jour,
Me pourroit bien encor promettre un peu d'amour.
Contre tant de soupirs peut-il bien se défendre?
Peut-il....

AXIANE.

Allez, seigneur, marchez contre Alexandre.
La victoire est à vous, si ce fameux vainqueur
Ne se défend pas mieux contre vous que mon cœur.

FIN DU SECOND ACTE.

ACTE TROISIEME.

SCENE I.

AXIANE, CLÉOFILE.

AXIANE.

Quoi! madame, en ces lieux on me tient enfermée!
Je ne puis au combat voir marcher mon armée!
Et commençant par moi sa noire trahison,
Taxile de son camp me fait une prison!
C'est donc là cette ardeur qu'il me faisoit paroître!
Cet humble adorateur se déclare mon maître!
Et déja son amour, lassé de ma rigueur,
Captive ma personne au défaut de mon cœur!

CLÉOFILE.

Expliquez mieux les soins et les justes alarmes
D'un roi qui pour vainqueur ne connoît que vos charmes;
Et regardez, madame, avec plus de bonté
L'ardeur qui l'intéresse à votre sûreté.
Tandis qu'autour de nous deux puissantes armées,
D'une égale chaleur au combat animées,
De leur fureur par-tout font voler les éclats,
De quel autre côté conduiriez-vous vos pas?
Où pourriez-vous ailleurs éviter la tempête?

Un plein calme en ces lieux assure votre tête.
Tout est tranquille....   •

                    A X I A N E.
                    Et c'est cette tranquillité
Dont je ne puis souffrir l'indigne sûreté.
Quoi! lorsque mes sujets, mourant dans une plaine,
Sur les pas de Porus combattent pour leur reine;
Qu'au prix de tout leur sang ils signalent leur foi;
Que le cri des mourants vient presque jusqu'à moi;
On me parle de paix! et le camp de Taxile
Garde dans ce désordre une assiette tranquille!
On flatte ma douleur d'un calme injurieux!
Sur des objets de joie on arrête mes yeux!
                    C L É O F I L E.
Madame, voulez-vous que l'amour de mon frere
Abandonne aux périls une tête si chere?
Il sait trop les hasards....
                    A X I A N E.
                    Et pour m'en détourner
Ce généreux amant me fait emprisonner!
Et tandis que pour moi son rival se hasarde,
Sa paisible valeur me sert ici de garde!
                    C L É O F I L E.
Que Porus est heureux! le moindre éloignement
A votre impatience est un cruel tourment:
Et si l'on vous croyoit, le soin qui vous travaille
                    TOME I.   16

Vous le feroit chercher jusqu'au champ de bataille.

AXIANE.

Je ferois plus, madame : un mouvement si beau
Me le feroit chercher jusques dans le tombeau,
Perdre tous mes états, et voir d'un œil tranquille
Alexandre en payer le cœur de Cléofile.

CLÉOFILE.

Si vous cherchez Porus, pourquoi m'abandonner?
Alexandre en ces lieux pourra le ramener.
Permettez que, veillant au soin de votre tête,
A cet heureux amant l'on garde sa conquête.

AXIANE.

Vous triomphez, madame; et déja votre cœur
Vole vers Alexandre, et le nomme vainqueur.
Mais, sur la seule foi d'un amour qui vous flatte,
Peut-être avant le temps ce grand orgueil éclate :
Vous poussez un peu loin vos vœux précipités,
Et vous croyez trop tôt ce que vous souhaitez.
Oui, oui....

CLÉOFILE.

Mon frere vient; et nous allons apprendre
Qui de nous deux, madame, aura pu se méprendre.

AXIANE.

Ah! je n'en doute plus; et ce front satisfait
Dit assez à mes yeux que Porus est défait.

SCENE II.

TAXILE, AXIANE, CLÉOFILE.

TAXILE.

Madame, si Porus, avec moins de colere,
Eût suivi les conseils d'une amitié sincere,
Il m'auroit en effet épargné la douleur
De vous venir moi-même annoncer son malheur.

AXIANE.

Quoi! Porus....

TAXILE.

C'en est fait; et sa valeur trompée
Des maux que j'ai prévus se voit enveloppée.
Ce n'est pas, car mon cœur respectant sa vertu
N'accable point encore un rival abattu;
Ce n'est pas que son bras, disputant la victoire,
N'en ait aux ennemis ensanglanté la gloire;
Qu'elle-même, attachée à ses faits éclatants,
Entre Alexandre et lui n'ait douté quelque temps:
Mais enfin contre moi sa vaillance irritée
Avec trop de chaleur s'étoit précipitée.
J'ai vu ses bataillons rompus et renversés,
Vos soldats en désordre et les siens dispersés;
Et lui-même, à la fin, entraîné dans leur fuite,

Malgré lui, du vainqueur éviter la poursuite ;
Et, de son vain courroux trop tard désabusé,
Souhaiter le secours qu'il avoit refusé.

AXIANE.

Qu'il avoit refusé ! Quoi donc, pour ta patrie
Ton indigne courage attend que l'on te prie !
Il faut donc, malgré toi, te traîner aux combats,
Et te forcer toi-même à sauver tes états !
L'exemple de Porus, puisqu'il faut qu'on t'y porte,
Dis-moi, n'étoit-ce pas une voix assez forte ?
Ce héros en péril, ta maîtresse en danger,
Tout l'état périssant n'a pu t'encourager !
Va, tu sers bien le maître à qui ta sœur te donne.
Acheve, et fais de moi ce que sa haine ordonne ;
Garde à tous les vaincus un traitement égal ;
Enchaîne ta maîtresse en livrant ton rival.
Aussi-bien c'en est fait ; sa disgrace et ton crime
Ont placé dans mon cœur ce héros magnanime.
Je l'adore, et je veux, avant la fin du jour,
Déclarer à la fois ma haine et mon amour ;
Lui vouer, à tes yeux, une amitié fidele,
Et te jurer, aux siens, une haine immortelle.
Adieu. Tu me connois : aime-moi si tu veux.

TAXILE.

Ah ! n'espérez de moi que de sinceres vœux,
Madame : n'attendez ni menaces ni chaînes ;

Alexandre sait mieux ce qu'on doit à des reines.
Souffrez que sa douceur vous oblige à garder
Un trône que Porus devoit moins hasarder :
Et moi-même en aveugle on me verroit combattre
La sacrilege main qui le voudroit abattre.

AXIANE.

Quoi ! par l'un de vous deux mon sceptre raffermi
Deviendroit dans mes mains le don d'un ennemi !
Et sur mon propre trône on me verroit placée
Par le même tyran qui m'en auroit chassée !

TAXILE.

Des reines et des rois vaincus par sa valeur
Ont laissé par ses soins adoucir leur malheur.
Voyez de Darius et la femme et la mere ;
L'une le traite en fils, l'autre le traite en frere.

AXIANE.

Non, non, je ne sais point vendre mon amitié,
Caresser un tyran, et régner par pitié.
Penses-tu que j'imite une foible Persane ;
Qu'à la cour d'Alexandre on retienne Axiane ;
Et qu'avec mon vainqueur courant tout l'univers
J'aille vanter par-tout la douceur de ses fers ?
S'il donne les états, qu'il te donne les nôtres ;
Qu'il te pare, s'il veut, des dépouilles des autres.
Regne : Porus ni moi n'en serons point jaloux ;
Et tu seras encor plus esclave que nous.

J'espere qu'Alexandre, amoureux de sa gloire,
Et fâché que ton crime ait souillé sa victoire,
S'en lavera bientôt par ton propre trépas.
Des traîtres comme toi font souvent des ingrats :
Et de quelques faveurs que sa main t'éblouisse,
Du perfide Bessus regarde le supplice.
Adieu.

SCENE III.

CLÉOFILE, TAXILE.

CLÉOFILE.

Cédez, mon frere, à ce bouillant transport :
Alexandre et le temps vous rendront le plus fort ;
Et cet âpre courroux, quoi qu'elle en puisse dire,
Ne s'obstinera point au refus d'un empire.
Maître de ses destins, vous l'êtes de son cœur.
Mais, dites-moi, vos yeux ont-ils vu le vainqueur ?
Quel traitement, mon frere, en devons-nous attendre ?
Qu'a-t-il dit ?

TAXILE.

Oui, ma sœur, j'ai vu votre Alexandre.
D'abord, ce jeune éclat qu'on remarque en ses traits
M'a semblé démentir le nombre de ses faits ;
Mon cœur, plein de son nom, n'osoit, je le confesse,

Accorder tant de gloire avec tant de jeunesse :
Mais de ce même front l'héroïque fierté,
Le feu de ses regards, sa haute majesté,
Font connoître Alexandre ; et certes son visage
Porte de sa grandeur l'infaillible présage,
Et, sa présence auguste appuyant ses projets,
Ses yeux comme son bras font par-tout des sujets.
Il sortoit du combat. Ébloui de sa gloire,
Je croyois dans ses yeux voir briller la victoire.
Toutefois à ma vue oubliant sa fierté,
Il a fait à son tour éclater sa bonté.
Ses transports ne m'ont point déguisé sa tendresse :
« Retournez, m'a-t-il dit, auprès de la princesse ;
« Disposez ses beaux yeux à revoir un vainqueur
« Qui va mettre à ses pieds sa victoire et son cœur ».
Il marche sur mes pas. Je n'ai rien à vous dire,
Ma sœur : de votre sort je vous laisse l'empire ;
Je vous confie encor la conduite du mien.

CLÉOFILE.

Vous aurez tout pouvoir, ou je ne pourrai rien.
Tout va vous obéir si le vainqueur m'écoute.

TAXILE.

Je vais donc.... Mais on vient. C'est lui-même sans doute.

SCENE IV.

ALEXANDRE, TAXILE, CLÉOFILE, ÉPHESTION, SUITE D'ALEXANDRE.

ALEXANDRE.

Allez, Éphestion. Que l'on cherche Porus;
Qu'on épargne sa vie et le sang des vaincus.

SCENE V.

ALEXANDRE, TAXILE, CLÉOFILE.

ALEXANDRE, à Taxile.

Seigneur, est-il donc vrai qu'une reine aveuglée
Vous préfere d'un roi la valeur déréglée?
Mais ne le craignez point : son empire est à vous;
D'une ingrate à ce prix fléchissez le courroux.
Maître de deux états, arbitre des siens mêmes,
Allez avec vos vœux offrir trois diadêmes.

TAXILE.

Ah! c'en est trop, seigneur : prodiguez un peu moins....

ALEXANDRE.

Vous pourrez à loisir reconnoître mes soins.
Ne tardez point, allez où l'amour vous appelle;
Et couronnez vos feux d'une palme si belle.

SCENE VI.

ALEXANDRE, CLÉOFILE.

ALEXANDRE.

Madame, à son amour je promets mon appui :
Ne puis-je rien pour moi quand je puis tout pour lui?
Si prodigue envers lui des fruits de la victoire,
N'en aurai-je pour moi qu'une stérile gloire?
Les sceptres devant vous ou rendus ou donnés,
De mes propres lauriers mes amis couronnés,
Les biens que j'ai conquis répandus sur leurs têtes,
Font voir que je soupire après d'autres conquêtes.
Je vous avois promis que l'effort de mon bras
M'approcheroit bientôt de vos divins appas;
Mais, dans ce même temps, souvenez-vous, madame,
Que vous me promettiez quelque place en votre ame.
Je suis venu : l'amour a combattu pour moi;
La victoire elle-même a dégagé ma foi;
Tout cede autour de vous : c'est à vous de vous rendre;
Votre cœur l'a promis, voudra-t-il s'en défendre?
Et lui seul pourroit-il échapper aujourd'hui
A l'ardeur d'un vainqueur qui ne cherche que lui?

CLÉOFILE.

Non, je ne prétends pas que ce cœur inflexible

Garde seul contre vous le titre d'invincible:
Je rends ce que je dois à l'éclat des vertus
Qui tiennent sous vos pieds cent peuples abattus.
Les Indiens domtés sont vos moindres ouvrages;
Vous inspirez la crainte aux plus fermes courages;
Et, quand vous le voudrez, vos bontés, à leur tour,
Dans les cœurs les plus durs inspireront l'amour.
Mais, seigneur, cet éclat, ces victoires, ces charmes,
Me troublent bien souvent par de justes alarmes:
Je crains que, satisfait d'avoir conquis un cœur,
Vous ne l'abandonniez à sa triste langueur;
Qu'insensible à l'ardeur que vous aurez causée,
Votre ame ne dédaigne une conquête aisée.
On attend peu d'amour d'un héros tel que vous:
La gloire fit toujours vos transports les plus doux;
Et peut-être, au moment que ce grand cœur soupire,
La gloire de me vaincre est tout ce qu'il desire.

ALEXANDRE.

Que vous connoissez mal les violents desirs
D'un amour qui vers vous porte tous mes soupirs!
J'avouerai qu'autrefois, au milieu d'une armée,
Mon cœur ne soupiroit que pour la renommée;
Les peuples et les rois, devenus mes sujets,
Étoient seuls à mes vœux d'assez dignes objets.
Les beautés de la Perse à mes yeux présentées,
Aussi-bien que ses rois, ont paru surmontées:

Mon cœur, d'un fier mépris armé contre leurs traits,
N'a pas du moindre hommage honoré leurs attraits;
Amoureux de la gloire, et par-tout invincible,
Il mettoit son bonheur à paroître insensible.
Mais, hélas! que vos yeux, ces aimables tyrans,
Ont produit sur mon cœur des effets différents!
Ce grand nom de vainqueur n'est plus ce qu'il souhaite;
Il vient avec plaisir avouer sa défaite:
Heureux si, votre cœur se laissant émouvoir,
Vos beaux yeux à leur tour avouoient leur pouvoir!
Voulez-vous donc toujours douter de leur victoire,
Toujours de mes exploits me reprocher la gloire?
Comme si les beaux nœuds où vous me tenez pris
Ne devoient arrêter que de foibles esprits.
Par des faits tout nouveaux je m'en vais vous apprendre
Tout ce que peut l'amour sur le cœur d'Alexandre:
Maintenant que mon bras, engagé sous vos loix,
Doit soutenir mon nom et le vôtre à la fois,
J'irai rendre fameux, par l'éclat de la guerre,
Des peuples inconnus au reste de la terre,
Et vous faire dresser des autels en des lieux
Où leurs sauvages mains en refusent aux dieux.

CLÉOFILE.

Oui, vous y traînerez la victoire captive;
Mais je doute, seigneur, que l'amour vous y suive.
Tant d'états, tant de mers qui vont nous désunir,

M'effaceront bientôt de votre souvenir.
Quand l'Océan troublé vous verra sur son onde
Achever quelque jour la conquête du monde ;
Quand vous verrez les rois tomber à vos genoux,
Et la terre en tremblant se taire devant vous,
Songerez-vous, seigneur, qu'une jeune princesse
Au fond de ses états vous regrette sans cesse,
Et rappelle en son cœur les moments bienheureux
Où ce grand conquérant l'assuroit de ses feux ?

ALEXANDRE.

Hé quoi ! vous croyez donc qu'à moi-même barbare
J'abandonne en ces lieux une beauté si rare ?
Mais vous-même plutôt voulez-vous renoncer
Au trône de l'Asie où je vous veux placer ?

CLÉOFILE.

Seigneur, vous le savez, je dépends de mon frere.

ALEXANDRE.

Ah ! s'il disposoit seul du bonheur que j'espere,
Tout l'empire de l'Inde asservi sous ses loix
Bientôt en ma faveur iroit briguer son choix.

CLÉOFILE.

Mon amitié pour lui n'est point intéressée.
Appaisez seulement une reine offensée ;
Et ne permettez pas qu'un rival aujourd'hui,
Pour vous avoir bravé, soit plus heureux que lui.

ALEXANDRE.

Porus étoit sans doute un rival magnanime :
Jamais tant de valeur n'attira mon estime.
Dans l'ardeur du combat je l'ai vu, je l'ai joint;
Et je puis dire encor qu'il ne m'évitoit point :
Nous nous cherchions l'un l'autre. Une fierté si belle
Alloit entre nous deux finir notre querelle,
Lorsqu'un gros de soldats, se jettant entre nous,
Nous a fait dans la foule ensevelir nos coups.

SCENE VII.

ALEXANDRE, CLÉOFILE,
ÉPHESTION.

ALEXANDRE.

Hé bien, ramene-t-on ce prince téméraire?

ÉPHESTION.

On le cherche par-tout; mais, quoi qu'on puisse faire,
Seigneur, jusques ici sa fuite ou son trépas
Dérobe ce captif aux soins de vos soldats.
Mais un reste des siens entourés dans leur fuite,
Et du soldat vainqueur arrêtant la poursuite,
A nous vendre leur mort semble se préparer.

ALEXANDRE.

Désarmez les vaincus sans les désespérer.
Madame, allons fléchir une fiere princesse,
Afin qu'à mon amour Taxile s'intéresse;
Et, puisque mon repos doit dépendre du sien,
Achevons son bonheur pour établir le mien.

FIN DU TROISIEME ACTE.

ACTE QUATRIEME.

SCENE PREMIERE.

AXIANE.

N'entendrons-nous jamais que des cris de victoire,
Qui de mes ennemis me reprochent la gloire?
Et ne pourrai-je au moins, en de si grands malheurs,
M'entretenir moi seule avecque mes douleurs?
D'un odieux amant sans cesse poursuivie,
On prétend, malgré moi, m'attacher à la vie:
On m'observe; on me suit. Mais, Porus, ne crois pas
Qu'on me puisse empêcher de courir sur tes pas.
Sans doute, à nos malheurs ton cœur n'a pu survivre:
En vain tant de soldats s'arment pour te poursuivre,
On te découvriroit au bruit de tes efforts;
Et s'il te faut chercher, ce n'est qu'entre les morts.
Hélas! en me quittant, ton ardeur redoublée
Sembloit prévoir les maux dont je suis accablée,
Lorsque tes yeux, aux miens découvrant ta langueur,
Me demandoient quel rang tu tenois dans mon cœur;
Que, sans t'inquiéter du succès de tes armes,
Le soin de ton amour te causoit tant d'alarmes.

Et pourquoi te cachois-je avec tant de détours
Un secret si fatal au repos de tes jours!
Combien de fois, tes yeux forçant ma résistance,
Mon cœur s'est-il vu près de rompre le silence!
Combien de fois, sensible à tes ardents desirs,
M'est-il en ta présence échappé des soupirs!
Mais je voulois encor douter de ta victoire;
J'expliquois mes soupirs en faveur de la gloire;
Je croyois n'aimer qu'elle. Ah! pardonne, grand roi,
Je sens bien aujourd'hui que je n'aimois que toi.
J'avouerai que la gloire eut sur moi quelque empire;
Je te l'ai dit cent fois: mais je devois te dire
Que toi seul, en effet, m'engageas sous ses loix.
J'appris à la connoître en voyant tes exploits;
Et, de quelque beau feu qu'elle m'eût enflammée,
En un autre que toi je l'aurois moins aimée.
Mais que sert de pousser des soupirs superflus
Qui se perdent en l'air, et que tu n'entends plus?
Il est temps que mon ame, au tombeau descendue,
Te jure une amitié si long-temps attendue;
Il est temps que mon cœur, pour gage de sa foi,
Montre qu'il n'a pu vivre un moment après toi.
Aussi-bien penses-tu que je voulusse vivre
Sous les loix d'un vainqueur à qui ta mort nous livre?
Je sais qu'il se dispose à me venir parler,
Qu'en me rendant mon sceptre il veut me consoler.

Il croit peut-être, il croit que ma haine étouffée
A sa fausse douceur servira de trophée!
Qu'il vienne. Il me verra, toujours digne de toi,
Mourir en reine, ainsi que tu mourus en roi.

SCENE II.

ALEXANDRE, AXIANE.

AXIANE.

Hé bien, seigneur, hé bien, trouvez-vous quelques charmes
A voir couler des pleurs que font verser vos armes?
Ou si vous m'enviez, en l'état où je suis,
La triste liberté de pleurer mes ennuis?

ALEXANDRE.

Votre douleur est libre autant que légitime:
Vous regrettez, madame, un prince magnanime.
Je fus son ennemi; mais je ne l'étois pas
Jusqu'à blâmer les pleurs qu'on donne à son trépas,
Avant que sur ses bords l'Inde me vît paroître,
L'éclat de sa vertu me l'avoit fait connoître;
Entre les plus grands rois il se fit remarquer:
Je savois....

AXIANE.

Pourquoi donc le venir attaquer?
Par quelle loi faut-il qu'aux deux bouts de la terre

Vous cherchiez la vertu pour lui faire la guerre?
Le mérite à vos yeux ne peut-il éclater
Sans pousser votre orgueil à le persécuter?

ALEXANDRE.

Oui, j'ai cherché Porus : mais, quoi qu'on puisse dire,
Je ne le cherchois pas afin de le détruire.
J'avouerai que, brûlant de signaler mon bras,
Je me laissai conduire au bruit de ses combats,
Et qu'au seul nom d'un roi jusqu'alors invincible,
A de nouveaux exploits mon cœur devint sensible.
Tandis que je croyois par mes combats divers
Attacher sur moi seul les yeux de l'univers,
J'ai vu de ce guerrier la valeur répandue
Tenir la renommée entre nous suspendue;
Et voyant de son bras voler par-tout l'effroi,
L'Inde sembla m'ouvrir un champ digne de moi.
Lassé de voir des rois vaincus sans résistance,
J'appris avec plaisir le bruit de sa vaillance:
Un ennemi si noble a su m'encourager;
Je suis venu chercher la gloire et le danger.
Son courage, madame, a passé mon attente:
La victoire, à me suivre autrefois si constante,
M'a presque abandonné pour suivre vos guerriers.
Porus m'a disputé jusqu'aux moindres lauriers:
Et j'ose dire encor qu'en perdant la victoire
Mon ennemi lui-même a vu croître sa gloire;

Qu'une chûte si belle éleve sa vertu,
Et qu'il ne voudroit pas n'avoir point combattu.

AXIANE.

Hélas ! il falloit bien qu'une si noble envie
Lui fit abandonner tout le soin de sa vie,
Puisque, de toutes parts trahi, persécuté,
Contre tant d'ennemis il s'est précipité.
Mais vous, s'il étoit vrai que son ardeur guerriere
Eût ouvert à la vôtre une illustre carriere,
Que n'avez-vous, seigneur, dignement combattu ?
Falloit-il par la ruse attaquer sa vertu,
Et, loin de remporter une gloire parfaite,
D'un autre que de vous attendre sa défaite ?
Triomphez : mais sachez que Taxile en son cœur
Vous dispute déja ce beau nom de vainqueur ;
Que le traître se flatte, avec quelque justice,
Que vous n'avez vaincu que par son artifice.
Et c'est à ma douleur un spectacle assez doux
De le voir partager cette gloire avec vous.

ALEXANDRE.

En vain votre douleur s'arme contre ma gloire :
Jamais on ne m'a vu dérober la victoire,
Et par ces lâches soins, qu'on ne peut m'imputer,
Tromper mes ennemis au lieu de les domter.
Quoique par-tout, ce semble, accablé sous le nombre,
Je n'ai pu me résoudre à me cacher dans l'ombre :

Ils n'ont de leur défaite accusé que mon bras;
Et le jour a par-tout éclairé mes combats.
Il est vrai que je plains le sort de vos provinces:
J'ai voulu prévenir la perte de vos princes;
Mais s'ils avoient suivi mes conseils et mes vœux,
Je les aurois sauvés ou combattus tous deux.
Oui, croyez....

A X I A N E.

Je crois tout. Je vous crois invincible:
Mais, seigneur, suffit-il que tout vous soit possible?
Ne tient-il qu'à jetter tant de rois dans les fers,
Qu'à faire impunément gémir tout l'univers?
Et que vous avoient fait tant de villes captives,
Tant de morts dont l'Hydaspe a vu couvrir ses rives?
Qu'ai-je fait, pour venir accabler en ces lieux
Un héros sur qui seul j'ai pu tourner les yeux?
A-t-il de votre Grece inondé les frontieres?
Avons-nous soulevé des nations entieres,
Et contre votre gloire excité leur courroux?
Hélas! nous l'admirions sans en être jaloux.
Contents de nos états, et charmés l'un de l'autre,
Nous attendions un sort plus heureux que le vôtre:
Porus bornoit ses vœux à conquérir un cœur
Qui peut-être aujourd'hui l'eût nommé son vainqueur.
Ah! n'eussiez-vous versé qu'un sang si magnanime;
Quand on ne vous pourroit reprocher que ce crime;

Ne vous sentez-vous pas, seigneur, bien malheureux
D'être venu si loin rompre de si beaux nœuds?
Non, de quelque douceur que se flatte votre ame,
Vous n'êtes qu'un tyran.

ALEXANDRE.

Je le vois bien, madame,
Vous voulez que, saisi d'un indigne courroux,
En reproches honteux j'éclate contre vous:
Peut-être espérez-vous que ma douceur lassée
Donnera quelque atteinte à sa gloire passée.
Mais quand votre vertu ne m'auroit point charmé,
Vous attaquez, madame, un vainqueur désarmé:
Mon ame, malgré vous, à vous plaindre engagée,
Respecte le malheur où vous êtes plongée.
C'est ce trouble fatal qui vous ferme les yeux,
Qui ne regarde en moi qu'un tyran odieux:
Sans lui vous avoueriez que le sang et les larmes
N'ont pas toujours souillé la gloire de mes armes;
Vous verriez....

AXIANE.

Ah! seigneur, puis-je ne les point voir
Ces vertus dont l'éclat aigrit mon désespoir?
N'ai-je pas vu par-tout la victoire modeste
Perdre avec vous l'orgueil qui la rend si funeste?
Ne vois-je pas le Scythe et le Perse abattus
Se plaire sous le joug et vanter vos vertus,

Et disputer enfin, par une aveugle envie,
A vos propres sujets le soin de votre vie?
Mais que sert à ce cœur que vous persécutez
De voir par-tout ailleurs adorer vos bontés?
Pensez-vous que ma haine en soit moins violente,
Pour voir baiser par-tout la main qui me tourmente?
Tant de rois par vos soins vengés ou secourus,
Tant de peuples contents, me rendent-ils Porus?
Non, seigneur : je vous hais d'autant plus qu'on vous aime,
D'autant plus qu'il me faut vous admirer moi-même;
Que l'univers entier m'en impose la loi,
Et que personne enfin ne vous hait avec moi.

ALEXANDRE.

J'excuse les transports d'une amitié si tendre.
Mais, madame, après tout, ils doivent me surprendre:
Si la commune voix ne m'a point abusé,
Porus d'aucun regard ne fut favorisé;
Entre Taxile et lui votre cœur en balance,
Tant qu'ont duré ses jours, a gardé le silence;
Et lorsqu'il ne peut plus vous entendre aujourd'hui,
Vous commencez, madame, à prononcer pour lui.
Pensez-vous que, sensible à cette ardeur nouvelle,
Sa cendre exige encor que vous brûliez pour elle?
Ne vous accablez point d'inutiles douleurs;
Des soins plus importants vous appellent ailleurs.
Vos larmes ont assez honoré sa mémoire:

Régnez, et de ce rang soutenez mieux la gloire;
Et redonnant le calme à vos sens désolés,
Rassurez vos états par sa chûte ébranlés.
Parmi tant de grands rois choisissez-leur un maître.
Plus ardent que jamais, Taxile....

AXIANE.

Quoi! le traître!

ALEXANDRE.

Hé! de grace, prenez des sentiments plus doux;
Aucune trahison ne le souille envers vous.
Maître de ses états, il a pu se résoudre
A se mettre avec eux à couvert de la foudre:
Ni serment ni devoir ne l'avoient engagé
A courir dans l'abîme où Porus s'est plongé.
Enfin, souvenez-vous qu'Alexandre lui-même
S'intéresse au bonheur d'un prince qui vous aime:
Songez que, réunis par un si juste choix,
L'Inde et l'Hydaspe entiers couleront sous vos loix;
Que pour vos intérêts tout me sera facile
Quand je les verrai joints avec ceux de Taxile.
Il vient. Je ne veux point contraindre ses soupirs;
Je le laisse lui-même expliquer ses desirs:
Ma présence à vos yeux n'est déja que trop rude.
L'entretien des amants cherche la solitude.
Je ne vous trouble point.

SCENE III.

AXIANE, TAXILE.

AXIANE.

Approche, puissant roi,
Grand monarque de l'Inde ; on parle ici de toi :
On veut en ta faveur combattre ma colere :
On dit que tes desirs n'aspirent qu'à me plaire,
Que mes rigueurs ne font qu'affermir ton amour ;
On fait plus, et l'on veut que je t'aime à mon tour.
Mais sais-tu l'entreprise où s'engage ta flamme ?
Sais-tu par quels secrets on peut toucher mon ame ?
Es-tu prêt....

TAXILE.

Ah madame ! éprouvez seulement
Ce que peut sur mon cœur un espoir si charmant.
Que faut-il faire ?

AXIANE.

Il faut, s'il est vrai que l'on m'aime,
Aimer la gloire autant que je l'aime moi-même,
Ne m'expliquer ses vœux que par mille beaux faits,
Et haïr Alexandre autant que je le hais ;
Il faut marcher sans crainte au milieu des alarmes ;
Il faut combattre, vaincre, ou périr sous les armes.
Jette, jette les yeux sur Porus et sur toi ;

Et juge qui des deux étoit digne de moi.
Oui, Taxile, mon cœur, douteux en apparence,
D'un esclave et d'un roi faisoit la différence.
Je l'aimai; je l'adore : et puisqu'un sort jaloux
Lui défend de jouïr d'un spectacle si doux,
C'est toi que je choisis pour témoin de sa gloire :
Mes pleurs feront toujours revivre sa mémoire;
Toujours tu me verras, au fort de mon ennui,
Mettre tout mon plaisir à te parler de lui.

TAXILE.

Ainsi je brûle en vain pour une ame glacée;
L'image de Porus n'en peut être effacée :
Quand j'irois, pour vous plaire, affronter le trépas,
Je me perdrois, madame, et ne vous plairois pas.
Je ne puis donc....

AXIANE.

                    Tu peux recouvrer mon estime;
Dans le sang ennemi tu peux laver ton crime.
L'occasion te rit : Porus dans le tombeau
Rassemble ses soldats autour de son drapeau;
Son ombre seule encor semble arrêter leur fuite :
Les tiens même, les tiens, honteux de ta conduite,
Font lire sur leurs fronts justement courroucés
Le repentir du crime où tu les as forcés :
Va seconder l'ardeur du feu qui les dévore;
Venge nos libertés qui respirent encore;

TOME I.   19

De mon trône et du tien deviens le défenseur;
Cours, et donne à Porus un digne successeur.
Tu ne me réponds rien! Je vois sur ton visage,
Qu'un si noble dessein étonne ton courage.
Je te propose en vain l'exemple d'un héros;
Tu veux servir. Va, sers; et me laisse en repos.

TAXILE.

Madame, c'en est trop. Vous oubliez peut-être
Que, si vous m'y forcez, je puis parler en maître;
Que je puis me lasser de souffrir vos dédains;
Que vous et vos états, tout est entre mes mains;
Qu'après tant de respects, qui vous rendent plus fiere,
Je pourrai....

AXIANE.

Je t'entends. Je suis ta prisonniere:
Tu veux peut-être encor captiver mes desirs;
Que mon cœur, en tremblant, réponde à tes soupirs.
Hé bien! dépouille enfin cette douceur contrainte;
Appelle à ton secours la terreur et la crainte;
Parle en tyran tout prêt à me persécuter:
Ma haine ne peut croître, et tu peux tout tenter.
Sur-tout ne me fais point d'inutiles menaces.
Ta sœur vient t'inspirer ce qu'il faut que tu fasses:
Adieu. Si ses conseils et mes vœux en sont crus,
Tu m'aideras bientôt à rejoindre Porus.

TAXILE.

Ah! plutôt....

SCENE IV.

TAXILE, CLÉOFILE.

CLÉOFILE.

Ah! quittez cette ingrate princesse,
Dont la haine a juré de nous troubler sans cesse;
Qui met tout son plaisir à vous désespérer.
Oubliez....

TAXILE.

Non, ma sœur, je la veux adorer.
Je l'aime : et quand les vœux que je pousse pour elle
N'en obtiendroient jamais qu'une haine immortelle,
Malgré tous ses mépris, malgré tous vos discours,
Malgré moi-même, il faut que je l'aime toujours.
Sa colere, après tout, n'a rien qui me surprenne;
C'est à vous, c'est à moi qu'il faut que je m'en prenne.
Sans vous, sans vos conseils, ma sœur, qui m'ont trahi,
Si je n'étois aimé, je serois moins haï.
Je la verrois, sans vous, par mes soins défendue,
Entre Porus et moi demeurer suspendue.
Et ne seroit-ce pas un bonheur trop charmant,
Que de l'avoir réduite à douter un moment?
Non, je ne puis plus vivre accablé de sa haine;
Il faut que je me jette aux pieds de l'inhumaine.

J'y cours : je vais m'offrir à servir son courroux,
Même contre Alexandre, et même contre vous.
Je sais de quelle ardeur vous brûlez l'un pour l'autre :
Mais c'est trop oublier mon repos pour le vôtre;
Et, sans m'inquiéter du succès de vos feux,
Il faut que tout périsse, ou que je sois heureux.

CLÉOFILE.

Allez donc, retournez sur le champ de bataille;
Ne laissez point languir l'ardeur qui vous travaille.
A quoi s'arrête ici ce courage inconstant?
Courez : on est aux mains; et Porus vous attend.

TAXILE.

Quoi! Porus n'est point mort! Porus vient de paroître!

CLÉOFILE.

C'est lui. De si grands coups le font trop reconnoître.
Il l'avoit bien prévu : le bruit de son trépas
D'un vainqueur trop crédule a retenu le bras.
Il vient surprendre ici leur valeur endormie,
Troubler une victoire encor mal affermie.
Il vient, n'en doutez point, en amant furieux,
Enlever sa maîtresse, ou périr à ses yeux.
Que dis-je? votre camp, séduit par cette ingrate,
Prêt à suivre Porus, en murmures éclate.
Allez vous-même, allez, en généreux amant,
Au secours d'un rival aimé si tendrement.
Adieu.

S C E N E V.

TAXILE.

Quoi! la fortune obstinée à me nuire
Ressuscite un rival armé pour me détruire!
Cet amant reverra les yeux qui l'ont pleuré,
Qui, tout mort qu'il étoit, me l'avoient préféré!
Ah! c'en est trop. Voyons ce que le sort m'apprête;
A qui doit demeurer cette noble conquête.
Allons. N'attendons pas, dans un lâche courroux,
Qu'un si grand différend se termine sans nous.

FIN DU QUATRIEME ACTE.

ACTE CINQUIEME.

SCENE I.
ALEXANDRE, CLÉOFILE.

ALEXANDRE.

Quoi! vous craigniez Porus même après sa défaite!
Ma victoire à vos yeux sembloit-elle imparfaite?
Non, non, c'est un captif qui n'a pu m'échapper,
Que mes ordres par-tout ont fait envelopper.
Loin de le craindre encor, ne songez qu'à le plaindre.

CLÉOFILE.

Et c'est en cet état que Porus est à craindre.
Quelque brave qu'il fût, le bruit de sa valeur
M'inquiétoit bien moins que ne fait son malheur.
Tant qu'on l'a vu suivi d'une puissante armée,
Ses forces, ses exploits ne m'ont point alarmée:
Mais, seigneur, c'est un roi malheureux et soumis;
Et dès-lors je le compte au rang de vos amis.

ALEXANDRE.

C'est un rang où Porus n'a plus droit de prétendre;
Il a trop recherché la haine d'Alexandre.
Il sait bien qu'à regret je m'y suis résolu;
Mais enfin je le hais autant qu'il l'a voulu.
Je dois même un exemple au reste de la terre:

Je dois venger sur lui tous les maux de la guerre;
Le punir des malheurs qu'il a pu prévenir,
Et de m'avoir forcé moi-même à le punir.
Vaincu deux fois, haï de ma belle princesse....

CLÉOFILE.

Je ne hais point Porus, seigneur, je le confesse;
Et s'il m'étoit permis d'écouter aujourd'hui
La voix de ses malheurs, qui me parlent pour lui,
Je vous dirois qu'il fut le plus grand de nos princes;
Que son bras fut long-temps l'appui de nos provinces;
Qu'il a voulu peut-être, en marchant contre vous,
Qu'on le crût digne au moins de tomber sous vos coups,
Et qu'un même combat signalant l'un et l'autre,
Son nom volât par-tout à la suite du vôtre.
Mais si je le défends, des soins si généreux
Retombent sur mon frere et détruisent ses vœux.
Tant que Porus vivra, que faut-il qu'il devienne?
Sa perte est infaillible, et peut-être la mienne.
Oui, oui, si son amour ne peut rien obtenir,
Il m'en rendra coupable, et m'en voudra punir.
Et maintenant encor que votre cœur s'apprête
A voler de nouveau de conquête en conquête;
Quand je verrai le Gange entre mon frere et vous,
Qui retiendra, seigneur, son injusté courroux?
Mon ame, loin de vous, languira solitaire.
Hélas! s'il condamnoit mes soupirs à se taire,

Que deviendroit alors ce cœur infortuné?
Où sera le vainqueur à qui je l'ai donné?

ALEXANDRE.

Ah! c'en est trop, madame; et si ce cœur se donne,
Je saurai le garder, quoi que Taxile ordonne,
Bien mieux que tant d'états qu'on m'a vu conquérir,
Et que je n'ai gardés que pour vous les offrir.
Encore une victoire; et je reviens, madame,
Borner toute ma gloire à régner sur votre ame,
Vous obéir moi-même, et mettre entre vos mains
Le destin d'Alexandre et celui des humains.
Le Mallien m'attend, prêt à me rendre hommage.
Si près de l'Océan, que faut-il davantage
Que d'aller me montrer à ce fier élément,
Comme vainqueur du monde, et comme votre amant?
Alors....

CLÉOFILE.

Mais quoi! seigneur, toujours guerre sur guerre?
Cherchez-vous des sujets au-delà de la terre?
Voulez-vous pour témoins de vos faits éclatants
Des pays inconnus même à leurs habitants?
Qu'espérez-vous combattre en des climats si rudes?
Ils vous opposeront de vastes solitudes,
Des déserts que le ciel refuse d'éclairer,
Où la nature semble elle-même expirer.
Et peut-être le sort, dont la secrete envie

N'a pu cacher le cours d'une si belle vie,
Vous attend dans ces lieux, et veut que dans l'oubli
Votre tombeau du moins demeure enseveli.
Pensez-vous y traîner les restes d'une armée
Vingt fois renouvellée et vingt fois consumée?
Vos soldats, dont la vue excite la pitié,
D'eux-mêmes en cent lieux ont laissé la moitié;
Et leurs gémissements vous font assez connoître....

ALEXANDRE.

Ils marcheront, madame, et je n'ai qu'à paroître:
Ces cœurs qui dans un camp, d'un vain loisir déçus,
Comptent en murmurant les coups qu'ils ont reçus,
Revivront pour me suivre, et, blâmant leurs murmures,
Brigueront à mes yeux de nouvelles blessures.
Cependant de Taxile appuyons les soupirs:
Son rival ne peut plus traverser ses desirs.
Je vous l'ai dit, madame; et j'ose encor vous dire....

CLÉOFILE.

Seigneur, voici la reine.

SCENE II.

ALEXANDRE, AXIANE, CLÉOFILE.

ALEXANDRE.

Hé bien, Porus respire.
Le ciel semble, madame, écouter vos souhaits;
Il vous le rend....

AXIANE.

Hélas! il me l'ôte à jamais!
Aucun reste d'espoir ne peut flatter ma peine;
Sa mort étoit douteuse, elle devient certaine:
Il y court; et peut-être il ne s'y vient offrir
Que pour me voir encore, et pour me secourir.
Mais que feroit-il seul contre toute une armée?
En vain ses grands efforts l'ont d'abord alarmée;
En vain quelques guerriers qu'anime son grand cœur
Ont ramené l'effroi dans le camp du vainqueur:
Il faut bien qu'il succombe, et qu'enfin son courage
Tombe sur tant de morts qui ferment son passage.
Encor si je pouvois, en sortant de ces lieux,
Lui montrer Axiane, et mourir à ses yeux!
Mais Taxile m'enferme; et cependant le traître
Du sang de ce héros est allé se repaître;
Dans les bras de la mort il le va regarder,
Si toutefois encore il ose l'aborder.

ALEXANDRE.

Non, madame, mes soins ont assuré sa vie:
Son retour va bientôt contenter votre envie.
Vous le verrez.

AXIANE.

                Vos soins s'étendroient jusqu'à lui!
Le bras qui l'accabloit deviendroit son appui!
J'attendrois son salut de la main d'Alexandre!
Mais quel miracle enfin n'en dois-je point attendre?
Je m'en souviens, seigneur; vous me l'avez promis,
Qu'Alexandre vainqueur n'avoit plus d'ennemis.
Ou plutôt ce guerrier ne fut jamais le vôtre:
La gloire également vous arma l'un et l'autre.
Contre un si grand courage il voulut s'éprouver;
Et vous ne l'attaquiez qu'afin de le sauver.

ALEXANDRE.

Ses mépris redoublés qui bravent ma colere
Mériteroient sans doute un vainqueur plus sévere;
Son orgueil en tombant semble s'être affermi:
Mais je veux bien cesser d'être son ennemi;
J'en dépouille, madame, et la haine et le titre.
De mes ressentiments je fais Taxile arbitre:
Seul il peut, à son choix, le perdre ou l'épargner;
Et c'est lui seul enfin que vous devez gagner.

AXIANE.

Moi, j'irois à ses pieds mendier un asyle!

Et vous me renvoyez aux bontés de Taxile !
Vous voulez que Porus cherche un appui si bas !
Ah seigneur ! votre haine a juré son trépas.
Non, vous ne le cherchiez qu'afin de le détruire.
Qu'une ame généreuse est facile à séduire !
Déja mon cœur crédule, oubliant son courroux,
Admiroit des vertus qui ne sont point en vous.
Armez-vous donc, seigneur, d'une valeur cruelle ;
Ensanglantez la fin d'une course si belle :
Après tant d'ennemis qu'on vous vit relever,
Perdez le seul enfin que vous deviez sauver.

ALEXANDRE.

Hé bien, aimez Porus sans détourner sa perte ;
Refusez la faveur qui vous étoit offerte ;
Soupçonnez ma pitié d'un sentiment jaloux :
Mais enfin, s'il périt, n'en accusez que vous.
Le voici. Je veux bien le consulter lui-même :
Que Porus de son sort soit l'arbitre suprême.

SCENE III.

ALEXANDRE, PORUS, AXIANE,
CLÉOFILE, ÉPHESTION,
GARDES D'ALEXANDRE.

ALEXANDRE.

Hé bien, de votre orgueil, Porus, voilà le fruit!
Où sont ces beaux succès qui vous avoient séduit?
Cette fierté si haute est enfin abaissée.
Je dois une victime à ma gloire offensée:
Rien ne vous peut sauver. Je veux bien toutefois
Vous offrir un pardon refusé tant de fois.
Cette reine, elle seule à mes bontés rebelle,
Aux dépens de vos jours veut vous être fidele;
Et que, sans balancer, vous mouriez seulement
Pour porter au tombeau le nom de son amant.
N'achetez point si cher une gloire inutile:
Vivez; mais consentez au bonheur de Taxile.

PORUS.

Taxile!

ALEXANDRE.

Oui.

PORUS.

Tu fais bien; et j'approuve tes soins:

Ce qu'il a fait pour toi ne mérite pas moins.
C'est lui qui m'a des mains arraché la victoire;
Il t'a donné sa sœur; il t'a vendu sa gloire;
Il t'a livré Porus : que feras-tu jamais
Qui te puisse acquitter d'un seul de ses bienfaits?
Mais j'ai su prévenir le soin qui te travaille:
Va le voir expirer sur le champ de bataille.

ALEXANDRE.

Quoi! Taxile!

CLÉOFILE.

Qu'entends-je?

ÉPHESTION.

Oui, seigneur, il est mort;
Il s'est livré lui-même aux rigueurs de son sort.
Porus étoit vaincu : mais, au lieu de se rendre,
Il sembloit attaquer, et non pas se défendre.
Ses soldats, à ses pieds étendus et mourants,
Le mettoient à l'abri de leurs corps expirants.
Là, comme dans un fort, son audace enfermée
Se soutenoit encor contre toute une armée;
Et, d'un bras qui portoit la terreur et la mort,
Aux plus hardis guerriers en défendoit l'abord.
Je l'épargnois toujours. Sa vigueur affoiblie
Bientôt en mon pouvoir auroit laissé sa vie;
Quand sur ce champ fatal Taxile descendu:
« Arrêtez, c'est à moi que ce captif est dû.

« C'en est fait, a-t-il dit, et ta perte est certaine,
« Porus; il faut périr, ou me céder la reine. »
Porus, à cette voix, ranimant son courroux,
A relevé ce bras lassé de tant de coups;
Et cherchant son rival d'un œil fier et tranquille:
« N'entends-je pas, dit-il, l'infidele Taxile,
« Ce traître à sa patrie, à sa maîtresse, à moi?
« Viens, lâche, poursuit-il, Axiane est à toi:
« Je veux bien te céder cette illustre conquête;
« Mais il faut que ton bras l'emporte avec ma tête.
« Approche ». A ce discours, ces rivaux irrités
L'un sur l'autre à la fois se sont précipités.
Nous nous sommes en foule opposés à leur rage:
Mais Porus parmi nous court et s'ouvre un passage,
Joint Taxile, le frappe, et lui perçant le cœur,
Content de sa victoire, il se rend au vainqueur.

CLÉOFILE.

Seigneur, c'est donc à moi de répandre des larmes;
C'est sur moi qu'est tombé tout le faix de vos armes.
Mon frere a vainement recherché votre appui;
Et votre gloire, hélas! n'est funeste qu'à lui.
Que lui sert au tombeau l'amitié d'Alexandre?
Sans le venger, seigneur, l'y verrez-vous descendre?
Souffrirez-vous qu'après l'avoir percé de coups
On en triomphe aux yeux de sa sœur et de vous?

AXIANE.

Oui, seigneur, écoutez les pleurs de Cléofile.
Je la plains. Elle a droit de regretter Taxile:
Tous ses efforts en vain l'ont voulu conserver;
Elle en a fait un lâche, et ne l'a pu sauver.
Ce n'est point que Porus ait attaqué son frere;
Il s'est offert lui-même à sa juste colere.
Au milieu du combat que venoit-il chercher?
Au courroux du vainqueur venoit-il l'arracher?
Il venoit accabler, dans son malheur extrême,
Un roi que respectoit la victoire elle-même.
Mais pourquoi vous ôter un prétexte si beau?
Que voulez-vous de plus? Taxile est au tombeau:
Immolez-lui, seigneur, cette grande victime;
Vengez-vous. Mais songez que j'ai part à son crime.
Oui, oui, Porus, mon cœur n'aime point à demi;
Alexandre le sait, Taxile en a gémi:
Vous seul vous l'ignoriez; mais ma joie est extrême
De pouvoir, en mourant, vous le dire à vous-même.

PORUS.

Alexandre, il est temps que tu sois satisfait.
Tout vaincu que j'étois, tu vois ce que j'ai fait:
Crains Porus; crains encor cette main désarmée
Qui venge sa défaite au milieu d'une armée.
Mon nom peut soulever de nouveaux ennemis,
Et réveiller cent rois dans leurs fers endormis:

Etouffe dans mon sang ces semences de guerre;
Va vaincre en sûreté le reste de la terre.
Aussi-bien n'attends pas qu'un cœur comme le mien
Reconnoisse un vainqueur, et te demande rien.
Parle : et, sans espérer que je blesse ma gloire,
Voyons comme tu sais user de la victoire.

ALEXANDRE.

Votre fierté, Porus, ne se peut abaisser :
Jusqu'au dernier soupir vous m'osez menacer.
En effet, ma victoire en doit être alarmée,
Votre nom peut encor plus que toute une armée :
Je m'en dois garantir. Parlez donc, dites-moi,
Comment prétendez-vous que je vous traite?

PORUS.

En roi.

ALEXANDRE.

Hé bien! c'est donc en roi qu'il faut que je vous traite :
Je ne laisserai point ma victoire imparfaite;
Vous l'avez souhaité, vous ne vous plaindrez pas.
Régnez toujours, Porus, je vous rends vos états.
Avec mon amitié recevez Axiane :
A des liens si doux tous deux je vous condamne.
Vivez, régnez tous deux, et seuls de tant de rois
Jusques aux bords du Gange allez donner vos loix.

(à Cléofile.)

Ce traitement, madame, a droit de vous surprendre :

TOME I.   21

Mais enfin c'est ainsi que se venge Alexandre.
Je vous aime; et mon cœur, touché de vos soupirs,
Voudroit par mille morts venger vos déplaisirs.
Mais vous-même pourriez prendre pour une offense
La mort d'un ennemi qui n'est plus en défense:
Il en triompheroit; et, bravant ma rigueur,
Porus dans le tombeau descendroit en vainqueur.
Souffrez que, jusqu'au bout achevant ma carriere,
J'apporte à vos beaux yeux ma vertu toute entiere.
Laissez régner Porus couronné par mes mains;
Et commandez vous-même au reste des humains.
Prenez les sentiments que ce rang vous inspire;
Faites, dans sa naissance, admirer votre empire;
Et regardant l'éclat qui se répand sur vous,
De la sœur de Taxile oubliez le courroux.

AXIANE.

Oui, madame, régnez; et souffrez que moi-même
J'admire le grand cœur d'un héros qui vous aime.
Aimez, et possédez l'avantage charmant
De voir toute la terre adorer votre amant.

PORUS.

Seigneur, jusqu'à ce jour l'univers en alarmes
Me forçoit d'admirer le bonheur de vos armes:
Mais rien ne me forçoit, en ce commun effroi,
De reconnoître en vous plus de vertus qu'en moi.
Je me rends; je vous cede une pleine victoire:

Vos vertus, je l'avoue, égalent votre gloire.
Allez, seigneur, rangez l'univers sous vos loix;
Il me verra moi-même appuyer vos exploits:
Je vous suis; et je crois devoir tout entreprendre
Pour lui donner un maître aussi grand qu'Alexandre.

CLÉOFILE.

Seigneur, que vous peut dire un cœur triste, abattu?
Je ne murmure point contre votre vertu:
Vous rendez à Porus la vie et la couronne;
Je veux croire qu'ainsi votre gloire l'ordonne.
Mais ne me pressez point : en l'état où je suis,
Je ne puis que me taire, et pleurer mes ennuis.

ALEXANDRE.

Oui, madame, pleurons un ami si fidele;
Faisons en soupirant éclater notre zele;
Et qu'un tombeau superbe instruise l'avenir
Et de votre douleur et de mon souvenir,

FIN.

ANDROMAQUE,

TRAGÉDIE.

1667.

PRÉFACE.

Virgile, au troisieme livre de l'Énéide ; c'est Énée qui parle :

Littoraque Epiri legimus, portuque subimus
Chaonio, et celsam Buthroti ascendimus urbem....

Solemnes tum fortè dapes, et tristia dona...
Libabat cineri Andromache, manesque vocabat
Hectoreum ad tumulum, viridi quem cespite inanem,
Et geminas, causam lacrymis, sacraverat aras....

Dejecit vultum, et demissâ voce locuta est:
O felix una ante alias Priameia virgo,
Hostilem ad tumulum, Trojæ sub mœnibus altis,
Jussa mori! quæ sortitus non pertulit ullos,
Nec victoris heri tetigit captiva cubile!
Nos, patriâ incensâ, diversa per æquora vectæ,
Stirpis Achilleæ fastus, juvenemque superbum,
Servitio enixæ tulimus; qui deinde secutus
Ledæam Hermionem, Lacedæmoniosque hymenæos....

Ast illum, ereptæ magno inflammatus amore
Conjugis, et scelerum furiis agitatus Orestes
Excipit incautum, patriasque obtruncat ad aras.

Voilà en peu de vers tout le sujet de cette tragédie ; voilà le lieu de la scene, l'action qui s'y passe, les quatre principaux acteurs, et même leurs caracteres, excepté celui d'Hermione, dont la jalousie et les emportements sont assez marqués dans l'Andromaque d'Euripide.

PRÉFACE.

C'est presque la seule chose que j'emprunte ici de
cet auteur. Car, quoique ma tragédie porte le même
nom que la sienne, le sujet en est pourtant très différent. Andromaque, dans Euripide, craint pour la vie
de Molossus qui est un fils qu'elle a eu de Pyrrhus, et
qu'Hermione veut faire mourir avec sa mere. Mais ici
il ne s'agit point de Molossus; Andromaque ne connoît
point d'autre mari qu'Hector, ni d'autre fils qu'Astyanax. J'ai cru en cela me conformer à l'idée que nous
avons maintenant de cette princesse : la plupart de ceux
qui ont entendu parler d'Andromaque ne la connoissent guere que pour la veuve d'Hector, et pour la mere
d'Astyanax ; on ne croit point qu'elle doive aimer ni un
autre mari, ni un autre fils : et je doute que les larmes
d'Andromaque eussent fait sur l'esprit de mes spectateurs l'impression qu'elles y ont faite, si elles avoient
coulé pour un autre fils que celui qu'elle avoit d'Hector.

Il est vrai que j'ai été obligé de faire vivre Astyanax
un peu plus qu'il n'a vécu : mais j'écris dans un pays où
cette liberté ne pouvoit pas être mal reçue; car, sans
parler de Ronsard qui a choisi ce même Astyanax pour
le héros de sa Franciade, qui ne sait que l'on fait descendre nos anciens rois de ce fils d'Hector, et que nos
vieilles chroniques sauvent la vie à ce jeune prince, après
la désolation de son pays, pour en faire le fondateur de
notre monarchie?

Combien Euripide a-t-il été plus hardi dans sa tragédie d'Hélene! il y choque ouvertement la créance com-

PRÉFACE.

mune de toute la Grece. Il suppose qu'Hélene n'a jamais mis le pied dans Troie, et qu'après l'embrasement de cette ville, Ménélas trouve sa femme en Égypte, d'où elle n'étoit point partie : tout cela fondé sur une opinion qui n'étoit reçue que parmi les Égyptiens, comme on le peut voir dans Hérodote.

Je ne crois pas que j'eusse besoin de cet exemple d'Euripide pour justifier le peu de liberté que j'ai pris : car il y a bien de la différence entre détruire le principal fondement d'une fable, et en altérer quelques incidents, qui changent presque de face dans toutes les mains qui les traitent. Ainsi Achille, selon la plupart des poètes, ne peut être blessé qu'au talon, quoiqu'Homere le fasse blesser au bras, et ne le croie invulnérable en aucune partie de son corps. Ainsi Sophocle fait mourir Jocaste aussitôt après la reconnoissance d'Œdipe ; tout au contraire d'Euripide, qui la fait vivre jusqu'au combat et à la mort de ses deux fils. Et c'est à propos de quelque contrariété de cette nature, qu'un ancien commentateur de Sophocle remarque fort bien [1] « qu'il ne « faut point s'amuser à chicaner les poètes pour quel- « ques changements qu'ils ont pu faire dans la fable ; « mais qu'il faut s'attacher à considérer l'excellent usage « qu'ils ont fait de ces changements, et la maniere in- « génieuse dont ils ont su accommoder la fable à leur « sujet ».

[1] Sophoclis Electra.

ACTEURS.

ANDROMAQUE, veuve d'Hector, captive de Pyrrhus.

PYRRHUS, fils d'Achille, roi d'Épire.

ORESTE, fils d'Agamemnon.

HERMIONE, fille d'Hélene, accordée avec Pyrrhus.

PYLADE, ami d'Oreste.

CLÉONE, confidente d'Hermione.

CÉPHISE, confidente d'Andromaque.

PHŒNIX, gouverneur d'Achille, et ensuite de Pyrrhus.

Suite d'Oreste.

La scene est à Buthrote, ville d'Épire, dans une salle
du palais de Pyrrhus.

ANDROMAQUE,

TRAGÉDIE.

ACTE PREMIER.

SCENE I.
ORESTE, PYLADE.

ORESTE.

Oui, puisque je retrouve un ami si fidele,
Ma fortune va prendre une face nouvelle ;
Et déja son courroux semble s'être adouci
Depuis qu'elle a pris soin de nous rejoindre ici.
Qui l'eût dit, qu'un rivage à mes vœux si funeste
Présenteroit d'abord Pylade aux yeux d'Oreste ;
Qu'après plus de six mois que je t'avois perdu,
A la cour de Pyrrhus tu me serois rendu ?

PYLADE.

J'en rends graces au ciel, qui m'arrêtant sans cesse
Sembloit m'avoir fermé le chemin de la Grece,
Depuis le jour fatal que la fureur des eaux,
Presque aux yeux de l'Épire, écarta nos vaisseaux.

Combien dans cet exil ai-je souffert d'alarmes!
Combien à vos malheurs ai-je donné de larmes,
Craignant toujours pour vous quelque nouveau danger
Que ma triste amitié ne pouvoit partager!
Sur-tout je redoutois cette mélancolie
Où j'ai vu si long-temps votre ame ensevelie:
Je craignois que le ciel, par un cruel secours,
Ne vous offrît la mort que vous cherchiez toujours.
Mais je vous vois, seigneur; et, si j'ose le dire,
Un destin plus heureux vous conduit en Épire:
Le pompeux appareil qui suit ici vos pas
N'est point d'un malheureux qui cherche le trépas.

ORESTE.

Hélas! qui peut savoir le destin qui m'amene?
L'amour me fait ici chercher une inhumaine:
Mais qui sait ce qu'il doit ordonner de mon sort,
Et si je viens chercher ou la vie ou la mort?

PYLADE.

Quoi! votre ame à l'amour en esclave asservie
Se repose sur lui du soin de votre vie?
Par quel charme, oubliant tant de tourments soufferts,
Pouvez-vous consentir à rentrer dans ses fers?
Pensez-vous qu'Hermione, à Sparte inexorable,
Vous prépare en Épire un sort plus favorable?
Honteux d'avoir poussé tant de vœux superflus,
Vous l'abhorriez: enfin, vous ne m'en parliez plus.

Vous me trompiez, seigneur.

ORESTE.

Je me trompois moi-même!

Ami, n'accable point un malheureux.qui t'aime:
T'ai-je jamais caché mon cœur et mes desirs?
Tu vis naître ma flamme et mes premiers soupirs:
Enfin, quand Ménélas disposa de sa fille
En faveur de Pyrrhus vengeur de sa famille,
Tu vis mon désespoir; et tu m'as vu depuis
Traîner de mers en mers ma chaîne et mes ennuis.
Je te vis à regret en cet état funeste,
Prêt à suivre par-tout le déplorable Oreste,
Toujours de ma fureur interrompre le cours,
Et de moi-même enfin me sauver tous les jours.
Mais quand je me souvins que, parmi tant d'alarmes,
Hermione à Pyrrhus prodiguoit tous ses charmes,
Tu sais de quel courroux mon cœur alors épris
Voulut en l'oubliant punir tous ses mépris.
Je fis croire et je crus ma victoire certaine;
Je pris tous mes transports pour des transports de haine:
Détestant ses rigueurs, rabaissant ses attraits,
Je défiois ses yeux de me troubler jamais.
Voilà comme je crus étouffer ma tendresse.
En ce calme trompeur j'arrivai dans la Grece;
Et je trouvai d'abord ses princes rassemblés,
Qu'un péril assez grand sembloit avoir troublés.

J'y courus. Je pensai que la guerre et la gloire
De soins plus importants rempliroient ma mémoire;
Que, mes sens reprenant leur premiere vigueur,
L'amour acheveroit de sortir de mon cœur.
Mais admire avec moi le sort, dont la poursuite
Me fait courir alors au piege que j'évite.
J'entends de tous côtés qu'on menace Pyrrhus:
Toute la Grece éclate en murmures confus:
On se plaint qu'oubliant son sang et sa promesse
Il éleve en sa cour l'ennemi de la Grece,
Astyanax, d'Hector jeune et malheureux fils,
Reste de tant de rois sous Troie ensevelis.
J'apprends que pour ravir son enfance au supplice
Andromaque trompa l'ingénieux Ulysse,
Tandis qu'un autre enfant arraché de ses bras
Sous le nom de son fils fut conduit au trépas.
On dit que, peu sensible aux charmes d'Hermione,
Mon rival porte ailleurs son cœur et sa couronne.
Ménélas, sans le croire, en paroît affligé,
Et se plaint d'un hymen si long-temps négligé.
Parmi les déplaisirs où son ame se noie,
Il s'éleve en la mienne une secrete joie:
Je triomphe; et pourtant je me flatte d'abord
Que la seule vengeance excite ce transport.
Mais l'ingrate en mon cœur reprit bientôt sa place;
De mes feux mal éteints je reconnus la trace:

Je sentis que ma haine alloit finir son cours;
Ou plutôt je sentis que je l'aimois toujours.
Ainsi de tous les Grecs je brigue le suffrage.
On m'envoie à Pyrrhus : j'entreprends ce voyage.
Je viens voir si l'on peut arracher de ses bras
Cet enfant dont la vie alarme tant d'états.
Heureux si je pouvois, dans l'ardeur qui me presse,
Au lieu d'Astyanax, lui ravir ma princesse !
Car enfin n'attends pas que mes feux redoublés
Des périls les plus grands puissent être troublés.
Puisqu'après tant d'efforts ma résistance est vaine,
Je me livre en aveugle au destin qui m'entraîne.
J'aime; je viens chercher Hermione en ces lieux,
La fléchir, l'enlever, ou mourir à ses yeux.
Toi qui connois Pyrrhus, que penses-tu qu'il fasse?
Dans sa cour, dans son cœur, dis-moi ce qui se passe.
Mon Hermione encor le tient-elle asservi?
Me rendra-t-il, Pylade, un bien qu'il m'a ravi?

PYLADE.

Je vous abuserois si j'osois vous promettre
Qu'entre vos mains, seigneur, il voulût la remettre.
Non que de sa conquête il paroisse flatté.
Pour la veuve d'Hector ses feux ont éclaté;
Il l'aime. Mais enfin cette veuve inhumaine
N'a payé jusqu'ici son amour que de haine:
Et chaque jour encore on lui voit tout tenter

Pour fléchir sa captive, ou pour l'épouvanter.
De son fils qu'il lui cache il menace la tête,
Et fait couler des pleurs qu'aussitôt il arrête.
Hermione elle-même a vu plus de cent fois
Cet amant irrité revenir sous ses loix,
Et de ses vœux troublés lui rapportant l'hommage,
Soupirer à ses pieds moins d'amour que de rage.
Ainsi n'attendez pas que l'on puisse aujourd'hui
Vous répondre d'un cœur si peu maître de lui :
Il peut, seigneur, il peut, dans ce désordre extrême,
Épouser ce qu'il hait, et punir ce qu'il aime.

ORESTE.

Mais dis-moi de quel œil Hermione peut voir
Son hymen différé, ses charmes sans pouvoir.

PYLADE.

Hermione, seigneur, au moins en apparence,
Semble de son amant dédaigner l'inconstance,
Et croit que, trop heureux de fléchir sa rigueur,
Il la viendra presser de reprendre son cœur.
Mais je l'ai vue enfin me confier ses larmes :
Elle pleure en secret le mépris de ses charmes ;
Toujours prête à partir, et demeurant toujours,
Quelquefois elle appelle Oreste à son secours.

ORESTE.

Ah! si je le croyois, j'irois bientôt, Pylade,
Me jetter....

PYLADE.

Achevez, seigneur, votre ambassade.
Vous attendez le roi. Parlez, et lui montrez
Contre le fils d'Hector tous les Grecs conjurés.
Loin de leur accorder ce fils de sa maîtresse,
Leur haine ne fera qu'irriter sa tendresse :
Plus on les veut brouiller, plus on va les unir.
Pressez : demandez tout, pour ne rien obtenir.
Il vient.

ORESTE.

Hé bien, va donc disposer la cruelle
A revoir un amant qui ne vient que pour elle.

SCENE II.

PYRRHUS, ORESTE, PHŒNIX.

ORESTE.

Avant que tous les Grecs vous parlent par ma voix,
Souffrez que j'ose ici me flatter de leur choix,
Et qu'à vos yeux, seigneur, je montre quelque joie
De voir le fils d'Achille et le vainqueur de Troie.
Oui, comme ses exploits, nous admirons vos coups ;
Hector tomba sous lui, Troie expira sous vous ;
Et vous avez montré, par une heureuse audace,
Que le fils seul d'Achille a pu remplir sa place.

Mais, ce qu'il n'eût point fait, la Grece avec douleur
Vous voit du sang troyen relever le malheur,
Et, vous laissant toucher d'une pitié funeste,
D'une guerre si longue entretenir le reste.
Ne vous souvient-il plus, seigneur, quel fut Hector?
Nos peuples affoiblis s'en souviennent encor:
Son nom seul fait frémir nos veuves et nos filles;
Et dans toute la Grece il n'est point de familles
Qui ne demandent compte à ce malheureux fils,
D'un pere ou d'un époux qu'Hector leur a ravis.
Et qui sait ce qu'un jour ce fils peut entreprendre?
Peut-être dans nos ports nous le verrons descendre,
Tel qu'on a vu son pere embraser nos vaisseaux,
Et la flamme à la main les suivre sur les eaux.
Oserai-je, seigneur, dire ce que je pense?
Vous-même de vos soins craignez la récompense,
Et que dans votre sein ce serpent élevé
Ne vous punisse un jour de l'avoir conservé.
Enfin, de tous les Grecs satisfaites l'envie,
Assurez leur vengeance, assurez votre vie:
Perdez un ennemi d'autant plus dangereux
Qu'il s'essaiera sur vous à combattre contre eux.

PYRRHUS.

La Grece en ma faveur est trop inquiétée.
De soins plus importants je l'ai crue agitée,
Seigneur; et, sur le nom de son ambassadeur,

J'avois dans ses projets conçu plus de grandeur.
Qui croiroit en effet qu'une telle entreprise
Du fils d'Agamemnon méritât l'entremise;
Qu'un peuple tout entier, tant de fois triomphant,
N'eût daigné conspirer que la mort d'un enfant?
Mais à qui prétend-on que je le sacrifie?
La Grece a-t-elle encor quelque droit sur sa vie?
Et seul de tous les Grecs, ne m'est-il pas permis
D'ordonner d'un captif que le sort m'a soumis?
Oui, seigneur, lorsqu'au pied des murs fumants de Troie,
Les vainqueurs tout sanglants partagerent leur proie,
Le sort, dont les arrêts furent alors suivis,
Fit tomber en mes mains Andromaque et son fils.
Hécube près d'Ulysse acheva sa misere;
Cassandre dans Argos a suivi votre pere:
Sur eux, sur leurs captifs, ai-je étendu mes droits?
Ai-je enfin disposé du fruit de leurs exploits?
On craint qu'avec Hector Troie un jour ne renaisse!
Son fils peut me ravir le jour que je lui laisse!...
Seigneur, tant de prudence entraîne trop de soin;
Je ne sais point prévoir les malheurs de si loin.
Je songe quelle étoit autrefois cette ville
Si superbe en remparts, en héros si fertile,
Maîtresse de l'Asie; et je regarde enfin
Quel fut le sort de Troie, et quel est son destin.
Je ne vois que des tours que la cendre a couvertes,

Un fleuve teint de sang, des campagnes désertes,
Un enfant dans les fers : et je ne puis songer
Que Troie en cet état aspire à se venger.
Ah! si du fils d'Hector la perte étoit jurée,
Pourquoi d'un an entier l'avons-nous différée?
Dans le sein de Priam n'a-t-on pu l'immoler?
Sous tant de morts, sous Troie, il falloit l'accabler.
Tout étoit juste alors : la vieillesse et l'enfance
En vain sur leur foiblesse appuyoient leur défense;
La victoire et la nuit, plus cruelles que nous,
Nous excitoient au meurtre et confondoient nos coups.
Mon courroux aux vaincus ne fut que trop sévere.
Mais, que ma cruauté survive à ma colere?
Que, malgré la pitié dont je me sens saisir,
Dans le sang d'un enfant je me baigne à loisir?
Non, seigneur. Que les Grecs cherchent quelque autre proie;
Qu'ils poursuivent ailleurs ce qui reste de Troie :
De mes inimitiés le cours est achevé;
L'Épire sauvera ce que Troie a sauvé.

ORESTE.

Seigneur, vous savez trop avec quel artifice
Un faux Astyanax fut offert au supplice
Où le seul fils d'Hector devoit être conduit.
Ce n'est pas les Troyens, c'est Hector qu'on poursuit.
Oui, les Grecs sur le fils persécutent le pere;
Il a par trop de sang acheté leur colere :

Ce n'est que dans le sien qu'elle peut expirer;
Et jusques dans l'Épire il les peut attirer.
Prévenez-les.

PYRRHUS.

Non, non. J'y consens avec joie:
Qu'ils cherchent dans l'Épire une seconde Troie:
Qu'ils confondent leur haine, et ne distinguent plus
Le sang qui les fit vaincre, et celui des vaincus.
Aussi-bien ce n'est pas la premiere injustice
Dont la Grece d'Achille a payé le service.
Hector en profita, seigneur; et quelque jour
Son fils en pourroit bien profiter à son tour.

ORESTE.

Ainsi la Grece en vous trouve un enfant rebelle?

PYRRHUS.

Et je n'ai donc vaincu que pour dépendre d'elle?

ORESTE.

Hermione, seigneur, arrêtera vos coups;
Ses yeux s'opposeront entre son pere et vous.

PYRRHUS.

Hermione, seigneur, peut m'être toujours chere;
Je puis l'aimer, sans être esclave de son pere:
Et je saurai peut-être accorder quelque jour
Les soins de ma grandeur et ceux de mon amour.
Vous pouvez cependant voir la fille d'Hélene;
Du sang qui vous unit je sais l'étroite chaîne.

Après cela, seigneur, je ne vous retiens plus,
Et vous pourrez aux Grecs annoncer mon refus.

SCENE III.

PYRRHUS, PHŒNIX.

PHŒNIX.

Ainsi vous l'envoyez aux pieds de sa maîtresse!

PYRRHUS.

On dit qu'il a long-temps brûlé pour la princesse.

PHŒNIX.

Mais si ce feu, seigneur, vient à se rallumer,
S'il lui rendoit son cœur, s'il s'en faisoit aimer?

PYRRHUS.

Ah! qu'ils s'aiment, Phœnix, j'y consens. Qu'elle parte.
Que, charmés l'un de l'autre, ils retournent à Sparte.
Tous nos ports sont ouverts et pour elle et pour lui.
Qu'elle m'épargneroit de contrainte et d'ennui!

PHŒNIX.

Seigneur....

PYRRHUS.

Une autre fois je t'ouvrirai mon ame;
Andromaque paroît.

SCENE IV.

ANDROMAQUE, PYRRHUS, CÉPHISE, PHŒNIX.

PYRRHUS.

Me cherchiez-vous, madame?
Un espoir si charmant me seroit-il permis?

ANDROMAQUE.

Je passois jusqu'aux lieux où l'on garde mon fils.
Puisqu'une fois le jour vous souffrez que je voie
Le seul bien qui me reste et d'Hector et de Troie,
J'allois, seigneur, pleurer un moment avec lui:
Je ne l'ai point encore embrassé d'aujourd'hui!

PYRRHUS.

Ah madame! les Grecs, si j'en crois leurs alarmes,
Vous donneront bientôt d'autres sujets de larmes.

ANDROMAQUE.

Et quelle est cette peur dont leur cœur est frappé,
Seigneur? Quelque Troyen vous est-il échappé?

PYRRHUS.

Leur haine pour Hector n'est pas encore éteinte.
Ils redoutent son fils.

ANDROMAQUE.

Digne objet de leur crainte!

Un enfant malheureux, qui ne sait pas encor
Que Pyrrhus est son maître, et qu'il est fils d'Hector.

PYRRHUS.

Tel qu'il est, tous les Grecs demandent qu'il périsse.
Le fils d'Agamemnon vient hâter son supplice.

ANDROMAQUE.

Et vous prononcerez un arrêt si cruel?
Est-ce mon intérêt qui le rend criminel?
Hélas! on ne craint point qu'il venge un jour son pere;
On craint qu'il n'essuyât les larmes de sa mere.
Il m'auroit tenu lieu d'un pere et d'un époux:
Mais il me faut tout perdre, et toujours par vos coups.

PYRRHUS.

Madame, mes refus ont prévenu vos larmes.
Tous les Grecs m'ont déja menacé de leurs armes:
Mais, dussent-ils encore, en repassant les eaux,
Demander votre fils avec mille vaisseaux;
Coûtât-il tout le sang qu'Hélene a fait répandre;
Dussé-je après dix ans voir mon palais en cendre,
Je ne balance point, je vole à son secours;
Je défendrai sa vie aux dépens de mes jours.
Mais, parmi ces périls où je cours pour vous plaire,
Me refuserez-vous un regard moins sévere?
Haï de tous les Grecs, pressé de tous côtés,
Me faudra-t-il combattre encor vos cruautés?
Je vous offre mon bras. Puis-je espérer encore

Que vous accepterez un cœur qui vous adore?
En combattant pour vous, me sera-t-il permis
De ne vous point compter parmi mes ennemis?

ANDROMAQUE.

Seigneur, que faites-vous, et que dira la Grece?
Faut-il qu'un si grand cœur montre tant de foiblesse?
Voulez-vous qu'un dessein si beau, si généreux,
Passe pour le transport d'un esprit amoureux?
Captive, toujours triste, importune à moi-même,
Pouvez-vous souhaiter qu'Andromaque vous aime?
Quels charmes ont pour vous des yeux infortunés
Qu'à des pleurs éternels vous avez condamnés?
Non, non : d'un ennemi respecter la misere,
Sauver des malheureux, rendre un fils à sa mere,
De cent peuples pour lui combattre la rigueur
Sans me faire payer son salut de mon cœur,
Malgré moi, s'il le faut, lui donner un asyle;
Seigneur, voilà des soins dignes du fils d'Achille.

PYRRHUS.

Hé quoi! votre courroux n'a-t-il pas eu son cours?
Peut-on haïr sans cesse? et punit-on toujours?
J'ai fait des malheureux, sans doute; et la Phrygie
Cent fois de votre sang a vu ma main rougie :
Mais que vos yeux sur moi se sont bien exercés!
Qu'ils m'ont vendu bien cher les pleurs qu'ils ont versés!
De combien de remords m'ont-ils rendu la proie!

Je souffre tous les maux que j'ai faits devant Troie.
Vaincu, chargé de fers, de regrets consumé,
Brûlé de plus de feux que je n'en allumai,
Tant de soins, tant de pleurs, tant d'ardeurs inquietes....
Hélas! fus-je jamais si cruel que vous l'êtes?
Mais enfin, tour-à-tour, c'est assez nous punir;
Nos ennemis communs devroient nous réunir:
Madame, dites-moi seulement que j'espere,
Je vous rends votre fils, et je lui sers de pere;
Je l'instruirai moi-même à venger les Troyens;
J'irai punir les Grecs de vos maux et des miens.
Animé d'un regard, je puis tout entreprendre:
Votre Ilion encor peut sortir de sa cendre;
Je puis, en moins de temps que les Grecs ne l'ont pris,
Dans ses murs relevés couronner votre fils.

A N D R O M A Q U E.

Seigneur, tant de grandeurs ne nous touchent plus guere:
Je les lui promettois tant qu'a vécu son pere.
Non, vous n'espérez plus de nous revoir encor,
Sacrés murs, que n'a pu conserver mon Hector!
A de moindres faveurs des malheureux prétendent:
Seigneur, c'est un exil que mes pleurs vous demandent;
Souffrez que, loin des Grecs, et même loin de vous,
J'aille cacher mon fils, et pleurer mon époux.
Votre amour contre nous allume trop de haine:
Retournez, retournez à la fille d'Hélene.

PYRRHUS.

Et le puis-je, madame? Ah que vous me gênez!
Comment lui rendre un cœur que vous me retenez?
Je sais que de mes vœux on lui promit l'empire;
Je sais que pour régner elle vint dans l'Épire:
Le sort vous y voulut l'une et l'autre amener,
Vous, pour porter des fers, elle, pour en donner.
Cependant ai-je pris quelque soin de lui plaire?
Et ne diroit-on pas, en voyant au contraire
Vos charmes tout-puissants et les siens dédaignés,
Qu'elle est ici captive, et que vous y régnez?
Ah! qu'un seul des soupirs que mon cœur vous envoie,
S'il s'échappoit vers elle, y porteroit de joie!

ANDROMAQUE.

Et pourquoi vos soupirs seroient-ils repoussés?
Auroit-elle oublié vos services passés?
Troie, Hector, contre vous révoltent-ils son ame?
Aux cendres d'un époux doit-elle enfin sa flamme?
Et quel époux encore! Ah souvenir cruel!
Sa mort seule a rendu votre pere immortel;
Il doit au sang d'Hector tout l'éclat de ses armes;
Et vous n'êtes tous deux connus que par mes larmes.

PYRRHUS.

Hé bien, madame, hé bien, il faut vous obéir:
Il faut vous oublier, ou plutôt vous haïr.
Oui, mes vœux ont trop loin poussé leur violence

Pour ne plus s'arrêter que dans l'indifférence.
Songez-y bien : il faut désormais que mon cœur,
S'il n'aime avec transport, haïsse avec fureur.
Je n'épargnerai rien dans ma juste colere :
Le fils me répondra des mépris de la mere ;
La Grece le demande ; et je ne prétends pas .
Mettre toujours ma gloire à sauver des ingrats.

A N D R O M A Q U E.

Hélas ! il mourra donc ! Il n'a pour sa défense
Que les pleurs de sa mere, et que son innocence :
Et peut-être après tout, en l'état où je suis,
Sa mort avancera la fin de mes ennuis.
Je prolongeois pour lui ma vie et ma misere :
Mais enfin sur ses pas j'irai revoir son pere.
Ainsi, tous trois, seigneur, par vos soins réunis,
Nous vous....

P Y R R H U S.

Allez, madame, allez voir votre fils.
Peut-être, en le voyant, votre amour plus timide
Ne prendra pas toujours sa colere pour guide.
Pour savoir nos destins j'irai vous retrouver :
Madame, en l'embrassant, songez à le sauver.

F I N   D U   P R E M I E R   A C T E.

ACTE SECOND.

SCENE I.
HERMIONE, CLÉONE.

HERMIONE.

Je fais ce que tu veux. Je consens qu'il me voie;
Je lui veux bien encore accorder cette joie.
Pylade va bientôt conduire ici ses pas;
Mais, si je m'en croyois, je ne le verrois pas.

CLÉONE.

Et qu'est-ce que sa vue a pour vous de funeste,
Madame? N'est-ce pas toujours le même Oreste
Dont vous avez cent fois souhaité le retour,
Et dont vous regrettiez la constance et l'amour?

HERMIONE.

C'est cet amour payé de trop d'ingratitude
Qui me rend en ces lieux sa présence si rude.
Quelle honte pour moi, quel triomphe pour lui
De voir mon infortune égaler son ennui!
Est-ce là, dira-t-il, cette fiere Hermione?
Elle me dédaignoit; un autre l'abandonne:
L'ingrate, qui mettoit son cœur à si haut prix,
Apprend donc à son tour à souffrir des mépris!

Ah dieux!

C L É O N E.

Ah! dissipez ces indignes alarmes:
Il a trop bien senti le pouvoir de vos charmes.
Vous croyez qu'un amant vienne vous insulter?
Il vous rapporte un cœur qu'il n'a pu vous ôter.
Mais vous ne dites point ce que vous mande un pere.

H E R M I O N E.

Dans ses retardements si Pyrrhus persévere,
A la mort du Troyen s'il ne veut consentir,
Mon pere avec les Grecs m'ordonne de partir.

C L É O N E.

Hé bien, madame, hé bien, écoutez donc Oreste.
Pyrrhus a commencé; faites au moins le reste.
Pour bien faire il faudroit que vous le prévinssiez:
Ne m'avez-vous pas dit que vous le haïssiez?

H E R M I O N E.

Si je le hais, Cléone! il y va de ma gloire,
Après tant de bontés dont il perd la mémoire;
Lui qui me fut si cher, et qui m'a pu trahir!
Ah! je l'ai trop aimé pour ne le point haïr.

C L É O N E.

Fuyez-le donc, madame; et puisqu'on vous adore....

H E R M I O N E.

Ah! laisse à ma fureur le temps de croître encore;
Contre mon ennemi laisse-moi m'assurer:

Cléone, avec horreur je m'en veux séparer.
Il n'y travaillera que trop bien, l'infidele!

CLÉONE.

Quoi! vous en attendez quelque injure nouvelle?
Aimer une captive, et l'aimer à vos yeux,
Tout cela n'a donc pu vous le rendre odieux?
Après ce qu'il a fait, que sauroit-il donc faire?
Il vous auroit déplu, s'il pouvoit vous déplaire.

HERMIONE.

Pourquoi veux-tu, cruelle, irriter mes ennuis?
Je crains de me connoître en l'état où je suis.
De tout ce que tu vois tâche de ne rien croire:
Crois que je n'aime plus; vante-moi ma victoire:
Crois que dans son dépit mon cœur est endurci;
Hélas! et s'il se peut, fais-le moi croire aussi!
Tu veux que je le fuie. Hé bien, rien ne m'arrête.
Allons, n'envions plus son indigne conquête:
Que sur lui sa captive étende son pouvoir.
Fuyons.... Mais si l'ingrat rentroit dans son devoir;
Si la foi dans son cœur retrouvoit quelque place;
S'il venoit à mes pieds me demander sa grace;
Si sous mes loix, Amour, tu pouvois l'engager;
S'il vouloit.... Mais l'ingrat ne veut que m'outrager.
Demeurons toutefois pour troubler leur fortune;
Prenons quelque plaisir à leur être importune:
Ou, le forçant de rompre un nœud si solemnel,

Aux yeux de tous les Grecs rendons-le criminel.
J'ai déja sur le fils attiré leur colere :
Je veux qu'on vienne encor lui demander la mere.
Rendons-lui les tourments qu'elle me fait souffrir ;
Qu'elle le perde, ou bien qu'il la fasse périr.

CLÉONE.

Vous pensez que des yeux toujours ouverts aux larmes
Se plaisent à troubler le pouvoir de vos charmes,
Et qu'un cœur accablé de tant de déplaisirs
De son persécuteur ait brigué les soupirs ?
Voyez si sa douleur en paroît soulagée :
Pourquoi donc les chagrins où son ame est plongée ?
Contre un amant qui plaît pourquoi tant de fierté ?

HERMIONE.

Hélas ! pour mon malheur, je l'ai trop écouté.
Je n'ai point du silence affecté le mystere :
Je croyois sans péril pouvoir être sincere ;
Et sans armer mes yeux d'un moment de rigueur,
Je n'ai pour lui parler consulté que mon cœur.
Et qui ne se seroit comme moi déclarée
Sur la foi d'une amour si saintement jurée ?
Me voyoit-il de l'œil qu'il me voit aujourd'hui ?
Tu t'en souviens encor, tout conspiroit pour lui :
Ma famille vengée, et les Grecs dans la joie,
Nos vaisseaux tout chargés des dépouilles de Troie,
Les exploits de son pere effacés par les siens,

Ses feux que je croyois plus ardents que les miens,
Mon cœur, toi-même enfin de sa gloire éblouie,
Avant qu'il me trahît, vous m'avez tous trahie.
Mais c'en est trop, Cléone; et quel que soit Pyrrhus,
Hermione est sensible, Oreste a des vertus:
Il sait aimer du moins, et même sans qu'on l'aime;
Et peut-être il saura se faire aimer lui-même.
Allons. Qu'il vienne enfin.

CLÉONE.

Madame, le voici.

HERMIONE.

Ah! je ne croyois pas qu'il fût si près d'ici.

SCENE II.

HERMIONE, ORESTE, CLÉONE.

HERMIONE.

Le croirai-je, seigneur, qu'un reste de tendresse
Vous fasse ici chercher une triste princesse?
Ou ne dois-je imputer qu'à votre seul devoir
L'heureux empressement qui vous porte à me voir?

ORESTE.

Tel est de mon amour l'aveuglement funeste,
Vous le savez, madame; et le destin d'Oreste
Est de venir sans cesse adorer vos attraits,
Et de jurer toujours qu'il n'y viendra jamais.

Je sais que vos regards vont rouvrir mes blessures;
Que tous mes pas vers vous sont autant de parjures:
Je le sais, j'en rougis. Mais j'atteste les dieux,
Témoins de la fureur de mes derniers adieux,
Que j'ai couru par-tout où ma perte certaine
Dégageoit mes serments et finissoit ma peine.
J'ai mendié la mort chez des peuples cruels
Qui n'appaisoient leurs dieux que du sang des mortels:
Ils m'ont fermé leur temple; et ces peuples barbares
De mon sang prodigué sont devenus avares.
Enfin je viens à vous; et je me vois réduit
A chercher dans vos yeux une mort qui me fuit.
Mon désespoir n'attend que leur indifférence:
Ils n'ont qu'à m'interdire un reste d'espérance;
Ils n'ont, pour avancer cette mort où je cours,
Qu'à me dire une fois ce qu'ils m'ont dit toujours.
Voilà depuis un an le seul soin qui m'anime.
Madame, c'est à vous de prendre une victime
Que les Scythes auroient dérobée à vos coups
Si j'en avois trouvé d'aussi cruels que vous.

HERMIONE.

Quittez, seigneur, quittez ce funeste langage:
A des soins plus pressants la Grece vous engage.
Que parlez-vous du Scythe et de mes cruautés?
Songez à tous ces rois que vous représentez.
Faut-il que d'un transport leur vengeance dépende?

Est-ce le sang d'Oreste enfin qu'on vous demande?
Dégagez-vous des soins dont vous êtes chargé.

ORESTE.

Les refus de Pyrrhus m'ont assez dégagé,
Madame : il me renvoie; et quelque autre puissance
Lui fait du fils d'Hector embrasser la défense.

HERMIONE.

L'infidele!

ORESTE.

Ainsi donc, tout prêt à le quitter,
Sur mon propre destin je viens vous consulter.
Déja même je crois entendre la réponse
Qu'en secret contre moi votre haine prononce.

HERMIONE.

Hé quoi! toujours injuste en vos tristes discours,
De mon inimitié vous plaindrez-vous toujours?
Quelle est cette rigueur tant de fois alléguée?
J'ai passé dans l'Épire où j'étois reléguée;
Mon pere l'ordonnoit : mais qui sait si depuis
Je n'ai point en secret partagé vos ennuis?
Pensez-vous avoir seul éprouvé des alarmes;
Que l'Épire jamais n'ait vu couler mes larmes?
Enfin, qui vous a dit que, malgré mon devoir,
Je n'ai pas quelquefois souhaité de vous voir?

ORESTE.

Souhaité de me voir! Ah! divine princesse...,

Mais, de grace, est-ce à moi que ce discours s'adresse?
Ouvrez vos yeux, songez qu'Oreste est devant vous,
Oreste, si long-temps l'objet de leur courroux.

HERMIONE.

Oui, c'est vous dont l'amour, naissant avec leurs charmes,
Leur apprit le premier le pouvoir de leurs armes;
Vous, que mille vertus me forçoient d'estimer;
Vous, que j'ai plaint, enfin que je voudrois aimer.

ORESTE.

Je vous entends. Tel est mon partage funeste:
Le cœur est pour Pyrrhus, et les vœux pour Oreste.

HERMIONE.

Ah! ne souhaitez pas le destin de Pyrrhus,
Je vous haïrois trop.

ORESTE.

Vous m'en aimeriez plus.

Ah! que vous me verriez d'un regard bien contraire!
Vous me voulez aimer, et je ne puis vous plaire;
Et l'amour seul alors se faisant obéir,
Vous m'aimeriez, madame, en me voulant haïr.
Ô dieux! tant de respects, une amitié si tendre,
Que de raisons pour moi, si vous pouviez m'entendre!
Vous seule pour Pyrrhus disputez aujourd'hui,
Peut-être malgré vous, sans doute malgré lui:
Car enfin il vous hait; son ame ailleurs éprise
N'a plus....

HERMIONE.

Qui vous l'a dit, seigneur, qu'il me méprise?
Ses regards, ses discours vous l'ont-ils donc appris?
Jugez-vous que ma vue inspire des mépris?
Qu'elle allume en un cœur des feux si peu durables?
Peut-être d'autres yeux me sont plus favorables.

ORESTE.

Poursuivez : il est beau de m'insulter ainsi.
Cruelle! c'est donc moi qui vous méprise ici?
Vos yeux n'ont pas assez éprouvé ma constance?
Je suis donc un témoin de leur peu de puissance?
Je les ai méprisés? Ah! qu'ils voudroient bien voir
Mon rival comme moi mépriser leur pouvoir!

HERMIONE.

Que m'importe, seigneur, sa haine ou sa tendresse?
Allez contre un rebelle armer toute la Grece;
Rapportez-lui le prix de sa rebellion;
Qu'on fasse de l'Épire un second Ilion :
Allez. Après cela direz-vous que je l'aime?

ORESTE.

Madame, faites plus, et venez-y vous-même.
Voulez-vous demeurer pour ôtage en ces lieux?
Venez dans tous les cœurs faire parler vos yeux.
Faisons de notre haine une commune attaque.

HERMIONE.

Mais, seigneur, cependant s'il épouse Andromaque?

ORESTE.

Hé madame !

HERMIONE.

Songez quelle honte pour nous
Si d'une Phrygienne il devenoit l'époux.

ORESTE.

Et vous le haïssez ! Avouez-le, madame,
L'amour n'est pas un feu qu'on renferme en une ame :
Tout nous trahit, la voix, le silence, les yeux ;
Et les feux mal couverts n'en éclatent que mieux.

HERMIONE.

Seigneur, je le vois bien, votre ame prévenue
Répand sur mes discours le venin qui la tue,
Toujours dans mes raisons cherche quelque détour,
Et croit qu'en moi la haine est un effort d'amour.
Il faut donc m'expliquer : vous agirez ensuite.
Vous savez qu'en ces lieux mon devoir m'a conduite :
Mon devoir m'y retient ; et je n'en puis partir,
Que mon pere, ou Pyrrhus, ne m'en fasse sortir.
De la part de mon pere, allez lui faire entendre
Que l'ennemi des Grecs ne peut être son gendre :
Du Troyen ou de moi faites-le décider ;
Qu'il songe qui des deux il veut rendre ou garder :
Enfin, qu'il me renvoie, ou bien qu'il vous le livre.
Adieu. S'il y consent, je suis prête à vous suivre.

SCENE III.

ORESTE.

Oui, oui, vous me suivrez, n'en doutez nullement;
Je vous réponds déja de son consentement.
Je ne crains pas enfin que Pyrrhus la retienne :
Il n'a devant les yeux que sa chere Troyenne;
Tout autre objet le blesse; et peut-être aujourd'hui
Il n'attend qu'un prétexte à l'éloigner de lui.
Nous n'avons qu'à parler : c'en est fait. Quelle joie
D'enlever à l'Épire une si belle proie !
Sauve tout ce qui reste et de Troie et d'Hector,
Garde son fils, sa veuve, et mille autres encor,
Épire; c'est assez qu'Hermione rendue
Perde à jamais tes bords et ton prince de vue.
Mais un heureux destin le conduit en ces lieux.
Parlons. A tant d'attraits, Amour, ferme ses yeux !

SCENE IV.

PYRRHUS, ORESTE, PHŒNIX.

PYRRHUS.

Je vous cherchois, seigneur. Un peu de violence
M'a fait de vos raisons combattre la puissance,

Je l'avoue; et depuis que je vous ai quitté,
J'en ai senti la force et connu l'équité.
J'ai songé, comme vous, qu'à la Grece, à mon pere,
A moi-même, en un mot, je devenois contraire;
Que je relevois Troie, et rendois imparfait
Tout ce qu'a fait Achille, et tout ce que j'ai fait.
Je ne condamne plus un courroux légitime;
Et l'on vous va, seigneur, livrer votre victime.

ORESTE.

Seigneur, par ce conseil prudent et rigoureux,
C'est acheter la paix du sang d'un malheureux.

PYRRHUS.

Oui : mais je veux, seigneur, l'assurer davantage:
D'une éternelle paix Hermione est le gage,
Je l'épouse. Il sembloit qu'un spectacle si doux
N'attendît en ces lieux qu'un témoin tel que vous;
Vous y représentez tous les Grecs et son pere,
Puisqu'en vous Ménélas voit revivre son frere.
Voyez-la donc. Allez. Dites-lui que demain
J'attends avec la paix son cœur de votre main.

ORESTE, à part.

Ah dieux!

SCENE V.

PYRRHUS, PHŒNIX.

PYRRHUS.

Hé bien, Phœnix, l'amour est-il le maître ?
Tes yeux refusent-ils encor de me connoître ?

PHŒNIX.

Ah ! je vous reconnois ; et ce juste courroux,
Ainsi qu'à tous les Grecs, seigneur, vous rend à vous.
Ce n'est plus le jouet d'une flamme servile ;
C'est Pyrrhus, c'est le fils et le rival d'Achille
Que la gloire à la fin ramene sous ses loix,
Qui triomphe de Troie une seconde fois.

PYRRHUS.

Dis plutôt qu'aujourd'hui commence ma victoire :
D'aujourd'hui seulement je jouis de ma gloire ;
Et mon cœur, aussi fier que tu l'as vu soumis,
Croit avoir en l'amour vaincu mille ennemis.
Considere, Phœnix, les troubles que j'évite ;
Quelle foule de maux l'amour traîne à sa suite ;
Que d'amis, de devoirs j'allois sacrifier ;
Quels périls... un regard m'eût tout fait oublier :
Tous les Grecs conjurés fondoient sur un rebelle.
Je trouvois du plaisir à me perdre pour elle.

TOME I. 26

P H Œ N I X.

Oui, je bénis, seigneur, l'heureuse cruauté
Qui vous rend...

P Y R R H U S.

Tu l'as vu comme elle m'a traité.
Je pensois, en voyant sa tendresse alarmée,
Que son fils me la dût renvoyer désarmée :
J'allois voir le succès de ses embrassements ;
Je n'ai trouvé que pleurs mêlés d'emportements.
Sa misere l'aigrit ; et, toujours plus farouche,
Cent fois le nom d'Hector est sorti de sa bouche.
Vainement à son fils j'assurois mon secours :
« C'est Hector, disoit-elle en l'embrassant toujours ;
« Voilà ses yeux, sa bouche, et déja son audace ;
« C'est lui-même : c'est toi, cher époux, que j'embrasse. »
Eh ! quelle est sa pensée ? attend-elle en ce jour
Que je lui laisse un fils pour nourrir son amour ?

P H Œ N I X.

Sans doute, c'est le prix que vous gardoit l'ingrate.
Mais laissez-la, seigneur.

P Y R R H U S.

Je vois ce qui la flatte :
Sa beauté la rassure, et, malgré mon courroux,
L'orgueilleuse m'attend encore à ses genoux.
Je la verrois aux miens, Phœnix, d'un œil tranquille.
Elle est veuve d'Hector, et je suis fils d'Achille :

Trop de haine sépare Andromaque et Pyrrhus.

PHŒNIX.

Commencez donc, seigneur, à ne m'en parler plus.
Allez voir Hermione; et, content de lui plaire,
Oubliez à ses pieds jusqu'à votre colere.
Vous-même à cet hymen venez la disposer:
Est-ce sur un rival qu'il s'en faut reposer?
Il ne l'aime que trop.

PYRRHUS.

Crois-tu, si je l'épouse,
Qu'Andromaque en son cœur n'en sera pas jalouse?

PHŒNIX.

Quoi, toujours Andromaque occupe votre esprit!
Que vous importe, ô dieux! sa joie ou son dépit?
Quel charme, malgré vous, vers elle vous attire?

PYRRHUS.

Non, je n'ai pas bien dit tout ce qu'il lui faut dire:
Ma colere à ses yeux n'a paru qu'à demi;
Elle ignore à quel point je suis son ennemi.
Retournons-y : je veux la braver à sa vue,
Et donner à ma haine une libre étendue.
Viéns voir tous ses attraits, Phœnix, humiliés.
Allons.

PHŒNIX.

Allez, seigneur, vous jetter à ses pieds:
Allez, en lui jurant que votre ame l'adore,

A de nouveaux mépris l'encourager encore.

PYRRHUS.

Je le vois bien, tu crois que prêt à l'excuser
Mon cœur court après elle, et cherche à s'appaiser.

PHŒNIX.

Vous aimez : c'est assez.

PYRRHUS.

               Moi, l'aimer? une ingrate
Qui me hait d'autant plus que mon amour la flatte?
Sans parents, sans amis, sans espoir que sur moi?
Je puis perdre son fils, peut-être je le doi;
Étrangere.... que dis-je? esclave dans l'Épire,
Je lui donne son fils, mon ame, mon empire:
Et je ne puis gagner dans son perfide cœur
D'autre rang que celui de son persécuteur?
Non, non, je l'ai juré, ma vengeance est certaine;
Il faut bien une fois justifier sa haine:
J'abandonne son fils. Que de pleurs vont couler!
De quel nom sa douleur me va-t-elle appeller!
Quel spectacle pour elle aujourd'hui se dispose!
Elle en mourra, Phœnix; et j'en serai la cause:
C'est lui mettre moi-même un poignard dans le sein.

PHŒNIX.

Et pourquoi donc en faire éclater le dessein?
Que ne consultiez-vous tantôt votre foiblesse?

PYRRHUS.

Je t'entends. Mais excuse un reste de tendresse.
Crains-tu pour ma colere un si foible combat?
D'un amour qui s'éteint c'est le dernier éclat.
Allons. A tes conseils, Phœnix, je m'abandonne.
Faut-il livrer son fils? faut-il voir Hermione?

PHŒNIX.

Oui, voyez-la, seigneur; et par des vœux soumis
Protestez-lui....

PYRRHUS.

Faisons tout ce que j'ai promis.

FIN DU SECOND ACTE.

ACTE TROISIEME.

SCENE I.

ORESTE, PYLADE.

PYLADE.

Modérez donc, seigneur, cette fureur extrême:
Je ne vous connois plus; vous n'êtes plus vous-même.
Souffrez....

ORESTE.

Non, tes conseils ne sont plus de saison,
Pylade; je suis las d'écouter la raison.
C'est traîner trop long-temps ma vie et mon supplice:
Il faut que je l'enleve, ou bien que je périsse.
Le dessein en est pris; je le veux achever:
Oui, je le veux.

PYLADE.

Hé bien, il la faut enlever;
J'y consens. Mais songez cependant où vous êtes.
Que croira-t-on de vous, à voir ce que vous faites?
Dissimulez: calmez ce transport inquiet;
Commandez à vos yeux de garder le secret.
Ces gardes, cette cour, l'air qui vous environne,
Tout dépend de Pyrrhus, et sur-tout Hermione.

A ses regards sur-tout cachez votre courroux.
Ô dieux ! en cet état pourquoi la cherchiez-vous ?

ORESTE.

Que sais-je ? De moi-même étois-je alors le maître ?
La fureur m'emportoit, et je venois peut-être
Menacer à la fois l'ingrate et son amant.

PYLADE.

Et quel étoit le fruit de cet emportement ?

ORESTE.

Et quelle ame, dis-moi, ne seroit éperdue
Du coup dont ma raison vient d'être confondue ?
Il épouse, dit-il, Hermione demain :
Il veut, pour m'honorer, la tenir de ma main.
Ah ! plutôt cette main dans le sang du barbare...

PYLADE.

Vous l'accusez, seigneur, de ce destin bizarre :
Cependant tourmenté de ses propres desseins,
Il est peut-être à plaindre autant que je vous plains.

ORESTE.

Non, non, je le connois, mon désespoir le flatte ;
Sans moi, sans mon amour, il dédaignoit l'ingrate ;
Ses charmes jusques-là n'avoient pu le toucher :
Le cruel ne la prend que pour me l'arracher.
Ah dieux ! c'en étoit fait : Hermione gagnée
Pour jamais de sa vue alloit être éloignée ;
Son cœur, entre l'amour et le dépit confus,

Pour se donner à moi n'attendoit qu'un refus :
Ses yeux s'ouvroient, Pylade ; elle écoutoit Oreste,
Lui parloit, le plaignoit. Un mot eût fait le reste.

PYLADE.

Vous le croyez.

ORESTE.

Hé quoi ! ce courroux enflammé
Contre un ingrat...

PYLADE.

Jamais il ne fut plus aimé.
Pensez-vous, quand Pyrrhus vous l'auroit accordée,
Qu'un prétexte tout prêt ne l'eût pas retardée ?
M'en croirez-vous ? Lassé de ses trompeurs attraits,
Au lieu de l'enlever, fuyez-la pour jamais.
Quoi ! votre amour se veut charger d'une furie
Qui vous détestera, qui, toute votre vie,
Regrettant un hymen tout prêt à s'achever,
Voudra...

ORESTE.

C'est pour cela que je veux l'enlever.
Tout lui riroit, Pylade : et moi, pour mon partage,
Je n'emporterois donc qu'une inutile rage ?
J'irois loin d'elle encor tâcher de l'oublier ?
Non, non : à mes tourments je veux l'associer ;
C'est trop gémir tout seul. Je suis las qu'on me plaigne :
Je prétends qu'à mon tour l'inhumaine me craigne,

Et que ses yeux cruels, à pleurer condamnés,
Me rendent tous les noms que je leur ai donnés.

PYLADE.

Voilà donc le succès qu'aura votre ambassade !
Oreste ravisseur !

ORESTE.

Et qu'importe, Pylade ?
Quand nos états vengés jouiront de mes soins,
L'ingrate de mes pleurs jouira-t-elle moins ?
Et que me servira que la Grece m'admire,
Tandis que je serai la fable de l'Épire ?
Que veux-tu ? Mais s'il faut ne te rien déguiser,
Mon innocence enfin commence à me peser.
Je ne sais de tout temps quelle injuste puissance
Laisse le crime en paix et poursuit l'innocence.
De quelque part sur moi que je tourne les yeux,
Je ne vois que malheurs qui condamnent les dieux.
Méritons leur courroux, justifions leur haine,
Et que le fruit du crime en précede la peine.
Mais toi, par quelle erreur veux-tu toujours sur toi
Détourner un courroux qui ne cherche que moi ?
Assez et trop long-temps mon amitié t'accable.
Évite un malheureux, abandonne un coupable.
Cher Pylade, crois-moi, ta pitié te séduit :
Laisse-moi des périls dont j'attends tout le fruit.
Porte aux Grecs cet enfant que Pyrrhus m'abandonne.

Va-t'en.

PYLADE.

Allons, seigneur, enlevons Hermione :
Au travers des périls un grand cœur se fait jour.
Que ne peut l'amitié conduite par l'amour !
Allons de tous vos Grecs encourager le zele :
Nos vaisseaux sont tout prêts, et le vent nous appelle.
Je sais de ce palais tous les détours obscurs :
Vous voyez que la mer en vient battre les murs ;
Et cette nuit, sans peine, une secrete voie
Jusqu'en votre vaisseau conduira votre proie.

ORESTE.

J'abuse, cher ami, de ton trop d'amitié :
Mais pardonne à des maux dont toi seul as pitié.
Excuse un malheureux qui perd tout ce qu'il aime,
Que tout le monde hait, et qui se hait lui-même.
Que ne puis-je, à mon tour, dans un sort plus heureux....

PYLADE.

Dissimulez, seigneur, c'est tout ce que je veux.
Gardez qu'avant le coup votre dessein n'éclate.
Oubliez jusques-là qu'Hermione est ingrate :
Oubliez votre amour. Elle vient, je la voi.

ORESTE.

Va-t'en. Réponds-moi d'elle, et je réponds de moi.

SCENE II.

HERMIONE, ORESTE, CLÉONE.

ORESTE.

Hé bien, mes soins vous ont rendu votre conquête:
J'ai vu Pyrrhus, madame; et votre hymen s'apprête.

HERMIONE.

On le dit; et de plus on vient de m'assurer
Que vous ne me cherchiez que pour m'y préparer.

ORESTE.

Et votre ame à ses vœux ne sera pas rebelle?

HERMIONE.

Qui l'eût cru que Pyrrhus ne fût pas infidele?
Que sa flamme attendroit si tard pour éclater?
Qu'il reviendroit à moi quand je l'allois quitter?
Je veux croire avec vous qu'il redoute la Grece;
Qu'il suit son intérêt plutôt que sa tendresse;
Que mes yeux sur votre ame étoient plus absolus.

ORESTE.

Non, madame: il vous aime, et je n'en doute plus.
Vos yeux ne font-ils pas tout ce qu'ils veulent faire?
Et vous ne vouliez pas, sans doute, lui déplaire.

HERMIONE.

Mais que puis-je, seigneur? on a promis ma foi:

Lui ravirai-je un bien qu'il ne tient pas de moi?
L'amour ne regle pas le sort d'une princesse :
La gloire d'obéir est tout ce qu'on nous laisse.
Cependant je partois; et vous avez pu voir
Combien je relâchois pour vous de mon devoir.

ORESTE.

Ah! que vous saviez bien, cruelle.... Mais, madame,
Chacun peut à son choix disposer de son ame.
La vôtre étoit à vous. J'espérois. Mais enfin
Vous l'avez pu donner sans me faire un larcin.
Je vous accuse aussi bien moins que la fortune.
Et pourquoi vous lasser d'une plainte importune?
Tel est votre devoir, je l'avoue; et le mien
Est de vous épargner un si triste entretien.

SCENE III.

HERMIONE, CLÉONE.

HERMIONE.

Attendois-tu, Cléone, un courroux si modeste?

CLÉONE.

La douleur qui se tait n'en est que plus funeste.
Je le plains : d'autant plus qu'auteur de son ennui
Le coup qui l'a perdu n'est parti que de lui.

Comptez depuis quel temps votre hymen se prépare :
Il a parlé, madame ; et Pyrrhus se déclare.

HERMIONE.

Tu crois que Pyrrhus craint ? Et que craint-il encor ?
Des peuples qui, dix ans, ont fui devant Hector ;
Qui cent fois effrayés de l'absence d'Achille
Dans leurs vaisseaux brûlants ont cherché leur asyle ;
Et qu'on verroit encor, sans l'appui de son fils,
Redemander Hélene aux Troyens impunis ?
Non, Cléone, il n'est point ennemi de lui-même :
Il veut tout ce qu'il fait ; et s'il m'épouse, il m'aime.
Mais qu'Oreste, à son gré, m'impute ses douleurs ;
N'avons-nous d'entretien que celui de ses pleurs ?
Pyrrhus revient à nous. Hé bien, chere Cléone,
Conçois-tu les transports de l'heureuse Hermione ?
Sais-tu quel est Pyrrhus ? T'es-tu fait raconter
Le nombre des exploits.... Mais qui les peut compter ?
Intrépide, et par-tout suivi de la victoire,
Charmant, fidele, enfin rien ne manque à sa gloire.
Songe....

CLÉONE.

Dissimulez. Votre rivale en pleurs
Vient à vos pieds, sans doute, apporter ses douleurs.

HERMIONE.

Dieux ! ne puis-je à ma joie abandonner mon ame !
Sortons. Que lui dirois-je ?

SCENE IV.

ANDROMAQUE, HERMIONE, CLÉONE,
CÉPHISE.

ANDROMAQUE.

Où fuyez-vous, madame?
N'est-ce point à vos yeux un spectacle assez doux,
Que la veuve d'Hector pleurant à vos genoux?
Je ne viens point ici, par de jalouses larmes,
Vous envier un cœur qui se rend à vos charmes.
Par une main cruelle, hélas! j'ai vu percer
Le seul où mes regards prétendoient s'adresser:
Ma flamme par Hector fut jadis allumée;
Avec lui dans la tombe elle s'est enfermée.
Mais il me reste un fils. Vous saurez quelque jour,
Madame, pour un fils jusqu'où va notre amour:
Mais vous ne saurez pas, du moins je le souhaite,
En quel trouble mortel son intérêt nous jette,
Lorsque de tant de biens qui pouvoient nous flatter
C'est le seul qui nous reste, et qu'on veut nous l'ôter.
Hélas! lorsque, lassés de dix ans de misere,
Les Troyens en courroux menaçoient votre mere,
J'ai su de mon Hector lui procurer l'appui:
Vous pouvez sur Pyrrhus ce que j'ai pu sur lui.

Que craint-on d'un enfant qui survit à sa perte?
Laissez-moi le cacher en quelque isle déserte.
Sur les soins de sa mere on peut s'en assurer;
Et mon fils avec moi n'apprendra qu'à pleurer.

HERMIONE.

Je conçois vos douleurs : mais un devoir austere,
Quand mon pere a parlé, m'ordonne de me taire.
C'est lui qui de Pyrrhus fait agir le courroux.
S'il faut fléchir Pyrrhus, qui le peut mieux que vous?
Vos yeux assez long-temps ont régné sur son ame.
Faites-le prononcer; j'y souscrirai, madame.

SCENE V.

ANDROMAQUE, CÉPHISE.

ANDROMAQUE.

Quel mépris la cruelle attache à ses refus!

CÉPHISE.

Je croirois ses conseils, et je verrois Pyrrhus.
Un regard confondroit Hermione et la Grece....
Mais lui-même il vous cherche.

SCENE VI.

PYRRHUS, ANDROMAQUE,
PHŒNIX, CÉPHISE.

———

PYRRHUS, à Phœnix.

Où donc est la princesse?
Ne m'avois-tu pas dit qu'elle étoit en ces lieux?

PHŒNIX.

Je le croyois.

ANDROMAQUE, à Céphise.

Tu vois le pouvoir de mes yeux.

PYRRHUS.

Que dit-elle, Phœnix?

ANDROMAQUE.

Hélas! tout m'abandonne!

PHŒNIX.

Allons, seigneur, marchons sur les pas d'Hermione.

CÉPHISE.

Qu'attendez-vous? Rompez ce silence obstiné.

ANDROMAQUE.

Il a promis mon fils.

CÉPHISE.

Il ne l'a pas donné.

ANDROMAQUE.

Non, non, j'ai beau pleurer, sa mort est résolue.

PYRRHUS.

Daigne-t-elle sur nous tourner au moins la vue?
Quel orgueil!

ANDROMAQUE.

Je ne fais que l'irriter encor.
Sortons.

PYRRHUS.

Allons aux Grecs livrer le fils d'Hector.

ANDROMAQUE, se jettant aux pieds de Pyrrhus.

Ah seigneur! arrêtez. Que prétendez-vous faire?
Si vous livrez le fils, livrez-leur donc la mere.
Vos serments m'ont tantôt juré tant d'amitié;
Dieux! ne pourrai-je au moins toucher votre pitié?
Sans espoir de pardon m'avez-vous condamnée?

PYRRHUS.

Phœnix vous le dira, ma parole est donnée.

ANDROMAQUE.

Vous qui braviez pour moi tant de périls divers!

PYRRHUS.

J'étois aveugle alors, mes yeux se sont ouverts.
Sa grace à vos desirs pouvoit être accordée;
Mais vous ne l'avez pas seulement demandée.
C'en est fait.

TOME I.   28

ANDROMAQUE.

Ah seigneur! vous entendiez assez
Des soupirs qui craignoient de se voir repoussés.
Pardonnez à l'éclat d'une illustre fortune
Ce reste de fierté qui craint d'être importune.
Vous ne l'ignorez pas; Andromaque, sans vous,
N'auroit jamais d'un maître embrassé les genoux.

PYRRHUS.

Non, vous me haïssez; et dans le fond de l'ame
Vous craignez de devoir quelque chose à ma flamme.
Ce fils même, ce fils, l'objet de tant de soins,
Si je l'avois sauvé, vous l'en aimeriez moins.
La haine, le mépris, contre moi tout s'assemble;
Vous me haïssez plus que tous les Grecs ensemble.
Jouissez à loisir d'un si noble courroux.
Allons, Phœnix.

ANDROMAQUE.

Allons rejoindre mon époux.

CÉPHISE.

Madame....

ANDROMAQUE, à Céphise.

Et que veux-tu que je lui dise encore?
Auteur de tous mes maux, crois-tu qu'il les ignore?

(à Pyrrhus.)

Seigneur, voyez l'état où vous me réduisez.
J'ai vu mon pere mort et nos murs embrasés;

J'ai vu trancher les jours de ma famille entiere,
Et mon époux sanglant traîné sur la poussiere,
Son fils, seul avec moi, réservé pour les fers.
Mais que ne peut un fils! Je respire, je sers:
J'ai fait plus; je me suis quelquefois consolée
Qu'ici plutôt qu'ailleurs le sort m'eût exilée;
Qu'heureux dans son malheur le fils de tant de rois,
Puisqu'il devoit servir, fût tombé sous vos loix:
J'ai cru que sa prison deviendroit son asyle.
Jadis Priam soumis fut respecté d'Achille:
J'attendois de son fils encor plus de bonté.
Pardonne, cher Hector! à ma crédulité.
Je n'ai pu soupçonner ton ennemi d'un crime;
Malgré lui-même enfin je l'ai cru magnanime.
Ah! s'il l'étoit assez pour nous laisser du moins
Au tombeau qu'à ta cendre ont élevé mes soins;
Et que, finissant là sa haine et nos miseres,
Il ne séparât point des dépouilles si cheres!

PYRRHUS.

Va m'attendre, Phœnix.

SCENE VII.

PYRRHUS, ANDROMAQUE,
CÉPHISE.

PYRRHUS.

Madame, demeurez.
On peut vous rendre encor ce fils que vous pleurez.
Oui, je sens à regret qu'en excitant vos larmes
Je ne fais contre moi que vous donner des armes :
Je croyois apporter plus de haine en ces lieux.
Mais, madame, du moins tournez vers moi les yeux ;
Voyez si mes regards sont d'un juge sévere,
S'ils sont d'un ennemi qui cherche à vous déplaire.
Pourquoi me forcez-vous vous-même à vous trahir ?
Au nom de votre fils, cessons de nous haïr.
A le sauver enfin c'est moi qui vous convie.
Faut-il que mes soupirs vous demandent sa vie ?
Faut-il qu'en sa faveur j'embrasse vos genoux ?
Pour la derniere fois, sauvez-le, sauvez-vous.
Je sais de quels serments je romps pour vous les chaînes ;
Combien je vais sur moi faire éclater de haines.
Je renvoie Hermione, et je mets sur son front,
Au lieu de ma couronne, un éternel affront :

Je vous conduis au temple où son hymen s'apprête;
Je vous ceins du bandeau préparé pour sa tête.
Mais ce n'est plus, madame, une offre à dédaigner:
Je vous le dis; il faut ou périr, ou régner.
Mon cœur, désespéré d'un an d'ingratitude,
Ne peut plus de son sort souffrir l'incertitude:
C'est craindre, menacer, et gémir trop long-temps.
Je meurs si je vous perds, mais je meurs si j'attends.
Songez-y; je vous laisse: et je viendrai vous prendre
Pour vous mener au temple où ce fils doit m'attendre;
Et là vous me verrez, soumis, ou furieux,
Vous couronner, madame, ou le perdre à vos yeux.

SCENE VIII.

ANDROMAQUE, CÉPHISE.

CÉPHISE.

Je vous l'avois prédit, qu'en dépit de la Grece
De votre sort encor vous seriez la maîtresse.

ANDROMAQUE.

Hélas! de quel effet tes discours sont suivis!
Il ne me restoit plus qu'à condamner mon fils.

CÉPHISE.

Madame, à votre époux c'est être assez fidele:
Trop de vertu pourroit vous rendre criminelle.

Lui-même il porteroit votre ame à la douceur.

ANDROMAQUE.

Quoi! je lui donnerois Pyrrhus pour successeur?

CÉPHISE.

Ainsi le veut son fils que les Grecs vous ravissent.
Pensez-vous qu'après tout ses mânes en rougissent?
Qu'il méprisât, madame, un roi victorieux
Qui vous fait remonter au rang de vos aïeux,
Qui foule aux pieds pour vous vos vainqueurs en colere,
Qui ne se souvient plus qu'Achille étoit son pere,
Qui dément ses exploits et les rend superflus?

ANDROMAQUE.

Dois-je les oublier, s'il ne s'en souvient plus?
Dois-je oublier Hector privé de funérailles,
Et traîné sans honneur autour de nos murailles?
Dois-je oublier son pere à mes pieds renversé,
Ensanglantant l'autel qu'il tenoit embrassé?
Songe, songe, Céphise, à cette nuit cruelle
Qui fut pour tout un peuple une nuit éternelle;
Figure-toi Pyrrhus, les yeux étincelants,
Entrant à la lueur de nos palais brûlants,
Sur tous mes freres morts se faisant un passage,
Et, de sang tout couvert, échauffant le carnage;
Songe aux cris des vainqueurs, songe aux cris des mourants
Dans la flamme étouffés, sous le fer expirants;
Peins-toi dans ces horreurs Andromaque éperdue:

Voilà comme Pyrrhus vint s'offrir à ma vue;
Voilà par quels exploits il'sut se couronner;
Enfin, voilà l'époux que tu me veux donner.
Non, je ne serai point complice de ses crimes :
Qu'il nous prenne, s'il veut, pour dernieres victimes.
Tous mes ressentiments lui seroient asservis!

CÉPHISE.

Hé bien, allons donc voir expirer votre fils.
On n'attend plus que vous. Vous frémissez, madame?

ANDROMAQUE.

Ah! de quel souvenir viens-tu frapper mon ame!
Quoi! Céphise, j'irai voir expirer encor
Ce fils, ma seule joie, et l'image d'Hector?
Ce fils, que de sa flamme il me laissa pour gage?
Hélas! je m'en souviens : le jour que son courage
Lui fit chercher Achille, ou plutôt le trépas,
Il demanda son fils, et le prit dans ses bras :
« Chere épouse, dit-il en essuyant mes larmes,
« J'ignore quel succès le sort garde à mes armes;
« Je te laisse mon fils pour gage de ma foi :
« S'il me perd, je prétends qu'il me retrouve en toi.
« Si d'un heureux hymen la mémoire t'est chere,
« Montre au fils à quel point tu chérissois le pere. »
Et je puis voir répandre un sang si précieux?
Et je laisse avec lui périr tous ses aïeux?
Roi barbare, faut-il que mon crime l'entraîne?

Si je te hais, est-il coupable de ma haine?
T'a-t-il de tous les siens reproché le trépas?
S'est-il plaint à tes yeux des maux qu'il ne sent pas?
Mais cependant, mon fils, tu meurs si je n'arrête
Le fer que le cruel tient levé sur ta tête.
Je l'en puis détourner, et je t'y vais offrir?
Non, tu ne mourras point, je ne le puis souffrir.
Allons trouver Pyrrhus. Mais non, chere Céphise,
Va le trouver pour moi.

CÉPHISE.

Que faut-il que je dise?

ANDROMAQUE.

Dis-lui que de mon fils l'amour est assez fort....
Crois-tu que dans son cœur il ait juré sa mort?
L'amour peut-il si loin pousser sa barbarie?

CÉPHISE.

Madame, il va bientôt revenir en furie.

ANDROMAQUE.

Hé bien, va l'assurer....

CÉPHISE.

De quoi? de votre foi?

ANDROMAQUE.

Hélas! pour la promettre est-elle encore à moi?
Ô cendres d'un époux! ô Troyens! ô mon pere!
Ô mon fils! que tes jours coûtent cher à ta mere!
Allons.

CÉPHISE.

Où donc, madame? et que résolvez-vous?

ANDROMAQUE.

Allons sur son tombeau consulter mon époux.

FIN DU TROISIEME ACTE.

ACTE QUATRIEME.

SCENE I.

ANDROMAQUE, CÉPHISE.

CÉPHISE.

Aн ! je n'en doute point; c'est votre époux, madame,
C'est Hector qui produit ce miracle en votre ame:
Il veut que Troie encor se puisse relever
Avec cet heureux fils qu'il vous fait conserver.
Pyrrhus vous l'a promis. Vous venez de l'entendre,
Madame; il n'attendoit qu'un mot pour vous le rendre.
Croyez-en ses transports : pere, sceptre, alliés,
Content de votre cœur, il met tout à vos pieds;
Sur lui, sur tout son peuple il vous rend souveraine.
Est-ce là ce vainqueur digne de tant de haine?
Déja contre les Grecs plein d'un noble courroux,
Le soin de votre fils le touche autant que vous:
Il prévient leur fureur; il lui laisse sa garde;
Pour ne pas l'exposer, lui-même il se hasarde.
Mais tout s'apprête au temple; et vous avez promis....

ANDROMAQUE.

Oui, je m'y trouverai. Mais allons voir mon fils.

CÉPHISE.

Madame, qui vous presse? Il suffit que sa vue
Désormais à vos yeux ne soit plus défendue.
Vous lui pourrez bientôt prodiguer vos bontés;
Et vos embrassements ne seront plus comptés.
Quel plaisir d'élever un enfant qu'on voit croître
Non plus comme un esclave élevé pour son maître,
Mais pour voir avec lui renaître tant de rois!

ANDROMAQUE.

Céphise, allons le voir pour la derniere fois.

CÉPHISE.

Que dites-vous? Ô dieux!

ANDROMAQUE.

                    Ô ma chere Céphise,
Ce n'est point avec toi que mon cœur se déguise.
Ta foi dans mon malheur s'est montrée à mes yeux;
Mais j'ai cru qu'à mon tour tu me connoissois mieux.
Quoi donc! as-tu pensé qu'Andromaque infidele
Pût trahir un époux qui croit revivre en elle;
Et que, de tant de morts réveillant la douleur,
Le soin de mon repos me fît troubler le leur?
Est-ce là cette ardeur tant promise à sa cendre?
Mais son fils périssoit, il l'a fallu défendre.
Pyrrhus en m'épousant s'en déclare l'appui;
Il suffit: je veux bien m'en reposer sur lui.
Je sais quel est Pyrrhus: violent, mais sincere,

Céphise, il fera plus qu'il n'a promis de faire.
Sur le courroux des Grecs je m'en repose encor;
Leur haine va donner un pere au fils d'Hector.
Je vais donc, puisqu'il faut que je me sacrifie,
Assurer à Pyrrhus le reste de ma vie;
Je vais, en recevant sa foi sur les autels,
L'engager à mon fils par des nœuds immortels.
Mais aussitôt ma main, à moi seule funeste,
D'une infidele vie abrégera le reste;
Et, sauvant ma vertu, rendra ce que je doi
A Pyrrhus, à mon fils, à mon époux, à moi.
Voilà de mon amour l'innocent stratagême;
Voilà ce qu'un époux m'a commandé lui-même.
J'irai seule rejoindre Hector et mes aïeux.
Céphise, c'est à toi de me fermer les yeux.

CÉPHISE.

Ah! ne prétendez pas que je puisse survivre....

ANDROMAQUE.

Non, non, je te défends, Céphise, de me suivre;
Je confie à tes soins mon unique trésor:
Si tu vivois pour moi, vis pour le fils d'Hector.
De l'espoir des Troyens seule dépositaire,
Songe à combien de rois tu deviens nécessaire.
Veille auprès de Pyrrhus; fais-lui garder sa foi:
S'il le faut, je consens qu'on lui parle de moi.
Fais-lui valoir l'hymen où je me suis rangée:

Dis-lui qu'avant ma mort je lui fus engagée;
Que ses ressentiments doivent être effacés;
Qu'en lui laissant mon fils, c'est l'estimer assez.
Fais connoître à mon fils les héros de sa race;
Autant que tu pourras, conduis-le sur leur trace:
Dis-lui par quels exploits leurs noms ont éclaté,
Plutôt ce qu'ils ont fait que ce qu'ils ont été:
Parle-lui tous les jours des vertus de son pere;
Et quelquefois aussi parle-lui de sa mere.
Mais qu'il ne songe plus, Céphise, à nous venger;
Nous lui laissons un maître, il le doit ménager.
Qu'il ait de ses aïeux un souvenir modeste:
Il est du sang d'Hector, mais il en est le reste;
Et pour ce reste enfin j'ai moi-même, en un jour,
Sacrifié mon sang, ma haine, et mon amour.

CÉPHISE.

Hélas!

ANDROMAQUE.

Ne me suis point, si ton cœur en alarmes
Prévoit qu'il ne pourra commander à tes larmes.
On vient. Cache tes pleurs, Céphise, et souviens-toi
Que le sort d'Andromaque est commis à ta foi.
C'est Hermione. Allons, fuyons sa violence.

SCENE II.

HERMIONE, CLÉONE.

CLÉONE.

Non, je ne puis assez admirer ce silence.
Vous vous taisez, madame; et ce cruel mépris
N'a pas du moindre trouble agité vos esprits!
Vous soutenez en paix une si rude attaque,
Vous qu'on voyoit frémir au seul nom d'Andromaque!
Vous qui sans désespoir ne pouviez endurer
Que Pyrrhus d'un regard la voulût honorer!
Il l'épouse; il lui donne, avec son diadême,
La foi que vous venez de recevoir vous-même :
Et votre bouche encor muette à tant d'ennui
N'a pas daigné s'ouvrir pour se plaindre de lui!
Ah! que je crains, madame, un calme si funeste!
Et qu'il vaudroit bien mieux....

HERMIONE.

Fais-tu venir Oreste?

CLÉONE.

Il vient, madame, il vient; et vous pouvez juger
Que bientôt à vos pieds il alloit se ranger.
Prêt à servir toujours sans espoir de salaire,
Vos yeux ne sont que trop assurés de lui plaire.
Mais il entre.

SCENE III.

ORESTE, HERMIONE, CLÉONE.

ORESTE.

Ah madame! est-il vrai qu'une fois
Oreste en vous cherchant obéisse à vos loix?
Ne m'a-t-on point flatté d'une fausse espérance?
Avez-vous en effet souhaité ma présence?
Croirai-je que vos yeux, à la fin désarmés,
Veulent....

HERMIONE.

Je veux savoir, seigneur, si vous m'aimez.

ORESTE.

Si je vous aime! ô dieux! mes serments, mes parjures,
Ma fuite, mon retour, mes respects, mes injures,
Mon désespoir, mes yeux de pleurs toujours noyés;
Quels témoins croirez-vous, si vous ne les croyez?

HERMIONE.

Vengez-moi, je crois tout.

ORESTE.

Hé bien, allons, madame:
Mettons encore un coup toute la Grece en flamme;
Prenons, en signalant mon bras et votre nom,
Vous, la place d'Hélene, et moi, d'Agamemnon;

De Troie en ce pays réveillons les miseres;
Et qu'on parle de nous ainsi que de nos peres.
Partons, je suis tout prêt.

HERMIONE.

Non, seigneur, demeurons.
Je ne veux pas si loin porter de tels affronts.
Quoi! de mes ennemis couronnant l'insolence,
J'irois attendre ailleurs une lente vengeance?
Et je m'en remettrois au destin des combats,
Qui peut-être à la fin ne me vengeroit pas?
Je veux qu'à mon départ toute l'Épire pleure.
Mais, si vous me vengez, vengez-moi dans une heure.
Tous vos retardements sont pour moi des refus.
Courez au temple. Il faut immoler....

ORESTE.

Qui?

HERMIONE.

Pyrrhus.

ORESTE.

Pyrrhus, madame!

HERMIONE.

Hé quoi! votre haine chancele?
Ah! courez, et craignez que je ne vous rappelle.
N'alléguez point des droits que je veux oublier;
Et ce n'est pas à vous à le justifier.

ORESTE.

Moi, je l'excuserois! Ah! vos bontés, madame,
Ont gravé trop avant ses crimes dans mon ame.
Vengeons-nous, j'y consens, mais par d'autres chemins;
Soyons ses ennemis, et non ses assassins;
Faisons de sa ruine une juste conquête.
Quoi! pour réponse aux Grecs porterai-je sa tête?
Et n'ai-je pris sur moi le soin de tout l'état,
Que pour m'en acquitter par un assassinat?
Souffrez, au nom des dieux, que la Grece s'explique,
Et qu'il meure chargé de la haine publique.
Souvenez-vous qu'il regne, et qu'un front couronné...

HERMIONE.

Ne vous suffit-il pas que je l'ai condamné?
Ne vous suffit-il pas que ma gloire offensée
Demande une victime à moi seule adressée;
Qu'Hermione est le prix d'un tyran opprimé;
Que je le hais; enfin, seigneur, que je l'aimai?
Je ne m'en cache point: l'ingrat m'avoit su plaire,
Soit qu'ainsi l'ordonnât mon amour ou mon pere,
N'importe; mais enfin réglez-vous là-dessus.
Malgré mes vœux, seigneur, honteusement déçus,
Malgré la juste horreur que son crime me donne,
Tant qu'il vivra, craignez que je ne lui pardonne.
Doutez jusqu'à sa mort d'un courroux incertain;
S'il ne meurt aujourd'hui, je puis l'aimer demain.

TOME I.   30

ORESTE.

Hé bien, il faut le perdre, et prévenir sa grace :
Il faut... Mais cependant que faut-il que je fasse ?
Comment puis-je sitôt servir votre courroux ?
Quel chemin jusqu'à lui peut conduire mes coups ?
A peine suis-je encore arrivé dans l'Épire,
Vous voulez par mes mains renverser un empire ;
Vous voulez qu'un roi meure ; et pour son châtiment
Vous ne donnez qu'un jour, qu'une heure, qu'un moment :
Aux yeux de tout son peuple il faut que je l'opprime.
Laissez-moi vers l'autel conduire ma victime,
Je ne m'en défends plus ; et je ne veux qu'aller
Reconnoître la place où je dois l'immoler :
Cette nuit je vous sers, cette nuit je l'attaque.

HERMIONE.

Mais cependant, ce jour, il épouse Andromaque ;
Dans le temple déja le trône est élevé,
Ma honte est confirmée, et son crime achevé.
Enfin, qu'attendez-vous ? il vous offre sa tête :
Sans gardes, sans défense, il marche à cette fête ;
Autour du fils d'Hector il les fait tous ranger ;
Il s'abandonne au bras qui me voudra venger.
Voulez-vous, malgré lui, prendre soin de sa vie ?
Armez, avec vos Grecs, tous ceux qui m'ont suivie ;
Soulevez vos amis ; tous les miens sont à vous :
Il me trahit, vous trompe, et nous méprise tous.

Mais quoi! déja leur haine est égale à la mienne;
Elle épargne à regret l'époux d'une Troyenne.
Parlez, mon ennemi ne vous peut échapper,
Ou plutôt il ne faut que les laisser frapper.
Conduisez ou suivez une fureur si belle;
Revenez tout couvert du sang de l'infidele;
Allez: en cet état soyez sûr de mon cœur.

ORESTE.

Mais, madame, songez....

HERMIONE.

                    Ah! c'en est trop, seigneur.
Tant de raisonnements offensent ma colere.
J'ai voulu vous donner les moyens de me plaire,
Rendre Oreste content : mais enfin je vois bien
Qu'il veut toujours se plaindre, et ne mériter rien.
Partez : allez ailleurs vanter votre constance,
Et me laissez ici le soin de ma vengeance.
De mes lâches bontés mon courage est confus;
Et c'est trop en un jour essuyer de refus.
Je m'en vais seule au temple où leur hymen s'apprête,
Où vous n'osez aller mériter ma conquête:
Là, de mon ennemi je saurai m'approcher;
Je percerai le cœur que je n'ai pu toucher;
Et mes sanglantes mains, sur moi-même tournées,
Aussitôt, malgré lui, joindront nos destinées:
Et, tout ingrat qu'il est, il me sera plus doux

De mourir avec lui, que de vivre avec vous.

ORESTE.

Non, je vous priverai de ce plaisir funeste,
Madame; il ne mourra que de la main d'Oreste.
Vos ennemis par moi vont vous être immolés,
Et vous reconnoîtrez mes soins, si vous voulez.

HERMIONE.

Allez. De votre sort laissez-moi la conduite,
Et que tous vos vaisseaux soient prêts pour notre fuite.

SCENE IV.

HERMIONE, CLÉONE.

CLÉONE.

Vous vous perdez, madame; et vous devez songer....

HERMIONE.

Que je me perde ou non, je songe à me venger.
Je ne sais même encor, quoi qu'il m'ait pu promettre,
Sur d'autres que sur moi si je dois m'en remettre:
Pyrrhus n'est pas coupable à ses yeux comme aux miens;
Et je tiendrois mes coups bien plus sûrs que les siens.
Quel plaisir de venger moi-même mon injure,
De retirer mon bras teint du sang du parjure,
Et, pour rendre sa peine et mes plaisirs plus grands,

De cacher ma rivale à ses regards mourants!
Ah! si du moins Oreste, en punissant son crime,
Lui laissoit le regret de mourir ma victime!
Va le trouver : dis-lui qu'il apprenne à l'ingrat
Qu'on l'immole à ma haine et non pas à l'état.
Chere Cléone, cours : ma vengeance est perdue
S'il ignore en mourant que c'est moi qui le tue.

CLÉONE.

Je vous obéirai. Mais qu'est-ce que je voi!
Ô dieux! qui l'auroit cru, madame? c'est le roi!

HERMIONE.

Ah! cours après Oreste; et dis-lui, ma Cléone,
Qu'il n'entreprenne rien sans revoir Hermione.

SCENE V.

PYRRHUS, HERMIONE, PHŒNIX.

PYRRHUS.

Vous ne m'attendiez pas, madame; et je vois bien
Que mon abord ici trouble votre entretien.
Je ne viens point, armé d'un indigne artifice,
D'un voile d'équité couvrir mon injustice :
Il suffit que mon cœur me condamne tout bas;
Et je soutiendrois mal ce que je ne crois pas.

J'épouse une Troyenne : oui, madame; et j'avoue
Que je vous ai promis la foi que je lui voue.
Un autre vous diroit que, dans les champs troyens,
Nos deux peres, sans nous, formerent ces liens;
Et que, sans consulter ni mon choix ni le vôtre,
Nous fûmes, sans amour, engagés l'un à l'autre :
Mais c'est assez pour moi que je me sois soumis.
Par mes ambassadeurs mon cœur vous fut promis;
Loin de les révoquer je voulus y souscrire :
Je vous vis avec eux arriver en Épire;
Et, quoique d'un autre œil l'éclat victorieux
Eût déja prévenu le pouvoir de vos yeux,
Je ne m'arrêtai point à cette ardeur nouvelle,
Je voulus m'obstiner à vous être fidele;
Je vous reçus en reine, et, jusques à ce jour,
J'ai cru que mes serments me tiendroient lieu d'amour.
Mais cet amour l'emporte; et, par un coup funeste,
Andromaque m'arrache un cœur qu'elle déteste :
L'un par l'autre entraînés, nous courons à l'autel
Nous jurer, malgré nous, un amour immortel.
Après cela, madame, éclatez contre un traître,
Qui l'est avec douleur, et qui pourtant veut l'être.
Pour moi, loin de contraindre un si juste courroux,
Il me soulagera peut-être autant que vous.
Donnez-moi tous les noms destinés aux parjures :
Je crains votre silence et non pas vos injures;

Et mon cœur, soulevant mille secrets témoins,
M'en dira d'autant plus que vous m'en direz moins.

HERMIONE.

Seigneur, dans cet aveu dépouillé d'artifice,
J'aime à voir que du moins vous vous rendiez justice;
Et que, voulant bien rompre un nœud si solemnel,
Vous vous abandonniez au crime en criminel.
Est-il juste, après tout, qu'un conquérant s'abaisse
Sous la servile loi de garder sa promesse?
Non, non, la perfidie a de quoi vous tenter;
Et vous ne me cherchez que pour vous en vanter.
Quoi! sans que ni serment ni devoir vous retienne,
Rechercher une Grecque, amant d'une Troyenne!
Me quitter, me reprendre, et retourner encor
De la fille d'Hélene à la veuve d'Hector!
Couronner tour-à-tour l'esclave et la princesse!
Immoler Troie aux Grecs, au fils d'Hector la Grece!
Tout cela part d'un cœur toujours maître de soi,
D'un héros qui n'est point esclave de sa foi.
Pour plaire à votre épouse, il vous faudroit peut-être
Prodiguer les doux noms de parjure et de traître.
Vous veniez de mon front observer la pâleur,
Pour aller dans ses bras rire de ma douleur:
Pleurante après son char vous voulez qu'on me voie.
Mais, seigneur, en un jour ce seroit trop de joie;
Et sans chercher ailleurs des titres empruntés,

Ne vous suffit-il pas de ceux que vous portez?
Du vieux pere d'Hector la valeur abattue
Aux pieds de sa famille expirante à sa vue,
Tandis que dans son sein votre bras enfoncé
Cherche un reste de sang que l'âge avoit glacé;
Dans des ruisseaux de sang Troie ardente plongée;
De votre propre main Polyxene égorgée
Aux yeux de tous les Grecs indignés contre vous:
Que peut-on refuser à ces généreux coups?

PYRRHUS.

Madame, je sais trop à quel excès de rage
La vengeance d'Hélene emporta mon courage;
Je puis me plaindre à vous du sang que j'ai versé:
Mais enfin je consens d'oublier le passé.
Je rends graces au ciel que votre indifférence
De mes heureux soupirs m'apprenne l'innocence:
Mon cœur, je le vois bien, trop prompt à se gêner,
Devoit mieux vous connoître et mieux s'examiner.
Mes remords vous faisoient une injure mortelle:
Il faut se croire aimé pour se croire infidele.
Vous ne prétendiez point m'arrêter dans vos fers:
J'ai craint de vous trahir, peut-être je vous sers.
Nos cœurs n'étoient point faits dépendants l'un de l'autre:
Je suivois mon devoir, et vous cédiez au vôtre.
Rien ne vous engageoit à m'aimer, en effet.

HERMIONE.

Je ne t'ai point aimé, cruel? qu'ai-je donc fait?
J'ai dédaigné pour toi les vœux de tous nos princes;
Je t'ai cherché moi-même au fond de tes provinces;
J'y suis encor, malgré tes infidélités,
Et malgré tous mes Grecs, honteux de mes bontés:
Je leur ai commandé de cacher mon injure;
J'attendois en secret le retour d'un parjure;
J'ai cru que tôt ou tard, à ton devoir rendu,
Tu me rapporterois un cœur qui m'étoit dû.
Je t'aimois inconstant, qu'aurois-je fait fidele?
Et même, en ce moment, où ta bouche cruelle
Vient si tranquillement m'annoncer le trépas,
Ingrat, je doute encor si je ne t'aime pas.
Mais, seigneur, s'il le faut, si le ciel en colere
Réserve à d'autres yeux la gloire de vous plaire,
Achevez votre hymen, j'y consens; mais, du moins,
Ne forcez pas mes yeux d'en être les témoins.
Pour la derniere fois je vous parle peut-être;
Différez-le d'un jour, demain vous serez maître.
Vous ne répondez point? Perfide! je le voi,
Tu comptes les moments que tu perds avec moi.
Ton cœur, impatient de revoir ta Troyenne,
Ne souffre qu'à regret qu'une autre t'entretienne:
Tu lui parles du cœur, tu la cherches des yeux.
Je ne te retiens plus, sauve-toi de ces lieux:

Va lui jurer la foi que tu m'avois jurée;
Va profaner des dieux la majesté sacrée.
Ces dieux, ces justes dieux n'auront pas oublié
Que les mêmes serments avec moi t'ont lié.
Porte au pied des autels ce cœur qui m'abandonne;
Va, cours : mais crains encor d'y trouver Hermione.

SCENE VI.

PYRRHUS, PHŒNIX.

PHŒNIX.

Seigneur, vous entendez. Gardez de négliger
Une amante en fureur qui cherche à se venger.
Elle n'est en ces lieux que trop bien appuyée;
La querelle des Grecs à la sienne est liée:
Oreste l'aime encore; et peut-être à ce prix....

PYRRHUS.

Andromaque m'attend. Phœnix, garde son fils.

FIN DU QUATRIEME ACTE.

ACTE CINQUIEME.

SCENE PREMIERE.

HERMIONE.

Où suis-je? qu'ai-je fait? que dois-je faire encore?
Quel transport me saisit? quel chagrin me dévore?
Errante et sans dessein, je cours dans ce palais.
Ah! ne puis-je savoir si j'aime ou si je hais?
Le cruel! de quel œil il m'a congédiée!
Sans pitié, sans douleur au moins étudiée!
L'ai-je vu se troubler, et me plaindre un moment?
En ai-je pu tirer un seul gémissement?
Muet à mes soupirs, tranquille à mes alarmes,
Sembloit-il seulement qu'il eût part à mes larmes?
Et je le plains encore! et, pour comble d'ennui,
Mon cœur, mon lâche cœur s'intéresse pour lui!
Je tremble au seul penser du coup qui le menace!
Et prête à me venger je lui fais déja grace!
Non, ne révoquons point l'arrêt de mon courroux:
Qu'il périsse. Aussi-bien il ne vit plus pour nous.
Le perfide triomphe et se rit de ma rage:
Il pense voir en pleurs dissiper cet orage;
Il croit que, toujours foible, et d'un cœur incertain,
Je parerai d'un bras les coups de l'autre main.

Il juge encor de moi par mes bontés passées.
Mais plutôt le perfide a bien d'autres pensées :
Triomphant dans le temple, il ne s'informe pas
Si l'on souhaite ailleurs sa vie ou son trépas.
Il me laisse, l'ingrat, cet embarras funeste.
Non, non, encore un coup, laissons agir Oreste.
Qu'il meure, puisqu'enfin il a dû le prévoir,
Et puisqu'il m'a forcée enfin à le vouloir.
A le vouloir? Hé quoi! c'est donc moi qui l'ordonne?
Sa mort sera l'effet de l'amour d'Hermione?
Ce prince, dont mon cœur se faisoit autrefois
Avec tant de plaisir redire les exploits;
A qui même en secret je m'étois destinée
Avant qu'on eût conclu ce fatal hyménée?
Je n'ai donc traversé tant de mers, tant d'états,
Que pour venir si loin préparer son trépas?
L'assassiner, le perdre? Ah! devant qu'il expire...

SCENE II.

HERMIONE, CLÉONE.

HERMIONE.

Ah! qu'ai-je fait, Cléone? et que viens-tu me dire?
Que fait Pyrrhus?

CLÉONE.

Il est au comble de ses vœux;

Le plus fier des mortels, et le plus amoureux.
Je l'ai vu vers le temple, où son hymen s'apprête,
Mener en conquérant sa nouvelle conquête;
Et d'un œil où brilloient sa joie et son espoir
S'enivrer en marchant du plaisir de la voir.
Andromaque, au travers de mille cris de joie,
Porte jusqu'aux autels le souvenir de Troie;
Incapable toujours d'aimer et de haïr,
Sans joie et sans murmure elle semble obéir.

HERMIONE.

Et l'ingrat? jusqu'au bout il a poussé l'outrage?
Mais as-tu bien, Cléone, observé son visage?
Goûte-t-il des plaisirs tranquilles et parfaits?
N'a-t-il point détourné ses yeux vers le palais?
Dis-moi, ne t'es-tu point présentée à sa vue?
L'ingrat a-t-il rougi lorsqu'il t'a reconnue?
Son trouble avouoit-il son infidélité?
A-t-il jusqu'à la fin soutenu sa fierté?

CLÉONE.

Madame, il ne voit rien. Son salut et sa gloire
Semblent être avec vous sortis de sa mémoire.
Sans songer qui le suit, ennemis ou sujets,
Il poursuit seulement ses amoureux projets.
Autour du fils d'Hector il a rangé sa garde,
Et croit que c'est lui seul que le péril regarde.
Phœnix même en répond, qui l'a conduit exprès

Dans un fort éloigné du temple et du palais.
Voilà dans ses transports le seul soin qui lui reste.

HERMIONE.

Le perfide! il mourra. Mais que t'a dit Oreste?

CLÉONE.

Oreste avec ses Grecs dans le temple est entré.

HERMIONE.

Hé bien? à me venger n'est-il pas préparé?

CLÉONE.

Je ne sais.

HERMIONE.

Tu ne sais! Quoi donc! Oreste encore,
Oreste me trahit?

CLÉONE.

Oreste vous adore;
Mais de mille remords son esprit combattu
Croit tantôt son amour et tantôt sa vertu.
Il respecte en Pyrrhus l'honneur du diadême;
Il respecte en Pyrrhus Achille et Pyrrhus même:
Il craint les Grecs, il craint l'univers en courroux;
Mais il se craint, dit-il, soi-même plus que tous.
Il voudroit en vainqueur vous apporter sa tête:
Le seul nom d'assassin l'épouvante et l'arrête.
Enfin il est entré, sans savoir dans son cœur
S'il en devoit sortir coupable ou spectateur.

HERMIONE.

Non, non, il les verra triompher sans obstacle ;
Il se gardera bien de troubler ce spectacle :
Je sais de quels remords son courage est atteint ;
Le lâche craint la mort, et c'est tout ce qu'il craint.
Quoi ! sans qu'elle employât une seule priere,
Ma mere en sa faveur arma la Grece entiere ;
Ses yeux pour leur querelle, en dix ans de combats,
Virent périr vingt rois qu'ils ne connoissoient pas :
Et moi, je ne prétends que la mort d'un parjure,
Et je charge un amant du soin de mon injure ;
Il peut me conquérir à ce prix sans danger ;
Je me livre moi-même, et ne puis me venger !
Allons. C'est à moi seule à me rendre justice.
Que de cris de douleur le temple retentisse :
De leur hymen fatal troublons l'événement ;
Et qu'ils ne soient unis, s'il se peut, qu'un moment.
Je ne choisirai point dans ce désordre extrême :
Tout me sera Pyrrhus, fût-ce Oreste lui-même.
Je mourrai. Mais au moins ma mort me vengera ;
Je ne mourrai pas seule, et quelqu'un me suivra.

SCENE III.

ORESTE, HERMIONE, CLÉONE.

ORESTE.

Madame, c'en est fait, et vous êtes servie :
Pyrrhus rend à l'autel son infidele vie.

HERMIONE,

Il est mort !

ORESTE.

Il expire ; et nos Grecs irrités
Ont lavé dans son sang ses infidélités.
Je vous l'avois promis ; et, quoique mon courage
Se fit de ce complot une funeste image,
J'ai couru vers le temple, où nos Grecs dispersés
Se sont jusqu'à l'autel dans la foule glissés.
Pyrrhus m'a reconnu, mais sans changer de face :
Il sembloit que ma vue excitât son audace ;
Que tous les Grecs, bravés en leur ambassadeur,
Dussent de son hymen relever la splendeur.
Enfin, avec transport prenant son diadême,
Sur le front d'Andromaque il l'a posé lui-même :
« Je vous donne, a-t-il dit, ma couronne et ma foi ;
« Andromaque, régnez sur l'Épire et sur moi.
« Je voue à votre fils une amitié de pere ;

« J'en atteste les dieux, je le jure à sa mere :
« Pour tous mes ennemis je déclare les siens,
« Et je le reconnois pour le roi des Troyens. »
A ces mots, qui du peuple attiroient le suffrage,
Nos Grecs n'ont répondu que par un cri de rage ;
L'infidele s'est vu par-tout envelopper,
Et je n'ai pu trouver de place pour frapper :
Chacun se disputoit la gloire de l'abattre.
Je l'ai vu dans leurs mains quelque temps se débattre,
Tout sanglant à leurs coups vouloir se dérober ;
Mais enfin à l'autel il est allé tomber.
Du peuple épouvanté j'ai traversé la presse
Pour venir de ces lieux enlever ma princesse,
Et regagner le port, où bientôt nos amis
Viendront couverts du sang que je vous ai promis.

HERMIONE.

Qu'ont-ils fait !

ORESTE.

                Pardonnez à leur impatience :
Ils ont, je le vois bien, trahi votre vengeance ;
Vous vouliez que ma main portât les premiers coups ;
Qu'il sentît en mourant qu'il expiroit pour vous.
Mais c'est moi dont l'ardeur leur a servi d'exemple :
Je les ai pour vous seule entraînés dans le temple,
Madame ; et vous pouvez justement vous flatter
D'une mort que leurs bras n'ont fait qu'exécuter.

Vous seule avez poussé les coups....

HERMIONE.

Tais-toi, perfide,
Et n'impute qu'à toi ton lâche parricide.
Va faire chez tes Grecs admirer ta fureur,
Va ; je la désavoue, et tu me fais horreur.
Barbare, qu'as-tu fait ? Avec quelle furie
As-tu tranché le cours d'une si belle vie ?
Avez-vous pu, cruels, l'immoler aujourd'hui
Sans que tout votre sang se soulevât pour lui ?
Mais parle : de son sort qui t'a rendu l'arbitre ?
Pourquoi l'assassiner ? qu'a-t-il fait ? à quel titre ?
Qui te l'a dit ?

ORESTE.

Ô dieux ! Quoi ! ne m'avez-vous pas
Vous-même ici tantôt ordonné son trépas ?

HERMIONE.

Ah ! falloit-il en croire une amante insensée ?
Ne devois-tu pas lire au fond de ma pensée ?
Et ne voyois-tu pas, dans mes emportements,
Que mon cœur démentoit ma bouche à tous moments ?
Quand je l'aurois voulu, falloit-il y souscrire ?
N'as-tu pas dû cent fois te le faire redire ?
Toi-même avant le coup me venir consulter ?
Y revenir encore, ou plutôt m'éviter ?
Que ne me laissois-tu le soin de ma vengeance ?

Qui t'amene en des lieux où l'on fuit ta présence?
Voilà de ton amour le détestable fruit:
Tu m'apportois, cruel, le malheur qui te suit.
C'est toi dont l'ambassade, à tous les deux fatale,
L'a fait pour son malheur pencher vers ma rivale.
Nous le verrions encor nous partager ses soins:
Il m'aimeroit peut-être; il le feindroit du moins.
Adieu. Tu peux partir. Je demeure en Épire;
Je renonce à la Grece, à Sparte, à son empire,
A toute ma famille; et c'est assez pour moi,
Traître, qu'elle ait produit un monstre comme toi.

SCENE IV.

ORESTE.

Que vois-je? est-ce Hermione? Et que viens-je d'entendre?
Pour qui coule le sang que je viens de répandre?
Je suis, si je l'en crois, un traître, un assassin.
Est-ce Pyrrhus qui meurt? et suis-je Oreste enfin?
Quoi! j'étouffe en mon cœur la raison qui m'éclaire;
J'assassine à regret un roi que je révere;
Je viole en un jour les droits des souverains,
Ceux des ambassadeurs, et tous ceux des humains,
Ceux même des autels où ma fureur l'assiege;
Je deviens parricide, assassin, sacrilege;
Pour qui? pour une ingrate à qui je le promets,

Qui même, s'il ne meurt, ne me verra jamais,
Dont j'épouse la rage : et quand je l'ai servie,
Elle me redemande et son sang et sa vie !
Elle l'aime ! et je suis un monstre furieux !
Je la vois pour jamais s'éloigner de mes yeux !
Et l'ingrate en fuyant me laisse pour salaire
Tous les noms odieux que j'ai pris pour lui plaire !

SCENE V.

ORESTE, PYLADE,

SOLDATS D'ORESTE.

PYLADE.

Il faut partir, seigneur. Sortons de ce palais,
Ou bien résolvons-nous de n'en sortir jamais.
Nos Grecs pour un moment en défendent la porte ;
Tout le peuple assemblé nous poursuit à main forte.
Aux ordres d'Andromaque ici tout est soumis ;
Ils la traitent en reine, et nous comme ennemis.
Andromaque elle-même, à Pyrrhus si rebelle,
Lui rend tous les devoirs d'une veuve fidele,
Commande qu'on le venge ; et peut-être sur nous
Veut venger Troie encore et son premier époux.
Allons. N'attendons pas que l'on nous environne ;
Nos Grecs nous rejoindront : et tandis qu'Hermione

Tient encore le peuple autour d'elle arrêté,
Voilà notre chemin, sortons en sûreté.

ORESTE.

Non, non, c'est Hermione, amis, que je veux suivre;
A son dernier arrêt je ne puis plus survivre:
Partez; j'ai fait le crime, et je vais l'expier.

PYLADE.

Hermione, seigneur? il la faut oublier.
Quoi! toujours l'instrument et l'objet de sa rage,
Cherchez-vous chez les morts quelque nouvel outrage?
Et parcequ'elle meurt, faut-il que vous mouriez?

ORESTE.

Elle meurt! dieux! qu'entends-je?

PYLADE.

Hé quoi! vous l'ignoriez?
En rentrant dans ces lieux nous l'avons rencontrée
Qui couroit vers le temple, inquiete, égarée.
Elle a trouvé Pyrrhus porté sur des soldats
Que son sang excitoit à venger son trépas.
Sans doute à cet objet sa rage s'est émue.
Mais du haut de la porte enfin nous l'avons vue
Un poignard à la main sur Pyrrhus se courber,
Lever les yeux au ciel, se frapper, et tomber.

ORESTE.

Grace aux dieux, mon malheur passe mon espérance!
Oui, je te loue, ô ciel, de ta persévérance.

Appliqué sans relâche au soin de me punir,
Au comble des douleurs tu m'as fait parvenir.
Ta haine a pris plaisir à former ma misere;
J'étois né pour servir d'exemple à ta colere,
Pour être du malheur un modele accompli:
Hé bien, je meurs content, et mon sort est rempli.
Où sont ces deux amants? Pour couronner ma joie,
Dans leur sang, dans le mien, il faut que je me noie;
L'un et l'autre en mourant je les veux regarder:
Réunissons trois cœurs qui n'ont pu s'accorder.
Mais, quelle épaisse nuit tout-à-coup m'environne?
De quel côté sortir? D'où vient que je frissonne?
Quelle horreur me saisit? Grace au ciel, j'entrevoi....
Dieux! quels ruisseaux de sang coulent autour de moi!

P Y L A D E.

Ah seigneur!

O R E S T E.

　　　Quoi! Pyrrhus, je te rencontre encore!
Trouverai-je par-tout un rival que j'abhorre?
Percé de tant de coups, comment t'es-tu sauvé?
Tiens, tiens, voilà le coup que je t'ai réservé.
Mais que vois-je? A mes yeux Hermione l'embrasse!
Elle vient l'arracher au coup qui le menace!
Dieux! quels affreux regards elle jette sur moi!
Quels démons, quels serpents traîne-t-elle après soi!
Hé bien, filles d'enfer, vos mains sont-elles prêtes?

Pour qui sont ces serpents qui sifflent sur vos têtes?
A qui destinez-vous l'appareil qui vous suit?
Venez-vous m'enlever dans l'éternelle nuit?
Venez: à vos fureurs Oreste s'abandonne.
Mais non, retirez-vous, laissez faire Hermione:
L'ingrate mieux que vous saura me déchirer;
Et je lui porte enfin mon cœur à dévorer.

PYLADE.

Il perd le sentiment. Amis, le temps nous presse;
Ménageons les moments que ce transport nous laisse.
Sauvons-le. Nos efforts deviendroient impuissants
S'il reprenoit ici sa rage avec ses sens.

F I N.

LES

PLAIDEURS,

COMÉDIE.

1668.

PRÉFACE.

Quand je lus les Guêpes d'Aristophane, je ne songeois guere que j'en dusse faire les Plaideurs. J'avoue qu'elles me divertirent beaucoup, et que j'y trouvai quantité de plaisanteries qui me tenterent d'en faire part au public ; mais c'étoit en les mettant dans la bouche des Italiens, à qui je les avois destinées comme une chose qui leur appartenoit de plein droit. Le juge qui saute par les fenêtres, le chien criminel, et les larmes de sa famille, me sembloient autant d'incidents dignes de la gravité de Scaramouche. Le départ de cet acteur interrompit mon dessein, et fit naître l'envie à quelques uns de mes amis de voir sur notre théâtre un échantillon d'Aristophane. Je ne me rendis pas à la premiere proposition qu'ils m'en firent : je leur dis que quelque esprit que je trouvasse dans cet auteur, mon inclination ne me porteroit pas à le prendre pour modele, si j'avois à faire une comédie ; et que j'aimerois beaucoup mieux imiter la régularité de Ménandre et de Térence, que la liberté de Plaute et d'Aristophane. On me répondit que ce n'étoit pas une comédie qu'on me demandoit, et qu'on vouloit seulement voir si les bons mots d'Aristophane auroient quelque grace dans notre langue. Ainsi, moitié en m'encourageant, moitié en mettant eux-mêmes la main à l'œuvre, mes amis me firent commencer une piece qui ne tarda guere à être achevée.

PRÉFACE.

Cependant la plupart du monde ne se soucie point de l'intention ni de la diligence des auteurs. On examina d'abord mon amusement comme on auroit fait une tragédie. Ceux mêmes qui s'y étoient le plus divertis eurent peur de n'avoir pas ri dans les regles, et trouverent mauvais que je n'eusse pas songé plus sérieusement à les faire rire. Quelques autres s'imaginerent qu'il étoit bienséant à eux de s'y ennuyer, et que les matieres de palais ne pouvoient pas être un sujet de divertissement pour les gens de cour. La piece fut bientôt après jouée à Versailles. On ne fit point de scrupule de s'y réjouir; et ceux qui avoient cru se déshonorer de rire à Paris, furent peut-être obligés de rire à Versailles pour se faire honneur.

Ils auroient tort à la vérité s'ils me reprochoient d'avoir fatigué leurs oreilles de trop de chicane. C'est une langue qui m'est plus étrangere qu'à personne; et je n'en ai employé que quelques mots barbares que je puis avoir appris dans le cours d'un procès que ni mes juges ni moi n'avons jamais bien entendu.

Si j'appréhende quelque chose, c'est que des personnes un peu sérieuses ne traitent de badineries le procès du chien et les extravagances du juge. Mais enfin je traduis Aristophane, et l'on doit se souvenir qu'il avoit affaire à des spectateurs assez difficiles : les Athéniens savoient apparemment ce que c'étoit que le sel attique, et ils étoient bien sûrs, quand ils avoient ri d'une chose, qu'ils n'avoient pas ri d'une sottise.

PRÉFACE.

Pour moi, je trouve qu'Aristophane a eu raison de pousser les choses au-delà du vraisemblable. Les juges de l'Aréopage n'auroient pas peut-être trouvé bon qu'il eût marqué au naturel leur avidité de gagner, les bons tours de leurs secrétaires, et les forfanteries de leurs avocats. Il étoit à propos d'outrer un peu les personnages, pour les empêcher de se reconnoître ; le public ne laissoit pas de discerner le vrai au travers du ridicule : et je m'assure qu'il vaut mieux avoir occupé l'impertinente éloquence de deux orateurs autour d'un chien accusé, que si l'on avoit mis sur la sellette un véritable criminel, et qu'on eût intéressé les spectateurs à la vie d'un homme.

Quoi qu'il en soit, je puis dire que notre siecle n'a pas été de plus mauvaise humeur que le sien, et que si le but de ma comédie étoit de faire rire, jamais comédie n'a mieux attrapé son but. Ce n'est pas que j'attende un grand honneur d'avoir assez long-temps réjoui le monde ; mais je me sais quelque gré de l'avoir fait sans qu'il m'en ait coûté une seule de ces sales équivoques et de ces malhonnêtes plaisanteries qui coûtent maintenant si peu à la plupart de nos écrivains, et qui font retomber le théâtre dans la turpitude d'où quelques auteurs plus modestes l'avoient tiré.

ACTEURS.

DANDIN, juge.
LÉANDRE, fils de Dandin.
CHICANEAU, bourgeois.
ISABELLE, fille de Chicaneau.
LA COMTESSE.
PETIT JEAN, portier.
L'INTIMÉ, secrétaire.
LE SOUFFLEUR.

La scene est dans une ville de basse Normandie.

LES

PLAIDEURS,

COMÉDIE.

ACTE PREMIER.

SCENE I.

PETIT JEAN, traînant un gros sac de procès.

Ma foi, sur l'avenir bien fou qui se fiera.
Tel qui rit vendredi, dimanche pleurera.
Un juge, l'an passé, me prit à son service;
Il m'avoit fait venir d'Amiens pour être suisse.
Tous ces Normands vouloient se divertir de nous:
On apprend à hurler, dit l'autre, avec les loups.
Tout Picard que j'étois, j'étois un bon apôtre,
Et je faisois claquer mon fouet tout comme un autre.
Tous les plus gros monsieurs me parloient chapeau bas;
Monsieur de Petit Jean, ah! gros comme le bras.
Mais sans argent l'honneur n'est qu'une maladie.
Ma foi, j'étois un franc portier de comédie:

On avoit beau heurter et m'ôter son chapeau,
On n'entroit point chez nous sans graisser le marteau.
Point d'argent, point de suisse ; et ma porte étoit close.
Il est vrai qu'à monsieur j'en rendois quelque chose.
Nous comptions quelquefois. On me donnoit le soin
De fournir la maison de chandelle et de foin :
Mais je n'y perdois rien. Enfin, vaille que vaille,
J'aurois sur le marché fort bien fourni la paille.
C'est dommage : il avoit le cœur trop au métier ;
Tous les jours le premier aux plaids, et le dernier ;
Et bien souvent tout seul, si l'on l'eût voulu croire,
Il s'y seroit couché sans manger et sans boire.
Je lui disois par fois : Monsieur Perrin Dandin,
Tout franc, vous vous levez tous les jours trop matin.
Qui veut voyager loin ménage sa monture ;
Buvez, mangez, dormez, et faisons feu qui dure.
Il n'en a tenu compte. Il a si bien veillé
Et si bien fait, qu'on dit que son timbre est brouillé.
Il nous veut tous juger les uns après les autres.
Il marmotte toujours certaines patenôtres
Où je ne comprends rien. Il veut, bon gré, mal gré,
Ne se coucher qu'en robe et qu'en bonnet quarré.
Il fit couper la tête à son coq, de colere,
Pour l'avoir éveillé plus tard qu'à l'ordinaire ;
il disoit qu'un plaideur dont l'affaire alloit mal
Avoit graissé la patte à ce pauvre animal.

Depuis ce bel arrêt, le pauvre homme a beau faire,
Son fils ne souffre plus qu'on lui parle d'affaire.
Il nous le fait garder jour et nuit, et de près :
Autrement, serviteur, et mon homme est aux plaids.
Pour s'échapper de nous, Dieu sait s'il est alegre.
Pour moi, je ne dors plus : aussi·je deviens maigre,
C'est pitié. Je m'étends et ne fais que bâiller.
Mais, veille qui voudra, voici mon oreiller.
Ma foi, pour cette nuit il faut que je m'en donne.
Pour dormir dans la rue on n'offense personne.
Dormons.

(Il se couche par terre.)

S C E N E I I.
L'INTIMÉ, PETIT JEAN.

L' I N T I M É.
Hé, Petit Jean! Petit Jean!

PETIT JEAN.
(à part.)   L'Intimé!
Il a déja bien peur de me voir enrhumé.

L' I N T I M É.
Que diable! si matin que fais-tu dans la rue?

PETIT JEAN.
Est-ce qu'il faut toujours faire le pied de grue,

Garder toujours un homme, et l'entendre crier?
Quelle gueule! Pour moi, je crois qu'il est sorcier.

L' I N T I M É.

Bon!

P E T I T   J E A N.

Je lui disois donc, en me grattant la tête,
Que je voulois dormir. « Présente ta requête
« Comme tu veux dormir », m'a-t-il dit gravement.
Je dors en te contant la chose seulement.
Bon soir.

L' I N T I M É.

Comment, bon soir? Que le diable m'emporte
Si... Mais j'entends du bruit au-dessus de la porte.

S C E N E   I I I.

DANDIN, L'INTIMÉ, PETIT JEAN.

D A N D I N, à la fenêtre.

Petit Jean! L'Intimé!

L' I N T I M É, à Petit Jean.

Paix.

D A N D I N.

Je suis seul ici.
Voilà mes guichetiers en défaut, dieu merci.
Si je leur donne temps, ils pourront comparoître;

Çà, pour nous élargir, sautons par la fenêtre.
Hors de cour.

L'INTIMÉ.

Comme il saute!

PETIT JEAN.

Oh monsieur! je vous tien.

DANDIN.

Au voleur! au voleur!

PETIT JEAN.

Oh! nous vous tenons bien.

L'INTIMÉ.

Vous avez beau crier.

DANDIN.

Main forte! l'on me tue!

SCENE IV.

LÉANDRE, DANDIN, L'INTIMÉ, PETIT JEAN.

LÉANDRE.

Vîte un flambeau, j'entends mon pere dans la rue.
Mon pere, si matin qui vous fait déloger?
Où courez-vous la nuit?

DANDIN.

Je veux aller juger.

LÉANDRE.

Et qui juger? tout dort.

PETIT JEAN.

Ma foi, je ne dors gueres.

LÉANDRE.

Que de sacs! il en a jusques aux jarretieres.

DANDIN.

Je ne veux de trois mois rentrer dans la maison.
De sacs et de procès j'ai fait provision.

LÉANDRE.

Et qui vous nourrira?

DANDIN.

Le buvetier, je pense.

LÉANDRE.

Mais où dormirez-vous, mon pere?

DANDIN.

A l'audience.

LÉANDRE.

Non, mon pere, il vaut mieux que vous ne sortiez pas.
Dormez chez vous; chez vous faites tous vos repas.
Souffrez que la raison enfin vous persuade:
Et pour votre santé....

DANDIN.

Je veux être malade.

LÉANDRE.

Vous ne l'êtes que trop. Donnez-vous du repos,

Vous n'avez tantôt plus que la peau sur les os.

DANDIN.

Du repos? Ah! sur toi tu veux régler ton pere!
Crois-tu qu'un juge n'ait qu'à faire bonne chere,
Qu'à battre le pavé comme un tas de galants,
Courir le bal la nuit, et le jour les brelans?
L'argent ne nous vient pas si vîte que l'on pense.
Chacun de tes rubans me coûte une sentence.
Ma robe vous fait honte. Un fils de juge! Ah! fi!
Tu fais le gentilhomme : hé, Dandin, mon ami,
Regarde dans ma chambre et dans ma garde-robe
Les portraits des Dandins; tous ont porté la robe:
Et c'est le bon parti. Compare prix pour prix
Les étrennes d'un juge à celles d'un marquis:
Attends que nous soyons à la fin de décembre.
Qu'est-ce qu'un gentilhomme? Un pilier d'antichambre.
Combien en as-tu vu, je dis des plus hupés,
A souffler dans leurs doigts dans ma cour occupés,
Le manteau sur le nez, ou la main dans la poche;
Enfin, pour se chauffer, venir tourner ma broche?
Voilà comme on les traite. Hé, mon pauvre garçon,
De ta défunte mere est-ce là la leçon?
La pauvre Babonnette! Hélas! lorsque j'y pense,
Elle ne manquoit pas une seule audience.
Jamais, au grand jamais, elle ne me quitta,
Et Dieu sait bien souvent ce qu'elle en rapporta:

Elle eût du buvetier emporté les serviettes,
Plutôt que de rentrer au logis les mains nettes.
Et voilà comme on fait les bonnes maisons. Va,
Tu ne seras qu'un sot.

LÉANDRE.

Vous vous morfondez là,
Mon pere. Petit Jean, remenez votre maître,
Couchez-le dans son lit; fermez porte, fenêtre;
Qu'on barricade tout, afin qu'il ait plus chaud.

PETIT JEAN.

Faites donc mettre au moins des garde-fous là-haut.

DANDIN.

Quoi! l'on me menera coucher sans autre forme?
Obtenez un arrêt comme il faut que je dorme.

LÉANDRE.

Hé! par provision, mon pere, couchez-vous.

DANDIN.

J'irai; mais je m'en vais vous faire enrager tous:
Je ne dormirai point.

LÉANDRE.

Hé bien, à la bonne heure.
Qu'on ne le quitte pas. Toi, l'Intimé, demeure.

SCENE V.

LÉANDRE, L'INTIMÉ.

LÉANDRE.

Je veux t'entretenir un moment sans témoin.

L'INTIMÉ.

Quoi! vous faut-il garder?

LÉANDRE.

J'en aurois bon besoin.

J'ai ma folie, hélas! aussi-bien que mon pere.

L'INTIMÉ.

Oh! vous voulez juger?

LÉANDRE, montrant le logis d'Isabelle.

Laissons là le mystere.

Tu connois ce logis.

L'INTIMÉ.

Je vous entends enfin:

Diantre! l'amour vous tient au cœur de bon matin.

Vous me voulez parler sans doute d'Isabelle.

Je vous l'ai dit cent fois, elle est sage, elle est belle;

Mais vous devez songer que monsieur Chicaneau

De son bien en procès consume le plus beau.

Qui ne plaide-t-il point? Je crois qu'à l'audience

Il fera, s'il ne meurt, venir toute la France.
Tout auprès de son juge il s'est venu loger:
L'un veut plaider toujours, l'autre toujours juger.
Et c'est un grand hasard, s'il conclut votre affaire
Sans plaider le curé, le gendre et le notaire.

LÉANDRE.

Je le sais comme toi. Mais, malgré tout cela,
Je meurs pour Isabelle.

L'INTIMÉ.

Hé bien, épousez-la.
Vous n'avez qu'à parler, c'est une affaire prête.

LÉANDRE.

Hé! cela ne va pas si vîte que ta tête.
Son pere est un sauvage à qui je ferois peur.
A moins que d'être huissier, sergent ou procureur,
On ne voit point sa fille; et la pauvre Isabelle,
Invisible et dolente, est en prison chez elle.
Elle voit dissiper sa jeunesse en regrets,
Mon amour en fumée, et son bien en procès.
Il la ruinera si l'on le laisse faire.
Ne connoîtrois-tu pas quelque honnête faussaire
Qui servît ses amis, en le payant, s'entend,
Quelque sergent zélé?

L'INTIMÉ.

Bon! l'on en trouve tant!

LÉANDRE.

Mais encore?

L'INTIMÉ.

      Ah monsieur! si feu mon pauvre pere
Étoit encor vivant, c'étoit bien votre affaire.
Il gagnoit en un jour plus qu'un autre en six mois :
Ses rides sur son front gravoient tous ses exploits.
Il vous eût arrêté le carrosse d'un prince ;
Il vous l'eût pris lui-même : et si dans la province
Il se donnoit en tout vingt coups de nerfs de bœuf,
Mon pere pour sa part en emboursoit dix-neuf.
Mais de quoi s'agit-il? suis-je pas fils de maître?
Je vous servirai.

LÉANDRE.

   Toi?

L'INTIMÉ.

      Mieux qu'un sergent peut-être.

LÉANDRE.

Tu porterois au pere un faux exploit?

L'INTIMÉ.

        Hon, hon.

LÉANDRE.

Tu rendrois à la fille un billet?

L'INTIMÉ.

      Pourquoi non?

Je suis des deux métiers.

TOME I.   35

LÉANDRE.

Viens, je l'entends qui crie:
Allons à ce dessein rêver ailleurs.

SCENE VI.

CHICANEAU, PETIT JEAN.

CHICANEAU, allant et revenant.

La Brie,
Qu'on garde la maison, je reviendrai bientôt.
Qu'on ne laisse monter aucune ame là-haut.
Fais porter cette lettre à la poste du Maine:
Prends-moi dans mon clapier trois lapins de garenne,
Et chez mon procureur porte-les ce matin.
Si son clerc vient céans, fais-lui goûter mon vin.
Ah! donne-lui ce sac qui pend à ma fenêtre.
Est-ce tout? Il viendra me demander peut-être
Un grand homme sec, là, qui me sert de témoin,
Et qui jure pour moi lorsque j'en ai besoin:
Qu'il m'attende. Je crains que mon juge ne sorte.
Quatre heures vont sonner. Mais frappons à sa porte.

PETIT JEAN, entr'ouvrant la porte.

Qui va là?

CHICANEAU.

Peut-on voir monsieur?

PETIT JEAN, fermant la porte.

Non.

CHICANEAU, frappant à la porte.

Pourroit-on

Dire un mot à monsieur son secrétaire?

PETIT JEAN, fermant la porte.

Non.

CHICANEAU, frappant à la porte.

Et monsieur son portier?

PETIT JEAN.

C'est moi-même.

CHICANEAU.

De grace,

Buvez à ma santé, monsieur.

PETIT JEAN, prenant l'argent.

(fermant la porte.)   Grand bien vous fasse!

Mais revenez demain.

CHICANEAU.

Hé! rendez donc l'argent.

Le monde est devenu, sans mentir, bien méchant.
J'ai vu que les procès ne donnoient point de peine;
Six écus en gagnoient une demi-douzaine.
Mais aujourd'hui, je crois que tout mon bien entier
Ne me suffiroit pas pour gagner un portier.
Mais j'apperçois venir madame la comtesse
De Pimbesche. Elle vient pour affaire qui presse.

SCENE VII.

LA COMTESSE, CHICANEAU.

CHICANEAU.

Madame, on n'entre plus.

LA COMTESSE.

Hé bien! l'ai-je pas dit?

Sans mentir, mes valets me font perdre l'esprit.

Pour les faire lever c'est en vain que je gronde;

Il faut que tous les jours j'éveille tout mon monde.

CHICANEAU.

Il faut absolument qu'il se fasse celer.

LA COMTESSE.

Pour moi, depuis deux jours je ne lui puis parler.

CHICANEAU.

Ma partie est puissante, et j'ai lieu de tout craindre.

LA COMTESSE.

Après ce qu'on m'a fait, il ne faut plus se plaindre.

CHICANEAU.

Si pourtant j'ai bon droit.

LA COMTESSE.

Ah monsieur! quel arrêt!

CHICANEAU.

Je m'en rapporte à vous. Écoutez, s'il vous plaît.

LA COMTESSE.

Il faut que vous sachiez, monsieur, la perfidie....

CHICANEAU.

Ce n'est rien dans le fond.

LA COMTESSE.

Monsieur, que je vous die....

CHICANEAU.

Voici le fait. Depuis quinze ou vingt ans en çà,
Au travers d'un mien pré certain ânon passa,
S'y veautra, non sans faire un notable dommage,
Dont je formai ma plainte au juge du village.
Je fais saisir l'ânon. Un expert est nommé;
A deux bottes de foin le dégât estimé.
Enfin, au bout d'un an sentence par laquelle
Nous sommes renvoyés hors de cour. J'en appelle.
Pendant qu'à l'audience on poursuit un arrêt,
Remarquez bien ceci, madame, s'il vous plaît,
Notre ami Drolichon, qui n'est pas une bête,
Obtient pour quelque argent un arrêt sur requête;
Et je gagne ma cause. A cela que fait-on?
Mon chicaneur s'oppose à l'exécution.
Autre incident : Tandis qu'au procès on travaille,
Ma partie en mon pré laisse aller sa volaille.
Ordonné qu'il sera fait rapport à la cour
Du foin que peut manger une poule en un jour.
Le tout joint au procès. Enfin, et toute chose

Demeurant en état, on appointe la cause
Le cinquieme ou sixieme avril cinquante-six.
J'écris sur nouveaux frais. Je produis, je fournis
De dits, de contredits, enquêtes, compulsoires,
Rapports d'experts, transports, trois interlocutoires,
Griefs et faits nouveaux, baux et procès verbaux.
J'obtiens lettres royaux, et je m'inscris en faux.
Quatorze appointements, trente exploits, six instances,
Six-vingts productions, vingt arrêts de défenses,
Arrêt enfin. Je perds ma cause avec dépens,
Estimés environ cinq à six mille francs.
Est-ce là faire droit? est-ce là comme on juge?
Après quinze ou vingt ans! Il me reste un refuge,
La requête civile est ouverte pour moi,
Je ne suis pas rendu. Mais vous, comme je voi,
Vous plaidez?

LA COMTESSE.

Plût à dieu!

CHICANEAU.

J'y brûlerai mes livres.

LA COMTESSE.

Je....

CHICANEAU.

Deux bottes de foin cinq à six mille livres!

LA COMTESSE.

Monsieur, tous mes procès alloient être finis!

Il ne m'en restoit plus que quatre où cinq petits,
L'un contre mon mari, l'autre contre mon pere,
Et contre mes enfants : ah monsieur, la misere !
Je ne sais quel biais ils ont imaginé,
Ni tout ce qu'ils ont fait ; mais on leur a donné
Un arrêt par lequel, moi vêtue et nourrie,
On me défend, monsieur, de plaider de ma vie.

CHICANEAU.

De plaider !

LA COMTESSE.

   De plaider.

CHICANEAU.

               Certes, le trait est noir.
J'en suis surpris.

LA COMTESSE.

       Monsieur, j'en suis au désespoir.

CHICANEAU.

Comment ! lier les mains aux gens de votre sorte !
Mais cette pension, madame, est-elle forte ?

LA COMTESSE.

Je n'en vivrois, monsieur, que trop honnêtement.
Mais vivre sans plaider, est-ce contentement ?

CHICANEAU.

Des chicaneurs viendront nous manger jusqu'à l'ame,
Et nous ne dirons mot ! Mais, s'il vous plaît, madame,
Depuis quand plaidez-vous ?

LA COMTESSE.

Il ne m'en souvient pas.

Depuis trente ans au plus.

CHICANEAU.

Ce n'est pas trop.

LA COMTESSE.

Hélas!

CHICANEAU.

Et quel âge avez-vous? Vous avez bon visage.

LA COMTESSE.

Hé! quelque soixante ans.

CHICANEAU.

Comment! c'est le bel âge

Pour plaider.

LA COMTESSE.

Laissez faire, ils ne sont pas au bout.

J'y vendrai ma chemise; et je veux rien ou tout.

CHICANEAU.

Madame, écoutez-moi. Voici ce qu'il faut faire.

LA COMTESSE.

Oui, monsieur, je vous crois comme mon propre pere.

CHICANEAU.

J'irois trouver mon juge.

LA COMTESSE.

Oh! oui, monsieur, j'irai.

CHICANEAU.

Me jetter à ses pieds.

LA COMTESSE.

Oui, je m'y jetterai,
Je l'ai bien résolu.

CHICANEAU.

Mais daignez donc m'entendre.

LA COMTESSE.

Oui, vous prenez la chose ainsi qu'il la faut prendre.

CHICANEAU.

Avez-vous dit, madame?

LA COMTESSE.

Oui.

CHICANEAU.

J'irois sans façon
Trouver mon juge.

LA COMTESSE.

Hélas! que ce monsieur est bon!

CHICANEAU.

Si vous parlez toujours, il faut que je me taise.

LA COMTESSE.

Ah que vous m'obligez! Je ne me sens pas d'aise.

CHICANEAU.

J'irois trouver mon juge, et lui dirois....

LA COMTESSE.

Oui.

CHICANEAU.

Voi !

Et lui dirois, monsieur....

LA COMTESSE.

Oui, monsieur.

CHICANEAU.

Liez-moi.

LA COMTESSE.

Monsieur, je ne veux point être liée.

CHICANEAU.

A l'autre !

LA COMTESSE.

Je ne la serai point.

CHICANEAU.

Quelle humeur est la vôtre !

LA COMTESSE.

Non.

CHICANEAU.

Vous ne savez pas, madame, où je viendrai.

LA COMTESSE.

Je plaiderai, monsieur, ou bien je ne pourrai.

CHICANEAU.

Mais....

LA COMTESSE.

Mais je ne veux point, monsieur, que l'on me lie.

CHICANEAU.

Enfin, quand une femme en tête a sa folie....

LA COMTESSE.

Fou vous-même.

CHICANEAU.

Madame!

LA COMTESSE.

Et pourquoi me lier?

CHICANEAU.

Madame...

LA COMTESSE.

Voyez-vous? il se rend familier.

CHICANEAU.

Mais, madame...

LA COMTESSE.

Un crasseux qui n'a que sa chicane
Veut donner des avis!

CHICANEAU.

Madame!

LA COMTESSE.

Avec son âne.

CHICANEAU.

Vous me poussez.

LA COMTESSE.

Bon homme, allez garder vos foins.

CHICANEAU.

Vous m'excédez.

LA COMTESSE.

Le sot!

CHICANEAU.

Que n'ai-je des témoins!

SCENE VIII.

PETIT JEAN, LA COMTESSE, CHICANEAU.

PETIT JEAN.

Voyez le beau sabat qu'ils font à notre porte.
Messieurs, allez plus loin tempêter de la sorte.

CHICANEAU.

Monsieur, soyez témoin....

LA COMTESSE.

Que monsieur est un sot.

CHICANEAU.

Monsieur, vous l'entendez, retenez bien ce mot.

PETIT JEAN, à la comtesse.

Ah! vous ne deviez pas lâcher cette parole.

LA COMTESSE.

Vraiment, c'est bien à lui de me traiter de folle!

PETIT JEAN, à Chicaneau.

Folle! Vous avez tort. Pourquoi l'injurier?

CHICANEAU.

On la conseille.

PETIT JEAN.

Oh!

LA COMTESSE.

Oui, de me faire lier.

PETIT JEAN.

Oh monsieur!

CHICANEAU.

Jusqu'au bout que ne m'écoute-t-elle?

PETIT JEAN.

Oh madame!

LA COMTESSE.

Qui, moi, souffrir qu'on me querelle?

CHICANEAU.

Une crieuse.

PETIT JEAN.

Hé! paix.

LA COMTESSE.

Un chicaneur.

PETIT JEAN.

Holà.

CHICANEAU.

Qui n'ose plus plaider.

LA COMTESSE.

Que t'importe cela?
Qu'est-ce qui t'en revient, faussaire abominable?
Brouillon? voleur?

CHICANEAU.

Et bon, et bon, de par le diable:
Un sergent! un sergent!

LA COMTESSE.

Un huissier! un huissier!

PETIT JEAN, seul.

Ma foi, juge et plaideurs, il faudroit tout lier.

FIN DU PREMIER ACTE.

ACTE SECOND.

SCENE I.

LÉANDRE, L'INTIMÉ.

L'INTIMÉ.

Monsieur, encore un coup, je ne puis pas tout faire;
Puisque je fais l'huissier, faites le commissaire.
En robe, sur mes pas il ne faut que venir,
Vous aurez tout moyen de vous entretenir.
Changez en cheveux noirs votre perruque blonde.
Ces plaideurs songent-ils que vous soyez au monde?
Hé! lorsqu'à votre pere ils vont faire leur cour,
A peine seulement savez-vous s'il est jour.
Mais n'admirez-vous pas cette bonne comtesse
Qu'avec tant de bonheur la fortune m'adresse;
Qui, dès qu'elle me voit, donnant dans le panneau,
Me charge d'un exploit pour monsieur Chicaneau,
Et le fait assigner pour certaine parole,
Disant qu'il la voudroit faire passer pour folle,
Je dis folle à lier, et pour d'autres excès
Et blasphêmes, toujours l'ornement des procès?

Mais vous ne dites rien de tout mon équipage?
Ai-je bien d'un sergent le port et le visage?

LÉANDRE.

Ah! fort bien!

L'INTIMÉ.

Je ne sais, mais je me sens enfin
L'ame et le dos six fois plus durs que ce matin.
Quoi qu'il en soit, voici l'exploit et votre lettre;
Isabelle l'aura, j'ose vous le promettre.
Mais pour faire signer le contrat que voici,
Il faut que sur mes pas vous vous rendiez ici.
Vous feindrez d'informer sur toute cette affaire,
Et vous ferez l'amour en présence du pere.

LÉANDRE.

Mais ne va pas donner l'exploit pour le billet.

L'INTIMÉ.

Le pere aura l'exploit, la fille le poulet.
Rentrez.

(L'Intimé va frapper à la porte d'Isabelle.)

SCENE II.

ISABELLE, L'INTIME.

ISABELLE.

Qui frappe?

L'INTIMÉ.

Ami! (à part.) C'est la voix d'Isabelle.

ISABELLE.

Demandez-vous quelqu'un, monsieur?

L'INTIMÉ.

Mademoiselle,

C'est un petit exploit que j'ose vous prier
De m'accorder l'honneur de vous signifier.

ISABELLE.

Monsieur, excusez-moi, je n'y puis rien comprendre:
Mon pere va venir qui pourra vous entendre.

L'INTIMÉ.

Il n'est donc pas ici, mademoiselle?

ISABELLE.

Non.

L'INTIMÉ.

L'exploit, mademoiselle, est mis sous votre nom.

ISABELLE.

Monsieur, vous me prenez pour une autre, sans doute:

Sans avoir de procès, je sais ce qu'il en coûte;
Et si l'on n'aimoit pas à plaider plus que moi,
Vos pareils pourroient bien chercher un autre emploi.
Adieu.

L'INTIMÉ.

Mais permettez...

ISABELLE.

Je ne veux rien permettre.

L'INTIMÉ.

Ce n'est pas un exploit.

ISABELLE.

Chanson!

L'INTIMÉ.

C'est une lettre.

ISABELLE.

Encor moins.

L'INTIMÉ.

Mais lisez.

ISABELLE.

Vous ne m'y tenez pas.

L'INTIMÉ.

C'est de monsieur...

ISABELLE.

Adieu.

L'INTIMÉ.

Léandre.

ISABELLE.

Parlez bas.

C'est de monsieur?

L'INTIMÉ.

Que diable! on a bien de la peine
A se faire écouter : je suis tout hors d'haleine.

ISABELLE.

Ah! l'Intimé! Pardonne à mes sens étonnés.
Donne.

L'INTIMÉ.

Vous me deviez fermer la porte au nez.

ISABELLE.

Et qui t'auroit connu déguisé de la sorte?
Mais donne.

L'INTIMÉ.

Aux gens de bien ouvre-t-on votre porte?

ISABELLE.

Hé! donne donc.

L'INTIMÉ.

La peste!...

ISABELLE.

Oh! ne donnez donc pas:
Avec votre billet retournez sur vos pas.

L'INTIMÉ.

Tenez. Une autre fois ne soyez pas si prompte.

SCENE III.

CHICANEAU, ISABELLE, L'INTIMÉ.

CHICANEAU.

‹Oui, je suis donc un sot, un voleur, à son compte !
Un sergent s'est chargé de la remercier ;
Et je lui vais servir un plat de mon métier.
Je serois bien fâché que ce fût à refaire,
Ni qu'elle m'envoyât assigner la premiere.
Mais un homme ici parle à ma fille. Comment !
Elle lit un billet ! Ah ! c'est de quelque amant.
Approchons.

ISABELLE.

      Tout de bon, ton maître est-il sincere ?
Le croirai-je ?

L'INTIMÉ.

      Il ne dort non plus que votre pere.
Il se tourmente. Il vous....   (appercevant Chicaneau.)
               fera voir aujourd'hui
Que l'on ne gagne rien à plaider contre lui.

ISABELLE, appercevant Chicaneau.

C'est mon pere !

(à l'Intimé.)

Vraiment, vous leur pouvez apprendre
Que si l'on nous poursuit nous saurons nous défendre.

(déchirant le billet.)

Tenez, voilà le cas qu'on fait de votre exploit.

CHICANEAU.

Comment! c'est un exploit que ma fille lisoit!
Ah! tu seras un jour l'honneur de ta famille:
Tu défendras ton bien. Viens, mon sang, viens, ma fille.
Va, je t'acheterai le Praticien françois.
Mais, diantre! il ne faut pas déchirer les exploits.

ISABELLE, à l'Intimé.

Au moins, dites-leur bien que je ne les crains guere;
Ils me feront plaisir: je les mets à pis faire.

CHICANEAU.

Eh! ne te fâche point.

ISABELLE, à l'Intimé.

Adieu, monsieur.

SCENE IV.

CHICANEAU, L'INTIMÉ.

L' I N T I M É, se mettant en état d'écrire.

Or çà,
Verbalisons.

CHICANEAU.

Monsieur, de grace, excusez-la ;
Elle n'est pas instruite : et puis, si bon vous semble,
En voici les morceaux que je vais mettre ensemble.

L' I N T I M É.

Non.

CHICANEAU.

Je le lirai bien.

L' I N T I M É.

Je ne suis pas méchant :
J'en ai sur moi copie.

CHICANEAU.

Ah ! le trait est touchant !
Mais je ne sais pourquoi, plus je vous envisage,
Et moins je me remets, monsieur, votre visage.
Je connois force huissiers.

L' I N T I M É.

Informez-vous de moi.
Je m'acquitte assez bien de mon petit emploi.

CHICANEAU.

Soit. Pour qui venez-vous?

L'INTIMÉ.

Pour une brave dame,
Monsieur, qui vous honore, et de toute son ame
Voudroit que vous vinssiez à ma sommation
Lui faire un petit mot de réparation.

CHICANEAU.

De réparation? Je n'ai blessé personne.

L'INTIMÉ.

Je le crois; vous avez, monsieur, l'ame trop bonne.

CHICANEAU.

Que demandez-vous donc?

L'INTIMÉ.

Elle voudroit, monsieur,
Que devant des témoins vous lui fissiez l'honneur
De l'avouer pour sage, et point extravagante.

CHICANEAU.

Parbleu! c'est ma comtesse.

L'INTIMÉ.

Elle est votre servante.

CHICANEAU.

Je suis son serviteur.

L'INTIMÉ.

Vous êtes obligeant,
Monsieur.

CHICANEAU.

Oui, vous pouvez l'assurer qu'un sergent
Lui doit porter pour moi tout ce qu'elle demande.
Hé quoi donc! les battus, ma foi, paieront l'amende.
Voyons ce qu'elle chante. Hon.... « Sixieme janvier,
« Pour avoir faussement dit qu'il falloit lier,
« Étant à ce porté par esprit de chicane,
« Haute et puissante dame Yolande Cudasne,
« Comtesse de Pimbesche, Orbesche, ET CÆTERA,
« Il soit dit que sur l'heure il se transportera
« Au logis de la dame; et là, d'une voix claire,
« Devant quatre témoins assistés d'un notaire,
« ZESTE! ledit Hiérôme avouera hautement
« Qu'il la tient pour sensée et de bon jugement.
« LE BON. » C'est donc le nom de votre seigneurie?

L'INTIMÉ.

Pour vous servir. (à part.) Il faut payer d'effronterie.

CHICANEAU.

LE BON! Jamais exploit ne fut signé LE BON.
Monsieur le Bon.

L'INTIMÉ.

Monsieur.

CHICANEAU.

Vous êtes un frippon.

L'INTIMÉ.

Monsieur, pardonnez-moi, je suis fort honnête homme.

CHICANEAU.

Mais frippon le plus franc qui soit de Caen à Rome.

L'INTIMÉ.

Monsieur, je ne suis pas pour vous désavouer.
Vous aurez la bonté de me le bien payer.

CHICANEAU.

Moi, payer? en soufflets.

L'INTIMÉ.

Vous êtes trop honnête.
Vous me le paierez bien.

CHICANEAU.

Oh! tu me romps la tête.
Tiens, voilà ton paiement.

L'INTIMÉ.

Un soufflet! Écrivons.
« Lequel Hiérôme, après plusieurs rebellions,
« Auroit atteint, frappé moi sergent à la joue,
« Et fait tomber, du coup, mon chapeau dans la boue. »

CHICANEAU, lui donnant un coup de pied.

Ajoute cela.

L'INTIMÉ.

Bon, c'est de l'argent comptant;
J'en avois bien besoin. « Et, de ce non content,
« Auroit avec le pied réitéré ». Courage.
« Outre plus, le susdit seroit venu, de rage,
« Pour lacérer ledit présent procès-verbal. »

Allons, mon cher monsieur, cela ne va pas mal.
Ne vous relâchez point.

CHICANEAU.

Coquin!

L'INTIMÉ.

Ne vous déplaise,
Quelques coups de bâton, et je suis à mon aise.

CHICANEAU, tenant un bâton.

Oui dà. Je verrai bien s'il est sergent.

L'INTIMÉ, en posture d'écrire.

Tôt donc,
Frappez. J'ai quatre enfants à nourrir.

CHICANEAU.

Ah! pardon!
Monsieur, pour un sergent je ne pouvois vous prendre;
Mais le plus habile homme enfin peut se méprendre.
Je saurai réparer ce soupçon outrageant.
Oui, vous êtes sergent, monsieur, et très sergent.
Touchez là. Vos pareils sont gens que je révere;
Et j'ai toujours été nourri par feu mon pere
Dans la crainte de Dieu, monsieur, et des sergents.

L'INTIMÉ.

Non, à si bon marché l'on ne bat point les gens.

CHICANEAU.

Monsieur, point de procès.

L'INTIMÉ.

Serviteur. Contumace,
Bâton levé, soufflet, coup de pied. Ah!

CHICANEAU.

De grace,
Rendez-les moi plutôt.

L'INTIMÉ.

Suffit qu'ils soient reçus;
Je ne les voudrois pas donner pour mille écus.

SCENE V.

LÉANDRE, EN ROBE DE COMMISSAIRE;
CHICANEAU, L'INTIMÉ.

L'INTIMÉ.

Voici fort à propos monsieur le commissaire.
Monsieur, votre présence est ici nécessaire.
Tel que vous me voyez, monsieur ici présent
M'a d'un fort grand soufflet fait un petit présent.

LÉANDRE.

A vous, monsieur?

L'INTIMÉ.

A moi, parlant à ma personne.
Item, un coup de pied; plus, les noms qu'il me donne.

LÉANDRE.

Avez-vous des témoins?

L'INTIMÉ.

Monsieur, tâtez plutôt;
Le soufflet sur ma joue est encore tout chaud.

LÉANDRE.

Pris en flagrant délit, affaire criminelle.

CHICANEAU.

Foin de moi!

L'INTIMÉ.

Plus; sa fille, au moins soi-disant telle,
A mis un mien papier en morceaux, protestant
Qu'on lui feroit plaisir, et que d'un œil content
Elle nous défioit.

LÉANDRE, à l'Intimé.

Faites venir la fille:
L'esprit de contumace est dans cette famille.

CHICANEAU, à part.

Il faut absolument qu'on m'ait ensorcelé.
Si j'en connois pas un, je veux être étranglé.

LÉANDRE.

Comment! battre un huissier! Mais voici la rebelle.

SCENE VI.

ISABELLE, LÉANDRE, CHICANEAU, L'INTIMÉ.

L' I N T I M É, à Isabelle.

Vous le reconnoissez?

LÉANDRE.

Hé bien, mademoiselle,
C'est donc vous qui tantôt braviez notre officier,
Et qui si hautement osez nous défier?
Votre nom?

ISABELLE.

Isabelle.

LÉANDRE.

Écrivez. Et votre âge?

ISABELLE.

Dix-huit ans.

CHICANEAU.

Elle en a quelque peu davantage;
Mais n'importe.

LÉANDRE.

Êtes-vous en pouvoir de mari?

ISABELLE.

Non, monsieur.

LÉANDRE.

Vous riez? Écrivez qu'elle a ri.

CHICANEAU.

Monsieur, ne parlons point de maris à des filles;
Voyez-vous, ce sont là des secrets de familles.

LÉANDRE.

Mettez qu'il interrompt.

CHICANEAU.

Hé! je n'y pensois pas.
Prends bïen garde, ma fille, à ce que tu diras.

LÉANDRE.

Là, ne vous troublez point. Répondez à votre aise.
On ne veut pas rien faire ici qui vous déplaise.
N'avez-vous pas reçu de l'huissier que voilà
Certain papier tantôt?

ISABELLE.

Oui, monsieur.

CHICANEAU.

Bon cela.

LÉANDRE.

Avez-vous déchiré ce papier sans le lire?

ISABELLE.

Monsieur, je l'ai lu.

CHICANEAU.

Bon.

LÉANDRE, à l'Intimé.

(à Isabelle.)   Continuez d'écrire.

Et pourquoi l'avez-vous déchiré?

ISABELLE.

J'avois peur

Que mon pere ne prît l'affaire trop à cœur,

Et qu'il ne s'échauffât le sang à sa lecture.

CHICANEAU.

Et tu fuis les procès? C'est méchanceté pure.

LÉANDRE.

Vous ne l'avez donc pas déchiré par dépit,

Ou par mépris de ceux qui vous l'avoient écrit?

ISABELLE.

Monsieur, je n'ai pour eux ni mépris ni colere.

LÉANDRE, à l'Intimé.

Écrivez.

CHICANEAU.

Je vous dis qu'elle tient de son pere;

Elle répond fort bien.

LÉANDRE.

Vous montrez cependant

Pour tous les gens de robe un mépris évident.

ISABELLE.

Une robe toujours m'avoit choqué la vue;

Mais cette aversion à présent diminue.

CHICANEAU.

La pauvre enfant! Va, va, je te marierai bien,
Dès que je le pourrai, s'il ne m'en coûte rien.

LÉANDRE.

A la justice donc vous voulez satisfaire?

ISABELLE.

Monsieur, je ferai tout pour ne vous pas déplaire.

L'INTIMÉ.

Monsieur, faites signer.

LÉANDRE.

Dans les occasions
Soutiendrez-vous au moins vos dépositions?

ISABELLE.

Monsieur, assurez-vous qu'Isabèlle est constante.

LÉANDRE.

Signez. Cela va bien, la justice est contente.
Çà, ne signez-vous pas, monsieur?

CHICANEAU.

Oui-dà, gaîment;
A tout ce qu'elle a dit je signe aveuglément.

LÉANDRE, bas à Isabelle.

Tout va bien. A mes vœux le succès est conforme:
Il signe un bon contrat écrit en bonne forme;
Et sera condamné tantôt sur son écrit.

CHICANEAU, à part.

Que lui dit-il? Il est charmé de son esprit.

LÉANDRE.

Adieu. Soyez toujours aussi sage que belle,
Tout ira bien. Huissier, remenez-la chez elle.
Et vous, monsieur, marchez.

CHICANEAU.

Où, monsieur?

LÉANDRE.

Suivez-moi.

CHICANEAU.

Où donc?

LÉANDRE.

Vous le saurez. Marchez de par le roi.

CHICANEAU.

Comment!

SCENE VII.

LÉANDRE, CHICANEAU, PETIT JEAN.

PETIT JEAN.

Holà! quelqu'un n'a-t-il point vu mon maître?
Quel chemin a-t-il pris? la porte ou la fenêtre?

LÉANDRE.

A l'autre!

PETIT JEAN.

Je ne sais qu'est devenu son fils;

TOME I.　　　　39

Et pour le pere, il est où le diable l'a mis.
Il me redemandoit sans cesse ses épices ;
Et j'ai tout bonnement couru dans les offices
Chercher la boîte au poivre : et lui, pendant cela,
Est disparu.

SCENE VIII.

DANDIN, a une lucarne; LÉANDRE,
CHICANEAU, L'INTIMÉ, PETIT JEAN.

DANDIN.

Paix! paix! que l'on se taise là.

LÉANDRE.

Hé! grand dieu!

PETIT JEAN.

Le voilà, ma foi, dans les gouttieres.

DANDIN.

Quelles gens êtes-vous? Quelles sont vos affaires?
Qui sont ces gens en robe? Êtes-vous avocats?
Çà, parlez.

PETIT JEAN.

Vous verrez qu'il va juger les chats.

DANDIN.

Avez-vous eu le soin de voir mon secrétaire?
Allez lui demander si je sais votre affaire.

LÉANDRE.

Il faut bien que je l'aille arracher de ces lieux.
Sur votre prisonnier, huissier, ayez les yeux.

PETIT JEAN.

Ho, ho, monsieur!

LÉANDRE.

Tais-toi, sur les yeux de ta tête;
Et suis-moi.

SCENE IX.

LA COMTESSE, DANDIN, CHICANEAU, L'INTIMÉ.

DANDIN.

Dépêchez, donnez votre requête.

CHICANEAU.

Monsieur, sans votre aveu l'on me fait prisonnier.

LA COMTESSE.

Hé, mon Dieu! j'apperçois monsieur dans son grenier.
Que fait-il là?

L'INTIMÉ.

Madame, il y donne audience.
Le champ vous est ouvert.

CHICANEAU.

On me fait violence:

Monsieur, on m'injurie; et je venois ici
Me plaindre à vous.

LA COMTESSE.

Monsieur, je viens me plaindre aussi.

CHICANEAU et LA COMTESSE.

Vous voyez devant vous mon adverse partie.

L'INTIMÉ.

Parbleu! je me veux mettre aussi de la partie.

CHICANEAU, LA COMTESSE, L'INTIMÉ.

Monsieur, je viens ici pour un petit exploit.

CHICANEAU.

Hé, messieurs! tour-à-tour exposons notre droit.

LA COMTESSE.

Son droit? Tout ce qu'il dit sont autant d'impostures.

DANDIN.

Qu'est-ce qu'on vous a fait?

CHICANEAU, LA COMTESSE, L'INTIMÉ.

On m'a dit des injures.

L'INTIMÉ, continuant.

Outre un soufflet, monsieur, que j'ai reçu plus qu'eux.

CHICANEAU.

Monsieur, je suis cousin de l'un de vos neveux.

LA COMTESSE.

Monsieur, pere Cordon vous dira mon affaire.

L'INTIMÉ.

Monsieur, je suis bâtard de votre apothicaire.

DANDIN.

Vos qualités?

LA COMTESSE.

Je suis comtesse.

L'INTIMÉ.

Huissier.

CHICANEAU.

Bourgeois.

Messieurs....

DANDIN, se retirant de la lucarne.

Parlez toujours, je vous entends tous trois.

CHICANEAU.

Monsieur....

L'INTIMÉ.

Bon! le voilà qui fausse compagnie.

LA COMTESSE.

Hélas!

CHICANEAU.

Hé quoi! déja l'audience est finie?
Je n'ai pas eu le temps de lui dire deux mots.

SCENE X.

LÉANDRE, SANS ROBE; CHICANEAU,

LA COMTESSE, L'INTIMÉ.

LÉANDRE.

Messieurs, voulez-vous bien nous laisser en repos?

CHICANEAU.

Monsieur, peut-on entrer?

LÉANDRE.

Non, monsieur, ou je meure.

CHICANEAU.

Hé, pourquoi? J'aurai fait en une petite heure,
En deux heures au plus.

LÉANDRE.

On n'entre point, monsieur.

LA COMTESSE.

C'est bien fait de fermer la porte à ce crieur.
Mais moi....

LÉANDRE.

L'on n'entre point, madame, je vous jure.

LA COMTESSE.

Ho, monsieur, j'entrerai.

LÉANDRE.

Peut-être.

LA COMTESSE.

J'en suis sûre.

LÉANDRE.

Par la fenêtre donc?

LA COMTESSE.

Par la porte.

LÉANDRE.

Il faut voir.

CHICANEAU.

Quand je devrois ici demeurer jusqu'au soir.

SCENE XI.

LÉANDRE, CHICANEAU, LA COMTESSE,

L'INTIMÉ, PETIT JEAN.

PETIT JEAN, à Léandre.

On ne l'entendra pas, quelque chose qu'il fasse.
Parbleu! je l'ai fourré dans notre salle basse,
Tout auprès de la cave.

LÉANDRE.

En un mot comme en cent,
On ne voit point mon pere.

CHICANEAU.

Hé bien donc! si pourtant

Sur toute cette affaire il faut que je le voie.

(Dandin paroît par le soupirail.)

Mais que vois-je? Ah! c'est lui que le ciel nous renvoie!

LÉANDRE.

Quoi! par le soupirail!

PETIT JEAN.

Il a le diable au corps

CHICANEAU.

Monsieur....

DANDIN.

L'impertinent! Sans lui j'étois dehors.

CHICANEAU.

Monsieur....

DANDIN.

Retirez-vous, vous êtes une bête.

CHICANEAU.

Monsieur, voulez-vous bien....

DANDIN.

Vous me rompez la tête.

CHICANEAU.

Monsieur, j'ai commandé....

DANDIN.

Taisez-vous, vous dit-on.

CHICANEAU.

Que l'on portât chez vous....

DANDIN.

Qu'on le mene en prison.

CHICANEAU.

Certain quartaut de vin.

DANDIN.

Hé, je n'en ai que faire.

CHICANEAU.

C'est de très bon muscat.

DANDIN.

Redites votre affaire.

LÉANDRE, à l'Intimé.

Il faut les entourer ici de tous côtés.

LA COMTESSE.

Monsieur, il vous va dire autant de faussetés.

CHICANEAU.

Monsieur, je vous dis vrai.

DANDIN.

Mon Dieu! laissez-la dire.

LA COMTESSE.

Monsieur, écoutez-moi.

DANDIN.

Souffrez que je respire.

CHICANEAU.

Monsieur...

DANDIN.

Vous m'étranglez.

LA COMTESSE.

Tournez les yeux vers moi.

DANDIN.

Elle m'étrangle. Ay! ay!

CHICANEAU.

Vous m'entraînez, ma foi!

Prenez garde, je tombe.

PETIT JEAN.

Ils sont, sur ma parole,

L'un et l'autre encavés.

LÉANDRE.

Vîte, que l'on y vole;

Courez à leur secours. Mais au moins je prétends

Que monsieur Chicaneau, puisqu'il est là dedans,

N'en sorte d'aujourd'hui. L'Intimé, prends-y garde.

L'INTIMÉ.

Gardez le soupirail.

LÉANDRE.

Va vîte, je le garde.

SCENE XII.
LA COMTESSE, LÉANDRE.

LA COMTESSE.

Misérable ! il s'en va lui prévenir l'esprit.

(par le soupirail.)

Monsieur, ne croyez rien de tout ce qu'il vous dit;
Il n'a point de témoins, c'est un menteur.

LÉANDRE.

Madame,
Que leur contez-vous là ? Peut-être ils rendent l'ame.

LA COMTESSE.

Il lui fera, monsieur, croire ce qu'il voudra.
Souffrez que j'entre.

LÉANDRE.

Ho non, personne n'entrera.

LA COMTESSE.

Je le vois bien, monsieur, le vin muscat opere
Aussi bien sur le fils que sur l'esprit du pere.
Patience, je vais protester comme il faut
Contre monsieur le juge et contre le quartaut.

LÉANDRE.

Allez donc, et cessez de nous rompre la tête.
Que de fous ! Je ne fus jamais à telle fête.

SCENE XIII.

DANDIN, LEANDRE, L'INTIMÉ.

L'INTIMÉ.

Monsieur, où courez-vous? C'est vous mettre en danger.
Et vous boitez tout bas.

DANDIN.

Je veux aller juger.

LÉANDRE.

Comment, mon pere! Allons, permettez qu'on vous panse.
Vîte, un chirurgien.

DANDIN.

Qu'il vienne à l'audience.

LÉANDRE.

Hé! mon pere! arrêtez...

DANDIN.

Oh! je vois ce que c'est;
Tu prétends faire ici de moi ce qu'il te plaît:
Tu ne gardes pour moi respect ni complaisance:
Je ne puis prononcer une seule sentence.
Acheve, prends ce sac, prends vîte.

LÉANDRE.

Hé doucement,

Mon pere. Il faut trouver quelque accommodement.
Si pour vous, sans juger, la vie est un supplice,
Si vous êtes pressé de rendre la justice,
Il ne faut point sortir pour cela de chez vous;
Exercez le talent, et jugez parmi nous.

DANDIN.

Ne raillons point ici de la magistrature.
Vois-tu? je ne veux point être un juge en peinture.

LÉANDRE.

Vous serez, au contraire, un juge sans appel,
Et juge du civil comme du criminel.
Vous pourrez tous les jours tenir deux audiences:
Tout vous sera chez vous matiere de sentences.
Un valet manque-t-il de rendre un verre net;
Condamnez-le à l'amende, ou, s'il le casse, au fouet.

DANDIN.

C'est quelque chose. Encor passe quand on raisonne.
Et mes vacations, qui les paiera? personne?

LÉANDRE.

Leurs gages vous tiendront lieu de nantissement.

DANDIN.

Il parle, ce me semble, assez pertinemment.

LÉANDRE.

Contre un de vos voisins...

SCENE XIV.

DANDIN, LÉANDRE, L'INTIMÉ, PETIT JEAN.

PETIT JEAN.
                        Arrête! arrête! attrape!
LÉANDRE, à l'Intimé.
Ah! c'est mon prisonnier, sans doute, qui s'échappe?
L'INTIMÉ.
Non, non, ne craignez rien.
PETIT JEAN.
                        Tout est perdu... Citron...
Votre chien... vient là-bas de manger un chapon.
Rien n'est sûr devant lui; ce qu'il trouve il l'emporte.
LÉANDRE.
Bon, voilà pour mon pere une cause. Main forte.
Qu'on se mette après lui. Courez tous.
DANDIN.
                        Point de bruit,
Tout doux. Un amené sans scandale suffit.
LÉANDRE.
Çà, mon pere, il faut faire un exemple authentique :
Jugez sévèrement ce voleur domestique.

DANDIN.

Mais je veux faire au moins la chose avec éclat.
Il faut de part et d'autre avoir un avocat.
Nous n'en avons pas un.

LÉANDRE.

Hé bien, il en faut faire.
Voilà votre portier et votre secrétaire;
Vous en ferez, je crois, d'excellents avocats:
Ils sont fort ignorants.

L'INTIMÉ.

Non pas, monsieur, non pas.
J'endormirai monsieur tout aussi-bien qu'un autre.

PETIT JEAN.

Pour moi, je ne sais rien; n'attendez rien du nôtre.

LÉANDRE.

C'est ta premiere cause, et l'on te la fera.

PETIT JEAN.

Mais je ne sais pas lire.

LÉANDRE.

Hé, l'on te soufflera.

DANDIN.

Allons nous préparer. Çà, messieurs, point d'intrigue.
Fermons l'œil aux présents, et l'oreille à la brigue.
Vous, maître Petit Jean, serez le demandeur:
Vous, maître l'Intimé, soyez le défendeur.

FIN DU SECOND ACTE.

ACTE TROISIEME.

SCENE I.

CHICANEAU, LÉANDRE, LE SOUFFLEUR.

CHICANEAU.

Oui, monsieur, c'est ainsi qu'ils ont conduit l'affaire;
L'huissier m'est inconnu, comme le commissaire.
Je ne ments pas d'un mot.

LÉANDRE.

     Oui, je crois tout cela;
Mais, si vous m'en croyez, vous les laisserez là.
En vain vous prétendez les pousser l'un et l'autre;
Vous troublerez bien moins leur repos que le vôtre.
Les trois quarts de vos biens sont déja dépensés
A faire enfler des sacs l'un sur l'autre entassés;
Et dans une poursuite à vous-même contraire....

CHICANEAU.

Vraiment vous me donnez un conseil salutaire;
Et devant qu'il soit peu je veux en profiter:
Mais je vous prie au moins de bien solliciter.
Puisque monsieur Dandin va donner audience,

Je vais faire venir ma fille en diligence :
On peut l'interroger, elle est de bonne foi ;
Et même elle saura mieux répondre que moi.

LÉANDRE.

Allez et revenez, l'on vous fera justice.

LE SOUFFLEUR.

Quel homme !

SCENE II.

LÉANDRE, LE SOUFFLEUR.

LÉANDRE.

Je me sers d'un étrange artifice :
Mais mon pere est un homme à se désespérer ;
Et d'une cause en l'air il le faut bien leurrer.
D'ailleurs, j'ai mon dessein, et je veux qu'il condamne
Ce fou, qui réduit tout au pied de la chicane.
Mais voici tous nos gens qui marchent sur nos pas.

SCENE III.

DANDIN, LÉANDRE; L'INTIMÉ
ET PETIT JEAN, EN ROBE; LE SOUFFLEUR.

DANDIN.

Çà, qu'êtes-vous ici?

LÉANDRE.

Ce sont les avocats.

DANDIN, au Souffleur.

Vous?

LE SOUFFLEUR.

Je viens secourir leur mémoire troublée.

DANDIN.

Je vous entends. Et vous?

LÉANDRE.

Moi? Je suis l'assemblée.

DANDIN.

Commencez donc.

LE SOUFFLEUR.

Messieurs.

PETIT JEAN.

Ho! prenez-le plus bas;
Si vous soufflez si haut, l'on ne m'entendra pas.
Messieurs....

DANDIN.

Couvrez-vous.

PETIT JEAN.

Oh! Mes....

DANDIN.

Couvrez-vous, vous dis-je.

PETIT JEAN.

Oh monsieur! je sais bien à quoi l'honneur m'oblige.

DANDIN.

Ne te couvre donc pas.

PETIT JEAN, se couvrant.

Messieurs... (au Souffleur.) Vous, doucement;
Ce que je sais le mieux, c'est mon commencement.
Messieurs, quand je regarde avec exactitude
L'inconstance du monde et sa vicissitude;
Lorsque je vois, parmi tant d'hommes différents,
Pas une étoile fixe, et tant d'astres errants;
Quand je vois les Césars, quand je vois leur fortune;
Quand je vois le soleil, et quand je vois la lune;

Babyloniens.

Quand je vois les états des Babiboniens

Persans.   Macédoniens.

Transférés des Serpents aux Nacédoniens;

Romains.   despotique.

Quand je vois les Lorrains, de l'état dépotique,

démocratique.

Passer au démocrite, et puis au monarchique;
Quand je vois le Japon....

L'INTIMÉ.

Quand aura-t-il tout vu?

PETIT JEAN.

Oh! pourquoi celui-là m'a-t-il interrompu?
Je ne dirai plus rien.

DANDIN.

Avocat incommode,
Que ne lui laissez-vous finir sa période?
Je suois sang et eau, pour voir si du Japon
Il viendroit à bon port au fait de son chapon;
Et vous l'interrompez par un discours frivole.
Parlez donc, avocat.

PETIT JEAN.

J'ai perdu la parole.

LÉANDRE.

Acheve, Petit Jean, c'est fort bien débuté.
Mais que font là tes bras pendants à ton côté?
Te voilà sur tes pieds droit comme une statue.
Dégourdis-toi. Courage; allons, qu'on s'évertue.

PETIT JEAN, remuant les bras.

Quand... je vois... Quand... je vois....

LÉANDRE.

Dis donc ce que tu vois.

PETIT JEAN.

Oh dame! on ne court pas deux lievres à la fois.

LE SOUFFLEUR.

On lit...

PETIT JEAN.

On lit...

LE SOUFFLEUR.

Dans la...

PETIT JEAN.

Dans la...

LE SOUFFLEUR.

Métamorphose...

PETIT JEAN.

Comment?

LE SOUFFLEUR.

Que la métem...

PETIT JEAN.

Que la métem...

LE SOUFFLEUR.

Psycose.

PETIT JEAN.

Psycose.

LE SOUFFLEUR.

Hé! le cheval!

PETIT JEAN.

Et le cheval.

LE SOUFFLEUR.

Encor!

PETIT JEAN,

Encor.

LE SOUFFLEUR,

Le chien!

PETIT JEAN.

Le chien.

LE SOUFFLEUR.

Le butor!

PETIT JEAN.

Le butor.

LE SOUFFLEUR.

Peste de l'avocat!

PETIT JEAN.

Ah! peste de toi-même!
Voyez cet autre avec sa face de carême!
Va-t'en au diable.

DANDIN.

Et vous, venez au fait. Un mot
Du fait.

PETIT JEAN.

Hé! faut-il tant tourner autour du pot?
Ils me font dire aussi des mots longs d'une toise,
De grands mots qui tiendroient d'ici jusqu'à Pontoise.
Pour moi, je ne sais point tant faire de façon
Pour dire qu'un mâtin vient de prendre un chapon.
Tant y a qu'il n'est rien que votre chien ne prenne;

Qu'il a mangé là-bas un bon chapon du Maine;
Que la premiere fois que je l'y trouverai,
Son procès est tout fait, et je l'assommerai.

LÉANDRE.

Belle conclusion, et digne de l'exorde!

PETIT JEAN.

On l'entend bien toujours. Qui voudra mordre y morde.

DANDIN.

Appellez les témoins.

LÉANDRE.

C'est bien dit, s'il le peut:
Les témoins sont fort chers, et n'en a pas qui veut.

PETIT JEAN.

Nous en avons pourtant, et qui sont sans reproche.

DANDIN.

Faites-les donc venir.

PETIT JEAN.

Je les ai dans ma poche.
Tenez, voilà la tête et les pieds du chapon;
Voyez-les, et jugez.

L'INTIMÉ.

Je les récuse.

DANDIN.

Bon!
Pourquoi les récuser?

L'INTIMÉ.

Monsieur, ils sont du Maine.

DANDIN.

Il est vrai que du Mans il en vient par douzaine.

L'INTIMÉ.

Messieurs...

DANDIN.

Serez-vous long, avocat? dites-moi.

L'INTIMÉ.

Je ne réponds de rien.

DANDIN.

Il est de bonne foi.

L'INTIMÉ, d'un ton finissant en fausset.

Messieurs, tout ce qui peut étonner un coupable,
Tout ce que les mortels ont de plus redoutable,
Semble s'être assemblé contre nous par hasard,
Je veux dire la brigue et l'éloquence. Car,
D'un côté, le crédit du défunt m'épouvante;
Et de l'autre côté, l'éloquence éclatante
De maître Petit Jean m'éblouit.

DANDIN.

Avocat,

De votre ton vous-même adoucissez l'éclat.

L'INTIMÉ.

(d'un ton ordinaire.)   (du beau ton.)

Oui-dà, j'en ai plusieurs. Mais quelque défiance

Que nous doive donner la susdite éloquence,
Et le susdit crédit; ce néanmoins, messieurs,
L'ancre de vos bontés nous rassure. D'ailleurs,
Devant le grand Dandin l'innocence est hardie;
Oui, devant ce Caton de basse Normandie,
Ce soleil d'équité qui n'est jamais terni :
· *Victrix causa Diis placuit, sed victa Catoni.*

DANDIN.

Vraiment, il plaide bien.

L'INTIMÉ.

Sans craindre aucune chose,
Je prends donc la parole, et je viens à ma cause.
Aristote, *primo peri Politicon,*
Dit fort bien...

DANDIN.

Avocat, il s'agit d'un chapon,
Et non point d'Aristote et de sa Politique.

L'INTIMÉ.

Oui, mais l'autorité du Péripatétique
Prouveroit que le bien et le mal...

DANDIN.

Je prétends
Qu'Aristote n'a point d'autorité céans.
Au fait.

L'INTIMÉ.

Pausanias, en ses Corinthiaques...

TOME I.   42

DANDIN.

Au fait.

L'INTIMÉ.

Rebuffe...

DANDIN.

Au fait, vous dis-je.

L'INTIMÉ.

Le grand Jacques...

DANDIN.

Au fait, au fait, au fait.

L'INTIMÉ.

Harmenopul, *in Prompt...*

DANDIN.

Oh! je te vais juger.

L'INTIMÉ.

Oh! vous êtes si prompt!
Voici le fait. (vîte.) Un chien vient dans une cuisine,
Il y trouve un chapon, lequel a bonne mine.
Or celui pour lequel je parle est affamé;
Celui contre lequel je parle *autem* plumé;
Et celui pour lequel je suis, prend en cachette
Celui contre lequel je parle. L'on décrete;
On le prend. Avocat pour et contre appellé:
Jour pris. Je dois parler, je parle; j'ai parlé.

DANDIN.

Ta, ta, ta, ta. Voilà bien instruire une affaire!

Il dit fort posément ce dont on n'a que faire,
Et court le grand galop quand il est à son fait.

L' I N T I M É.

Mais le premier, monsieur, c'est le beau.

D A N D I N.

C'est le laid.

A-t-on jamais plaidé d'une telle méthode?
Mais qu'en dit l'assemblée?

L É A N D R E.

Il est fort à la mode.

L' I N T I M É, d'un ton véhément.

Qu'arrive-t-il, messieurs? On vient. Comment vient-on?
On poursuit ma partie. On force une maison.
Quelle maison? Maison de notre propre juge.
On brise le cellier qui nous sert de refuge.
De vol, de brigandage on nous déclare auteurs.
On nous traîne, on nous livre à nos accusateurs,
A maître Petit Jean, messieurs. Je vous atteste:
Qui ne sait que la loi, SI QUIS CANIS, Digeste
DE VI, *paragrapho*, messieurs, CAPONIBUS,
Est manifestement contraire à cet abus?
Et quand il seroit vrai que Citron ma partie
Auroit mangé, messieurs, le tout, ou bien partie
Dudit chapon : qu'on mette en compensation
Ce que nous avons fait avant cette action.
Quand ma partie a-t-elle été réprimandée?

Par qui votre maison a-t-elle été gardée?
Quand avons-nous manqué d'aboyer au larron?
Témoin trois procureurs, dont icelui Citron
A déchiré la robe. On en verra les pieces.
Pour nous justifier, voulez-vous d'autres pieces?

PETIT JEAN.

Maître Adam...

L'INTIMÉ.

Laissez-nous.

PETIT JEAN.

L'Intimé...

L'INTIMÉ.

Laissez-nous.

PETIT JEAN.

S'enroue.

L'INTIMÉ.

Hé! laissez-nous. Euh! euh!

DANDIN.

Reposez-vous,

Et concluez.

L'INTIMÉ, d'un ton pesant.

Puis donc qu'on nous permet de prendre
Haleine, et que l'on nous défend de nous étendre,
Je vais, sans rien omettre, et sans prévariquer,
Compendieusement énoncer, expliquer,
Exposer à vos yeux l'idée universelle

De ma cause, et des faits renfermés en icelle.

DANDIN.

Il auroit plutôt fait de dire tout vingt fois,
Que de l'abréger une. Homme, ou, qui que tu sois,
Diable, conclus, ou bien que le ciel te confonde!

L'INTIMÉ.

Je finis.

DANDIN.

Ah!

L'INTIMÉ.

Avant la naissance du monde...

DANDIN, bâillant.

Avocat, ah! passons au déluge.

L'INTIMÉ.

Avant donc
La naissance du monde et sa création,
Le monde, l'univers, tout, la nature entiere
Étoit ensevelie au fond de la matiere.
Les éléments, le feu, l'air, et la terre, et l'eau,
Enfoncés, entassés, ne faisoient qu'un monceau,
Une confusion, une masse sans forme,
Un désordre, un chaos, une cohue énorme.
Unus erat toto naturæ vultus in orbe,
Quem græci dixere chaos, rudis indigestaque moles.

(Dandin endormi se laisse tomber.)

LÉANDRE.

Quelle chûte ! mon pere !

PETIT JEAN.

Ah monsieur ! comme il dort !

LÉANDRE.

Mon pere, éveillez-vous.

PETIT JEAN.

Monsieur, êtes-vous mort ?

LÉANDRE.

Mon pere !

DANDIN.

Hé bien ? hé bien ? quoi ? qu'est-ce ? Ah ! ah ! quel homme !
Certes, je n'ai jamais dormi d'un si bon somme.

LÉANDRE.

Mon pere, il faut juger.

DANDIN.

Aux galeres.

LÉANDRE.

Un chien

Aux galeres !

DANDIN.

Ma foi, je n'y conçois plus rien.
De monde, de chaos, j'ai la tête troublée.
Hé ! concluez.

L'INTIMÉ, lui présentant de petits chiens.

Venez, famille désolée ;

Venez, pauvres enfants, qu'on veut rendre orphelins,
Venez faire parler vos esprits enfantins.
Oui, messieurs, vous voyez ici notre misere :
Nous sommes orphelins, rendez-nous notre pere,
Notre pere, par qui nous fûmes engendrés,
Notre pere, qui nous...

DANDIN.

Tirez, tirez, tirez.

L'INTIMÉ.

Notre pere, messieurs...

DANDIN.

Tirez donc. Quels vacarmes !
Ils ont pissé par-tout.

L'INTIMÉ.

Monsieur, voyez nos larmes.

DANDIN.

Ouf. Je me sens déja pris de compassion.
Ce que c'est qu'à propos toucher la passion !
Je suis bien empêché. La vérité me presse.
Le crime est avéré : lui-même il le confesse.
Mais, s'il est condamné, l'embarras est égal ;
Voilà bien des enfants réduits à l'hôpital.
Mais je suis occupé, je ne veux voir personne.

SCENE IV.

DANDIN, LÉANDRE, CHICANEAU, ISABELLE, L'INTIMÉ, PETIT JEAN.

CHICANEAU.

Monsieur...

DANDIN.

Oui, pour vous seuls l'audience se donne.
Adieu. Mais, s'il vous plaît, quel est cet enfant-là?

CHICANEAU.

C'est ma fille, monsieur.

DANDIN.

Hé! tôt, rappellez-la.

ISABELLE.

Vous êtes occupé.

DANDIN.

Moi! je n'ai point d'affaire.

(à Chicaneau.)

Que ne me disiez-vous que vous étiez son pere?

CHICANEAU.

Monsieur...

DANDIN.

Elle sait mieux votre affaire que vous.

Dites. Qu'elle est jolie, et qu'elle a les yeux doux !
Ce n'est pas tout, ma fille, il faut de la sagesse.
Je suis tout réjoui de voir cette jeunesse.
Savez-vous que j'étois un compere autrefois?
On a parlé de nous.

ISABELLE.

Ah! monsieur, je vous crois.

DANDIN.

Dis-nous : à qui veux-tu faire perdre la cause?

ISABELLE.

A personne.

DANDIN.

Pour toi je ferai toute chose.
Parle donc.

ISABELLE.

Je vous ai trop d'obligation.

DANDIN.

N'avez-vous jamais vu donner la question?

ISABELLE.

Non; et ne le verrai, que je crois, de ma vie.

DANDIN.

Venez, je vous en veux faire passer l'envie.

ISABELLE.

Hé monsieur! peut-on voir souffrir des malheureux?

DANDIN.

Bon! cela fait toujours passer une heure ou deux.

Tome I.   43

CHICANEAU.

Monsieur, je viens ici pour vous dire...

LÉANDRE.

Mon pere,

Je vous vais en deux mots dire toute l'affaire.
C'est pour un mariage. Et vous saurez d'abord
Qu'il ne tient plus qu'à vous, et que tout est d'accord.
La fille le veut bien; son amant le respire :
Ce que la fille veut, le pere le desire.
C'est à vous de juger.

DANDIN, se rasseyant.

Mariez au plutôt :
Dès demain, si l'on veut; aujourd'hui, s'il le faut.

LÉANDRE.

Mademoiselle, allons, voilà votre beau-pere,
Saluez-le.

CHICANEAU.

Comment!

DANDIN.

Quel est donc ce mystere?

LÉANDRE.

Ce que vous avez dit se fait de point en point.

DANDIN.

Puisque je l'ai jugé, je n'en reviendrai point.

CHICANEAU.

Mais on ne donne pas une fille sans elle.

LÉANDRE.

Sans doute; et j'en croirai la charmante Isabelle.

CHICANEAU.

Es-tu muette? Allons; c'est à toi de parler.
Parle.

ISABELLE.

Je n'ose pas, mon pere, en appeller.

CHICANEAU.

Mais j'en appelle, moi.

LÉANDRE, lui montrant un papier.

Voyez cette écriture.
Vous n'appellerez pas de votre signature.

CHICANEAU.

Plaît-il?

DANDIN.

C'est un contrat en fort bonne façon.

CHICANEAU.

Je vois qu'on m'a surpris; mais j'en aurai raison:
De plus de vingt procès ceci sera la source.
On a la fille; soit: on n'aura pas la bourse.

LÉANDRE.

Hé monsieur! qui vous dit qu'on vous demande rien?
Laissez-nous votre fille, et gardez votre bien.

CHICANEAU.

Ah!

LÉANDRE.

Mon pere, êtes-vous content de l'audience?

DANDIN.

Oui-dà. Que les procès viennent en abondance,
Et je passe avec vous le reste de mes jours.
Mais que les avocats soient désormais plus courts.
Et notre criminel?

LÉANDRE.

Ne parlons que de joie;
Grace! grace! mon pere.

DANDIN.

Hé bien, qu'on le renvoie.
C'est en votre faveur, ma bru, ce que j'en fais.
Allons nous délasser à voir d'autres procès.

F I N.

BRITANNICUS,

TRAGÉDIE.

1669.

PRÉFACE.

Voici celle de mes tragédies que je puis dire que j'ai le plus travaillée. Cependant j'avoue que le succès ne répondit pas d'abord à mes espérances : à peine elle parut sur le théâtre, qu'il s'éleva quantité de critiques qui sembloient la devoir détruire. Je crus moi-même que sa destinée seroit à l'avenir moins heureuse que celle de mes autres tragédies. Mais enfin il est arrivé de cette piece ce qui arrivera toujours des ouvrages qui auront quelque bonté : les critiques se sont évanouies ; la piece est demeurée. C'est maintenant celle des miennes que la cour et le public revoient le plus volontiers. Et si j'ai fait quelque chose de solide et qui mérite quelque louange, la plupart des connoisseurs demeurent d'accord que c'est ce même Britannicus.

A la vérité j'avois travaillé sur des modeles qui m'avoient extrêmement soutenu dans la peinture que je voulois faire de la cour d'Agrippine et de Néron. J'avois copié mes personnages d'après le plus grand peintre de l'antiquité, je veux dire d'après Tacite ; et j'étois alors si rempli de la lecture de cet excellent historien, qu'il n'y a presque pas un trait éclatant dans ma tragédie dont il ne m'ait donné l'idée. J'avois voulu mettre dans ce recueil un extrait des plus beaux endroits que j'ai tâché d'imiter ; mais j'ai trouvé que cet extrait tiendroit presque autant de place que la tragédie. Ainsi le lecteur trouvera bon que je le renvoie à cet auteur, qui aussi-bien est entre les mains de tout le monde; et je me contenterai de rapporter ici quelques uns de ses passages sur chacun des personnages que j'introduis sur la scene.

Pour commencer par Néron; il faut se souvenir qu'il est ici dans les premieres années de son regne, qui ont été heureuses, comme l'on sait. Ainsi il ne m'a pas été permis de le représenter aussi méchant qu'il a été depuis. Je ne le représente pas non plus comme un homme vertueux, car il ne l'a jamais été. Il n'a pas encore tué sa mere, sa femme, ses gouverneurs; mais il a en lui les semences de tous ces crimes : il commence à vouloir secouer le joug. Il les hait les uns et les autres; il leur cache sa haine sous de fausses caresses, *factus naturâ velare odium fallacibus blanditiis.* En un mot, c'est ici un monstre naissant, mais qui n'ose encore se déclarer, et qui cherche des couleurs à ses méchantes actions; *hactenus Nero flagitiis et sceleribus velamenta quæsivit.* Il ne pouvoit souffrir Octavie, princesse d'une bonté et d'une vertu exemplaires, *fato quodam, an quia prævalent illicita. Metuebaturque ne in stupra fœminarum illustrium prorumperet.*

Je lui donne Narcisse pour confident. J'ai suivi en cela Tacite, qui dit que Néron porta impatiemment la mort de Narcisse, parceque cet affranchi avoit une conformité merveilleuse avec les vices du prince encore cachés ; *cujus abditis adhuc vitiis mirè congruebat.* Ce passage prouve deux choses : il prouve, et que Néron étoit déja vicieux, mais qu'il dissimuloit ses vices; et que Narcisse l'entretenoit dans ses mauvaises inclinations.

J'ai choisi Burrhus pour opposer un honnête homme à cette peste de cour; et je l'ai choisi plutôt que Séneque : en voici la raison. Ils étoient tous deux gouverneurs de la jeunesse de Néron, l'un pour les armes, l'autre pour les lettres; et ils étoient fameux, Burrhus pour son expérience dans les armes et pour la sévérité de ses mœurs, *militaribus curis et severitate morum* ; Séneque pour son éloquence et le tour agréable de son esprit, *Seneca praeceptis eloquentiæ et comitate honestâ.* Burrhus après sa mort fut extrêmement regretté à cause de sa vertu : *civitati grande desiderium ejus mansit per memoriam virtutis.*

Toute leur peine étoit de résister à l'orgueil et à la férocité d'Agrippine, *quæ, cunctis malæ dominationis cupidinibus flagrans, habebat in partibus Pallantem.* Je ne dis que ce mot d'Agrippine, car il y auroit trop de choses à en dire. C'est elle que je me suis sur-tout efforcé de bien exprimer; et ma tragédie n'est pas moins la disgrace d'Agrippine, que la mort de Britannicus.

TOME I. 44

PRÉFACE.

« Cette mort fut un coup de foudre pour elle ; et il pa-
« rut, dit Tacite, par sa frayeur et par sa consternation,
« qu'elle étoit aussi innocente de cette mort qu'Octavie.
« Agrippine perdoit en lui sa derniere espérance, et ce
« crime lui en faisoit craindre un plus grand. » *Sibi su-
premum auxilium ereptum , et parricidii exemplum intel-
ligebat.*

L'âge de Britannicus étoit si connu, qu'il ne m'a pas
été permis de le représenter autrement que comme un
jeune prince qui avoit beaucoup de cœur, beaucoup
d'amour et beaucoup de franchise, qualités ordinaires
d'un jeune homme. Il avoit quinze ans, et on dit qu'il
avoit beaucoup d'esprit, soit qu'on dise vrai, ou que
ses malheurs aient fait croire cela de lui, sans qu'il ait
pu en donner des marques : *Neque segnem ei fuisse in-
dolem ferunt, sive verum , seu periculis commendatus reti-
nuit famam sine experimento.*

Il ne faut pas s'étonner s'il n'a auprès de lui qu'un
aussi méchant homme que Narcisse ; car il y avoit long-
temps qu'on avoit donné ordre qu'il n'y eût auprès de
Britannicus que des gens qui n'eussent ni foi ni honneur : *Nam ut proximus quisque Britannico neque fas neque fidem pensi haberet, olim provisum erat.*

Il me reste à parler de Junie. Il ne la faut pas confondre avec une vieille coquette qui s'appelloit JUNIA SI-
LANA. C'est ici une autre Junie, que Tacite appelle

PRÉFACE.

JUNIA CALVINA, de la famille d'Auguste, sœur de Silanus, à qui Claudius avoit promis Octavie. Cette Junie étoit jeune, belle, et, comme dit Séneque, *festivissima omnium puellarum* Son frere et elle s'aimoient tendrement; et leurs ennemis, dit Tacite, les accuserent tous deux d'inceste, quoiqu'ils ne fussent coupables que d'un peu d'indiscrétion. Elle vécut jusqu'au regne de Vespasien.

Je la fais entrer dans les vestales, quoique, selon Aulu-Gelle, on n'y reçût jamais personne au-dessous de six ans, ni au-dessus de dix. Mais le peuple prend ici Junie sous sa protection; et j'ai cru qu'en considération de sa naissance, de sa vertu et de son malheur, il pouvoit la dispenser de l'âge prescrit par les loix, comme il a dispensé de l'âge pour le consulat tant de grands hommes qui avoient mérité ce privilege.

ACTEURS.

NÉRON, empereur, fils d'Agrippine.

BRITANNICUS, fils de Messaline et de l'empereur Claudius.

AGRIPPINE, veuve de Domitius Énobarbus pere de Néron, et en secondes noces veuve de l'empereur Claudius.

JUNIE, amante de Britannicus.

BURRHUS, gouverneur de Néron.

NARCISSE, gouverneur de Britannicus.

ALBINE, confidente d'Agrippine.

GARDES.

La scene est à Rome, dans une chambre du palais de Néron.

BRITANNICUS,

TRAGÉDIE.

ACTE PREMIER.

SCENE I.

AGRIPPINE, ALBINE.

ALBINE.

Quoi! tandis que Néron s'abandonne au sommeil,
Faut-il que vous veniez attendre son réveil?
Qu'errant dans le palais, sans suite et sans escorte,
La mere de César veille seule à sa porte?
Madame, retournez dans votre appartement.

AGRIPPINE.

Albine, il ne faut pas s'éloigner un moment.
Je veux l'attendre ici : les chagrins qu'il me cause
M'occuperont assez tout le temps qu'il repose.
Tout ce que j'ai prédit n'est que trop assuré;
Contre Britannicus Néron s'est déclaré.
L'impatient Néron cesse de se contraindre;

Las de se faire aimer, il veut se faire craindre.
Britannicus le gêne, Albine; et chaque jour
Je sens que je deviens importune à mon tour.

ALBINE.

Quoi! vous à qui Néron doit le jour qu'il respire;
Qui l'avez appellé de si loin à l'empire?
Vous qui, déshéritant le fils de Claudius,
Avez nommé César l'heureux Domitius?
Tout lui parle, madame, en faveur d'Agrippine:
Il vous doit son amour.

AGRIPPINE.

                    Il me le doit, Albine.
Tout, s'il est généreux, lui prescrit cette loi:
Mais tout, s'il est ingrat, lui parle contre moi.

ALBINE.

S'il est ingrat, madame! Ah! toute sa conduite
Marque dans son devoir une ame trop instruite.
Depuis trois ans entiers, qu'a-t-il dit, qu'a-t-il fait
Qui ne promette à Rome un empereur parfait?
Rome, depuis trois ans par ses soins gouvernée,
Au temps de ses consuls croit être retournée:
Il la gouverne en pere. Enfin, Néron naissant
A toutes les vertus d'Auguste vieillissant.

AGRIPPINE.

Non, non, mon intérêt ne me rend point injuste.
Il commence, il est vrai, par où finit Auguste;

Mais crains que, l'avenir détruisant le passé,
Il ne finisse ainsi qu'Auguste a commencé.
Il se déguise en vain : je lis sur son visage
Des fiers Domitius l'humeur triste et sauvage :
Il mêle avec l'orgueil qu'il a pris dans leur sang
La fierté des Nérons qu'il puisa dans mon flanc.
Toujours la tyrannie a d'heureuses prémices.
De Rome, pour un temps, Caïus fut les délices;
Mais, sa feinte bonté se tournant en fureur,
Les délices de Rome en devinrent l'horreur.
Que m'importe, après tout, que Néron plus fidele
D'une longue vertu laisse un jour le modele?
Ai-je mis dans sa main le timon de l'état
Pour le conduire au gré du peuple et du sénat?
Ah! que de la patrie il soit, s'il veut, le pere :
Mais qu'il songe un peu plus qu'Agrippine est sa mere.
De quel nom cependant pouvons-nous appeller
L'attentat que le jour vient de nous révéler?
Il sait, car leur amour ne peut être ignorée,
Que de Britannicus Junie est adorée :
Et ce même Néron, que la vertu conduit,
Fait enlever Junie au milieu de la nuit!
Que veut-il? Est-ce haine, est-ce amour qui l'inspire?
Cherche-t-il seulement le plaisir de leur nuire?
Ou plutôt n'est-ce point que sa malignité
Punit sur eux l'appui que je leur ai prêté?

A L B I N E.

Vous leur appui, madame?

A G R I P P I N E.

Arrête, chere Albine.
Je sais que j'ai moi seule avancé leur ruine;
Que du trône, où le sang l'a dû faire monter,
Britannicus par moi s'est vu précipiter.
Par moi seule éloigné de l'hymen d'Octavie,
Le frere de Junie abandonna la vie,
Silanus, sur qui Claude avoit jetté les yeux,
Et qui comptoit Auguste au rang de ses aïeux.
Néron jouit de tout: et moi, pour récompense,
Il faut qu'entre eux et lui je tienne la balance,
Afin que quelque jour par une même loi
Britannicus la tienne entre mon fils et moi.

A L B I N E.

Quel dessein!

A G R I P P I N E.

Je m'assure un port dans la tempête.
Néron m'échappera si ce frein ne l'arrête.

A L B I N E.

Mais prendre contre un fils tant de soins superflus?

A G R I P P I N E.

Je le craindrois bientôt s'il ne me craignoit plus.

A L B I N E.

Une injuste frayeur vous alarme peut-être,

Mais si Néron pour vous n'est plus ce qu'il doit être,
Du moins son changement ne vient pas jusqu'à nous;
Et ce sont des secrets entre César et vous.
Quelques titres nouveaux que Rome lui défere,
Néron n'en reçoit point qu'il ne donne à sa mere.
Sa prodigue amitié ne se réserve rien:
Votre nom est dans Rome aussi saint que le sien;
A peine parle-t-on de la triste Octavie.
Auguste votre aïeul honora moins Livie:
Néron devant sa mere a permis le premier
Qu'on portât des faisceaux couronnés de laurier.
Quels effets voulez-vous de sa reconnoissance?

AGRIPPINE.

Un peu moins de respect, et plus de confiance.
Tous ces présents, Albine, irritent mon dépit:
Je vois mes honneurs croître, et tomber mon crédit.
Non, non, le temps n'est plus que Néron jeune encore
Me renvoyoit les vœux d'une cour qui l'adore;
Lorsqu'il se reposoit sur moi de tout l'état;
Que mon ordre au palais assembloit le sénat;
Et que derriere un voile, invisible et présente,
J'étois de ce grand corps l'ame toute-puissante.
Des volontés de Rome alors mal assuré
Néron de sa grandeur n'étoit point enivré.
Ce jour, ce triste jour frappe encor ma mémoire,
Où Néron fut lui-même ébloui de sa gloire,

Quand les ambassadeurs de tant de rois divers
Vinrent le reconnoître au nom de l'univers.
Sur son trône avec lui j'allois prendre ma place:
J'ignore quel conseil prépara ma disgrace;
Quoi qu'il en soit, Néron, d'aussi loin qu'il me vit,
Laissa sur son visage éclater son dépit.
Mon cœur même en conçut un malheureux augure.
L'ingrat, d'un faux respect colorant son injure,
Se leva par avance; et courant m'embrasser,
Il m'écarta du trône où je m'allois placer.
Depuis ce coup fatal le pouvoir d'Agrippine
Vers sa chûte à grands pas chaque jour s'achemine.
L'ombre seule m'en reste, et l'on n'implore plus
Que le nom de Séneque et l'appui de Burrhus.

ALBINE.

Ah! si de ce soupçon votre ame est prévenue,
Pourquoi nourrissez-vous le venin qui vous tue?
Daignez avec César vous éclaircir du moins.

AGRIPPINE.

César ne me voit plus, Albine, sans témoins.
En public, à mon heure, on me donne audience.
Sa réponse est dictée, et même son silence.
Je vois deux surveillants, ses maîtres et les miens,
Présider l'un ou l'autre à tous nos entretiens.
Mais je le poursuivrai d'autant plus qu'il m'évite:
De son désordre, Albine, il faut que je profite.

J'entends du bruit; on ouvre. Allons subitement
Lui demander raison de cet enlevement :
Surprenons, s'il se peut, les secrets de son ame.
Mais quoi ! déja Burrhus sort de chez lui?

SCENE II.

AGRIPPINE, BURRHUS, ALBINE.

BURRHUS.

Madame,
Au nom de l'empereur j'allois vous informer
D'un ordre qui d'abord a pu vous alarmer,
Mais qui n'est que l'effet d'une sage conduite
Dont César a voulu que vous soyez instruite.

AGRIPPINE.

Puisqu'il le veut, entrons; il m'en instruira mieux.

BURRHUS.

César pour quelque temps s'est soustrait à nos yeux.
Déja par une porte au public moins connue
L'un et l'autre consul vous avoient prévenue,
Madame. Mais souffrez que je retourne exprès...

AGRIPPINE.

Non, je ne trouble point ses augustes secrets.
Cependant voulez-vous qu'avec moins de contrainte

L'un et l'autre une fois nous nous parlions sans feinte?

BURRHUS.

Burrhus pour le mensonge eut toûjours trop d'horreur.

AGRIPPINE.

Prétendez-vous long-temps me cacher l'empereur?
Ne le verrai-je plus qu'à titre d'importune?
Ai-je donc élevé si haut votre fortune
Pour mettre une barriere entre mon fils et moi?
Ne l'osez-vous laisser un moment sur sa foi?
Entre Séneque et vous disputez-vous la gloire
A qui m'effacera plutôt de sa mémoire?
Vous l'ai-je confié pour en faire un ingrat?
Pour être, sous son nom, les maîtres de l'état?
Certes, plus je médite, et moins je me figure
Que vous m'osiez compter pour votre créature;
Vous, dont j'ai pu laisser vieillir l'ambition
Dans les honneurs obscurs de quelque légion;
Et moi, qui sur le trône ai suivi mes ancêtres,
Moi, fille, femme, sœur et mere de vos maîtres.
Que prétendez-vous donc? Pensez-vous que ma voix
Ait fait un empereur pour m'en imposer trois?
Néron n'est plus enfant. N'est-il pas temps qu'il regne?
Jusqu'à quand voulez-vous que l'empereur vous craigne?
Ne sauroit-il rien voir qu'il n'emprunte vos yeux?
Pour se conduire enfin n'a-t-il pas ses aïeux?
Qu'il choisisse, s'il veut, d'Auguste ou de Tibere;

Qu'il imite, s'il peut, Germanicus mon pere.
Parmi tant de héros je n'ose me placer;
Mais il est des vertus que je lui puis tracer:
Je puis l'instruire au moins combien sa confidence
Entre un sujet et lui doit laisser de distance.

B U R R H U S.

Je ne m'étois chargé dans cette occasion
Que d'excuser César d'une seule action:
Mais puisque, sans vouloir que je le justifie,
Vous me rendez garant du reste de sa vie,
Je répondrai, madame, avec la liberté
D'un soldat qui sait mal farder la vérité.

Vous m'avez de César confié la jeunesse;
Je l'avoue, et je dois m'en souvenir sans cesse.
Mais vous avois-je fait serment de le trahir?
D'en faire un empereur qui ne sût qu'obéir?
Non. Ce n'est plus à vous qu'il faut que j'en réponde;
Ce n'est plus votre fils, c'est le maître du monde.
J'en dois compte, madame, à l'empire romain,
Qui croit voir son salut ou sa perte en ma main.
Ah! si dans l'ignorance il le falloit instruire,
N'avoit-on que Séneque et moi pour le séduire?
Pourquoi de sa conduite éloigner les flatteurs?
Falloit-il dans l'exil chercher des corrupteurs?
La cour de Claudius, en esclaves fertile,
Pour deux que l'on cherchoit en eût présenté mille,

Qui tous auroient brigué l'honneur de l'avilir:
Dans une longue enfance ils l'auroient fait vieillir.
De quoi vous plaignez-vous, madame? On vous révere:
Ainsi que par César, on jure par sa mere.
L'empereur, il est vrai, ne vient plus chaque jour
Mettre à vos pieds l'empire, et grossir votre cour.
Mais le doit-il, madame? et sa reconnoissance
Ne peut-elle éclater que dans sa dépendance?
Toujours humble, toujours le timide Néron
N'ose-t-il être Auguste et César que de nom? ·
Vous le dirai-je enfin? Rome le justifie.
Rome, à trois affranchis si long-temps asservie,
A peine respirant du joug qu'elle a porté,
Du regne de Néron compte sa liberté.
Que dis-je? la vertu semble même renaître.
Tout l'empire n'est plus la dépouille d'un maître:
Le peuple au champ de Mars nomme ses magistrats:
César nomme les chefs sur la foi des soldats:
Thraséas au sénat, Corbulon dans l'armée,
Sont encore innocents, malgré leur renommée:
Les déserts, autrefois peuplés de sénateurs,
Ne sont plus habités que par leurs délateurs.
Qu'importe que César continue à nous croire,
Pourvu que nos conseils ne tendent qu'à sa gloire;
Pourvu que dans le cours d'un regne florissant
Rome soit toujours libre, et César tout-puissant?

Mais, madame, Néron suffit pour se conduire.
J'obéis, sans prétendre à l'honneur de l'instruire.
Sur ses aïeux, sans doute, il n'a qu'à se régler;
Pour bien faire, Néron n'a qu'à se ressembler.
Heureux si ses vertus l'une à l'autre enchaînées
Ramenent tous les ans ses premieres années!

AGRIPPINE.

Ainsi, sur l'avenir n'osant vous assurer,
Vous croyez que sans vous Néron va s'égarer.
Mais vous, qui jusqu'ici content de votre ouvrage
Venez de ses vertus nous rendre témoignage,
Expliquez-nous pourquoi, devenu ravisseur,
Néron de Silanus fait enlever la sœur.
Ne tient-il qu'à marquer de cette ignominie
Le sang de mes aïeux qui brille dans Junie?
De quoi l'accuse-t-il? Et par quel attentat
Devient-elle en un jour criminelle d'état?
Elle qui, sans orgueil jusqu'alors élevée,
N'auroit point vu Néron, s'il ne l'eût enlevée;
Et qui même auroit mis au rang de ses bienfaits
L'heureuse liberté de ne le voir jamais.

BURRHUS.

Je sais que d'aucun crime elle n'est soupçonnée.
Mais jusqu'ici César ne l'a point condamnée,
Madame: aucun objet ne blesse ici ses yeux;
Elle est dans un palais tout plein de ses aïeux.

Vous savez que les droits qu'elle porte avec elle
Peuvent de son époux faire un prince rebelle;
Que le sang de César ne se doit allier
Qu'à ceux à qui César le veut bien confier:
Et vous-même avouerez qu'il ne seroit pas juste
Qu'on disposât sans lui de la niece d'Auguste.

AGRIPPINE.

Je vous entends. Néron m'apprend par votre voix
Qu'en vain Britannicus s'assure sur mon choix.
En vain, pour détourner ses yeux de sa misere,
J'ai flatté son amour d'un hymen qu'il espere:
A ma confusion, Néron veut faire voir
Qu'Agrippine promet par delà son pouvoir.
Rome de ma faveur est trop préoccupée;
Il veut par cet affront qu'elle soit détrompée,
Et que tout l'univers apprenne avec terreur
A ne confondre plus mon fils et l'empereur.
Il le peut. Toutefois j'ose encore lui dire
Qu'il doit avant ce coup affermir son empire;
Et qu'en me réduisant à la nécessité
D'éprouver contre lui ma foible autorité,
Il expose la sienne; et que dans la balance
Mon nom peut-être aura plus de poids qu'il ne pense.

BURRHUS.

Quoi! madame! toujours soupçonner son respect!
Ne peut-il faire un pas, qu'il ne vous soit suspect?

L'empereur vous croit-il du parti de Junie?
Avec Britannicus vous croit-il réunie?
Quoi! de vos ennemis devenez-vous l'appui
Pour trouver un prétexte à vous plaindre de lui?
Sur le moindre discours qu'on pourra vous redire,
Serez-vous toujours prête à partager l'empire?
Vous craindrez-vous sans cesse? et vos embrassements
Ne se passeront-ils qu'en éclaircissements?
Ah! quittez d'un censeur la triste diligence:
D'une mere facile affectez l'indulgence;
Souffrez quelques froideurs sans les faire éclater;
Et n'avertissez point la cour de vous quitter.

                    A G R I P P I N E.
Et qui s'honoreroit de l'appui d'Agrippine,
Lorsque Néron lui-même annonce ma ruine?
Lorsque de sa présence il semble me bannir?
Quand Burrhus à sa porte ose me retenir?

                    B U R R H U S.
Madame, je vois bien qu'il est temps de me taire,
Et que ma liberté commence à vous déplaire.
La douleur est injuste; et toutes les raisons
Qui ne la flattent point aigrissent ses soupçons.
Voici Britannicus. Je lui cede ma place.
Je vous laisse écouter et plaindre sa disgrace,
Et peut-être, madame, en accuser les soins
De ceux que l'empereur a consultés le moins.

TOME I.   46

SCENE III.

AGRIPPINE, BRITANNICUS, NARCISSE, ALBINE.

AGRIPPINE.

Ah prince! où courez-vous? Quelle ardeur inquiete
Parmi vos ennemis en aveugle vous jette?
Que venez-vous chercher?

BRITANNICUS.

Ce que je cherche? Ah dieux!
Tout ce que j'ai perdu, madame, est en ces lieux.
De mille affreux soldats Junie environnée
S'est vue en ce palais indignement traînée.
Hélas! de quelle horreur ses timides esprits
A ce nouveau spectacle auront été surpris!
Enfin on me l'enleve. Une loi trop sévere
Va séparer deux cœurs qu'assembloit leur misere:
Sans doute on ne veut pas que, mêlant nos douleurs,
Nous nous aidions l'un l'autre à porter nos malheurs.

AGRIPPINE.

Il suffit. Comme vous je ressens vos injures;
Mes plaintes ont déja précédé vos murmures.
Mais je ne prétends pas qu'un impuissant courroux

Dégage ma parole et m'acquitte envers vous.
Je ne m'explique point. Si vous voulez m'entendre,
Suivez-moi chez Pallas où je vais vous attendre.

SCENE IV.
BRITANNICUS, NARCISSE.

BRITANNICUS.

La croirai-je, Narcisse? et dois-je sur sa foi
La prendre pour arbitre entre son fils et moi?
Qu'en dis-tu? N'est-ce pas cette même Agrippine
Que mon pere épousa jadis pour ma ruine,
Et qui, si je t'en crois, a de ses derniers jours
Trop lents pour ses desseins précipité le cours?

NARCISSE.

N'importe. Elle se sent comme vous outragée;
A vous donner Junie elle s'est engagée:
Unissez vos chagrins; liez vos intérêts.
Ce palais retentit en vain de vos regrets:
Tandis qu'on vous verra d'une voix suppliante
Semer ici la plainte et non pas l'épouvante,
Que vos ressentiments se perdront en discours,
Il n'en faut point douter, vous vous plaindrez toujours.

BRITANNICUS.

Ah Narcisse! tu sais si de la servitude

Je prétends faire encore une longue habitude ;
Tu sais si pour jamais, de ma chûte étonné,
Je renonce à l'empire où j'étois destiné.
Mais je suis seul encor : les amis de mon pere
Sont autant d'inconnus que glace ma misere ;
Et ma jeunesse même écarte loin de moi
Tous ceux qui dans le cœur me réservent leur foi.
Pour moi, depuis un an qu'un peu d'expérience
M'a donné de mon sort la triste connoissance,
Que vois-je autour de moi, que des amis vendus
Qui sont de tous mes pas les témoins assidus,
Qui, choisis par Néron pour ce commerce infâme,
Trafiquent avec lui des secrets de mon ame ?
Quoi qu'il en soit, Narcisse, on me vend tous les jours :
Il prévoit mes desseins, il entend mes discours ;
Comme toi, dans mon cœur il sait ce qui se passe.
Que t'en semble, Narcisse ?

NARCISSE.

Ah ! quelle ame assez basse...
C'est à vous de choisir des confidents discrets,
Seigneur, et de ne pas prodiguer vos secrets.

BRITANNICUS.

Narcisse, tu dis vrai : mais cette défiance
Est toujours d'un grand cœur la derniere science ;
On le trompe long-temps. Mais enfin je te croi,
Ou plutôt je fais vœu de ne croire que toi.

Mon pere, il m'en souvient, m'assura de ton zele:
Seul de ses affranchis tu m'es toujours fidele;
Tes yeux, sur ma conduite incessamment ouverts,
M'ont sauvé jusqu'ici de mille écueils couverts.
Va donc voir si le bruit de ce nouvel orage
Aura de nos amis excité le courage.
Examine leurs yeux, observe leurs discours;
Vois si j'en puis attendre un fidele secours.
Sur-tout dans ce palais remarque avec adresse
Avec quel soin Néron fait garder la princesse:
Sache si du péril ses beaux yeux sont remis,
Et si son entretien m'est encore permis.
Cependant de Néron je vais trouver la mere
Chez Pallas, comme toi l'affranchi de mon pere:
Je vais la voir, l'aigrir, la suivre, et, s'il se peut,
M'engager sous son nom plus loin qu'elle ne veut.

FIN DU PREMIER ACTE.

ACTE SECOND.

SCENE I.

NÉRON, BURRHUS, NARCISSE,
GARDES.

NÉRON.

N'en doutez point, Burrhus; malgré ses injustices,
C'est ma mere, et je veux ignorer ses caprices.
Mais je ne prétends plus ignorer ni souffrir
Le ministre insolent qui les ose nourrir.
Pallas de ses conseils empoisonne ma mere;
Il séduit chaque jour Britannicus mon frere;
Ils l'écoutent tout seul : et qui suivroit leurs pas
Les trouveroit peut-être assemblés chez Pallas.
C'en est trop. De tous deux il faut que je l'écarte.
Pour la derniere fois, qu'il s'éloigne, qu'il parte;
Je le veux, je l'ordonne : et que la fin du jour
Ne le retrouve pas dans Rome ou dans ma cour.
Allez : cet ordre importe au salut de l'empire.

(aux gardes.)

Vous, Narcisse, approchez.   Et vous, qu'on se retire.

SCENE II.

NÉRON, NARCISSE.

NARCISSE.

Graces aux dieux, seigneur, Junie entre vos mains
Vous assure aujourd'hui du reste des Romains.
Vos ennemis, déchus de leur vaine espérance,
Sont allés chez Pallas pleurer leur impuissance.
Mais que vois-je? Vous-même, inquiet, étonné,
Plus que Britannicus paroissez consterné.
Que présage à mes yeux cette tristesse obscure,
Et ces sombres regards errants à l'aventure?
Tout vous rit : la fortune obéit à vos vœux.

NÉRON.

Narcisse, c'en est fait, Néron est amoureux.

NARCISSE.

Vous?

NÉRON.

Depuis un moment, mais pour toute ma vie.
J'aime, que dis-je, aimer? j'idolâtre Junie.

NARCISSE.

Vous l'aimez?

NÉRON.

Excité d'un desir curieux,

Cette nuit je l'ai vue arriver en ces lieux,
Triste, levant au ciel ses yeux mouillés de larmes,
Qui brilloient au travers des flambeaux et des armes;
Belle sans ornement, dans le simple appareil
D'une beauté qu'on vient d'arracher au sommeil.
Que veux-tu? Je ne sais si cette négligence,
Les ombres, les flambeaux, les cris et le silence,
Et le farouche aspect de ses fiers ravisseurs,
Relevoient de ses yeux les timides douceurs.
Quoi qu'il en soit, ravi d'une si belle vue,
J'ai voulu lui parler, et ma voix s'est perdue:
Immobile, saisi d'un long étonnement,
Je l'ai laissé passer dans son appartement.
J'ai passé dans le mien. C'est là que, solitaire,
De son image en vain j'ai voulu me distraire.
Trop présente à mes yeux je croyois lui parler:
J'aimois jusqu'à ses pleurs que je faisois couler.
Quelquefois, mais trop tard, je lui demandois grace:
J'employois les soupirs, et même la menace.
Voilà comme, occupé de mon nouvel amour,
Mes yeux, sans se fermer, ont attendu le jour.
Mais je m'en fais peut-être une trop belle image;
Elle m'est apparue avec trop d'avantage:
Narcisse, qu'en dis-tu?

NARCISSE.

Quoi! seigneur, croira-t-on

Qu'elle ait pu si long-temps se cacher à Néron?

NÉRON.

Tu le sais bien, Narcisse. Et soit que sa colere
M'imputât le malheur qui lui ravit son frere;
Soit que son cœur, jaloux d'une austere fierté,
Enviât à nos yeux sa naissante beauté;
Fidele à sa douleur, et dans l'ombre enfermée,
Elle se déroboit même à sa renommée.
Et c'est cette vertu, si nouvelle à la cour,
Dont la persévérance irrite mon amour.
Quoi! Narcisse, tandis qu'il n'est point de Romaine
Que mon amour n'honore et ne rende plus vaine,
Qui, dès qu'à ses regards elle ose se fier,
Sur le cœur de César ne les vienne essayer;
Seule, dans son palais, la modeste Junie
Regarde leurs honneurs comme une ignominie,
Fuit, et ne daigne pas peut-être s'informer
Si César est aimable, ou bien s'il sait aimer!
Dis-moi, Britannicus l'aime-t-il?

NARCISSE.

Quoi! s'il l'aime,
Seigneur?

NÉRON.

Si jeune encor se connoît-il lui-même?
D'un regard enchanteur connoît-il le poison?

TOME I. 47

NARCISSE.

Seigneur, l'amour toujours n'attend pas la raison.
N'en doutez point, il l'aime. Instruits par tant de charmes
Ses yeux sont déja faits à l'usage des larmes;
A ses moindres desirs il sait s'accommoder;
Et peut-être déja sait-il persuader.

NÉRON.

Que dis-tu? Sur son cœur il auroit quelque empire?

NARCISSE.

Je ne sais. Mais, seigneur, ce que je puis vous dire,
Je l'ai vu quelquefois s'arracher de ces lieux,
Le cœur plein d'un courroux qu'il cachoit à vos yeux;
D'une cour qui le fuit pleurant l'ingratitude,
Las de votre grandeur et de sa servitude,
Entre l'impatience et la crainte flottant,
Il alloit voir Junie, et revenoit content.

NÉRON.

D'autant plus malheureux qu'il aura su lui plaire,
Narcisse, il doit plutôt souhaiter sa colere:
Néron impunément ne sera pas jaloux.

NARCISSE.

Vous? Et de quoi, seigneur, vous inquiétez-vous?
Junie a pu le plaindre et partager ses peines;
Elle n'a vu couler de larmes que les siennes:
Mais aujourd'hui, seigneur, que ses yeux dessillés,
Regardant de plus près l'éclat dont vous brillez,

Verront autour de vous les rois sans diadême,
Inconnus dans la foule, et son amant lui-même,
Attachés sur vos yeux, s'honorer d'un regard
Que vous aurez sur eux fait tomber au hasard;
Quand elle vous verra, de ce degré de gloire,
Venir en soupirant avouer sa victoire;
Maître, n'en doutez point, d'un cœur déja charmé,
Commandez qu'on vous aime, et vous serez aimé.

NÉRON.

A combien de chagrins il faut que je m'apprête!
Que d'importunités!

NARCISSE.

Quoi donc! qui vous arrête,
Seigneur?

NÉRON.

Tout: Octavie, Agrippine, Burrhus,
Séneque, Rome entiere, et trois ans de vertus.
Non que pour Octavie un reste de tendresse
M'attache à son hymen et plaigne sa jeunesse:
Mes yeux, depuis long-temps fatigués de ses soins,
Rarement de ses pleurs daignent être témoins.
Trop heureux si bientôt la faveur d'un divorce
Me soulageoit d'un joug qu'on m'imposa par force!
Le ciel même en secret semble la condamner:
Ses vœux depuis quatre ans ont beau l'importunèr,
Les dieux ne montrent point que sa vertu les touche,

D'aucun gage, Narcisse, ils n'honorent sa couche;
L'empire vainement demande un héritier.

NARCISSE.

Que tardez-vous, seigneur, à la répudier?
L'empire, votre cœur, tout condamne Octavie.
Auguste votre aïeul soupiroit pour Livie:
Par un double divorce ils s'unirent tous deux;
Et vous devez l'empire à ce divorce heureux.
Tibere, que l'hymen plaça dans sa famille,
Osa bien à ses yeux répudier sa fille.
Vous seul, jusques ici contraire à vos desirs,
N'osez par un divorce assurer vos plaisirs.

NÉRON.

Et ne connois-tu pas l'implacable Agrippine?
Mon amour inquiet déja se l'imagine
Qui m'amene Octavie, et d'un œil enflammé,
Atteste les saints droits d'un nœud qu'elle a formé,
Et, portant à mon cœur des atteintes plus rudes,
Me fait un long récit de mes ingratitudes.
De quel front soutenir ce fâcheux entretien?

NARCISSE.

N'êtes-vous pas, seigneur, votre maître et le sien?
Vous verrons-nous toujours trembler sous sa tutele?
Vivez, régnez pour vous : c'est trop régner pour elle.
Craignez-vous? Mais, seigneur, vous ne la craignez pas:
Vous venez de bannir le superbe Pallas,

Pallas, dont vous savez qu'elle soutient l'audace.

NÉRON.

Éloigné de ses yeux, j'ordonne, je menace,
J'écoute vos conseils, j'ose les approuver,
Je m'excite contre elle, et tâche à la braver:
Mais, je t'expose ici mon ame toute nue,
Sitôt que mon malheur me ramene à sa vue,
Soit que je n'ose encor démentir le pouvoir
De ces yeux où j'ai lu si long-temps mon devoir;
Soit qu'à tant de bienfaits ma mémoire fidele
Lui soumette en secret tout ce que je tiens d'elle;
Mais enfin mes efforts ne me servent de rien:
Mon génie étonné tremble devant le sien.
Et c'est pour m'affranchir de cette dépendance,
Que je la fuis par-tout, que même je l'offense;
Et que de temps en temps j'irrite ses ennuis,
Afin qu'elle m'évite autant que je la fuis.
Mais je t'arrête trop : retire-toi, Narcisse;
Britannicus pourroit t'accuser d'artifice.

NARCISSE.

Non, non, Britannicus s'abandonne à ma foi.
Par son ordre, seigneur, il croit que je vous voi,
Que je m'informe ici de tout ce qui le touche,
Et veut de vos secrets être instruit par ma bouche:
Impatient sur-tout de revoir ses amours,
Il attend de mes soins ce fidele secours.

N É R O N.

J'y consens; porte-lui cette douce nouvelle:
Il la verra.

N A R C I S S E.

Seigneur, bannissez-le loin d'elle.

N É R O N.

J'ai mes raisons, Narcisse; et tu peux concevoir
Que je lui vendrai cher le plaisir de la voir.
Cependant vante-lui ton heureux stratagême;
Dis-lui qu'en sa faveur on me trompe moi-même,
Qu'il la voit sans mon ordre. On ouvre, la voici.
Va retrouver ton maître, et l'amener ici.

S C E N E I I I.

N É R O N, J Ú N I E.

N É R O N.

Vous vous troublez, madame, et changez de visage:
Lisez-vous dans mes yeux quelque triste présage?

J U N I E.

Seigneur, je ne vous puis déguiser mon erreur;
J'allois voir Octavie, et non pas l'empereur.

N É R O N.

Je le sais bien, madame, et n'ai pu sans envie

Apprendre vos bontés pour l'heureuse Octavie.

JUNIE.

Vous, seigneur?

NÉRON.

Pensez-vous, madame, qu'en ces lieux
Seule pour vous connoître Octavie ait des yeux?

JUNIE.

Et quel autre, seigneur, voulez-vous que j'implore?
A qui demanderai-je un crime que j'ignore?
Vous qui le punissez, vous ne l'ignorez pas:
De grace, apprenez-moi, seigneur, mes attentats.

NÉRON.

Quoi madame! est-ce donc une légere offense
De m'avoir si long-temps caché votre présence?
Ces trésors, dont le ciel voulut vous embellir,
Les avez-vous reçus pour les ensevelir?
L'heureux Britannicus verra-t-il sans alarmes
Croître, loin de nos yeux, son amour et vos charmes?
Pourquoi, de cette gloire exclus jusqu'à ce jour,
M'avez-vous, sans pitié, relégué dans ma cour?
On dit plus; vous souffrez sans en être offensée
Qu'il vous ose, madame, expliquer sa pensée:
Car je ne croirai point que sans me consulter
La sévere Junie ait voulu le flatter,
Ni qu'elle ait consenti d'aimer et d'être aimée,
Sans que j'en sois instruit que par la renommée.

J U N I E.

Je ne vous nierai point, seigneur, que ses soupirs
M'ont daigné quelquefois expliquer ses desirs.
Il n'a point détourné ses regards d'une fille
Seul reste du débris d'une illustre famille :
Peut-être il se souvient qu'en un temps plus heureux
Son pere me nomma pour l'objet de ses vœux.
Il m'aime ; il obéit à l'empereur son pere,
Et j'ose dire encore, à vous, à votre mere :
Vos desirs sont toujours si conformes aux siens....

N É R O N.

Ma mere a ses desseins, madame ; et j'ai les miens.
Ne parlons plus ici de Claude et d'Agrippine ;
Ce n'est point par leur choix que je me détermine.
C'est à moi seul, madame, à répondre de vous ;
Et je veux de ma main vous choisir un époux.

J U N I E.

Ah seigneur ! songez-vous que toute autre alliance
Fera honte aux Césars, auteurs de ma naissance ?

N É R O N.

Non, madame : l'époux dont je vous entretiens
Peut sans honte assembler vos aïeux et les siens ;
Vous pouvez, sans rougir, consentir à sa flamme.

J U N I E.

Et quel est donc, seigneur, cet époux ?

NÉRON.

Moi, madame.

JUNIE.

Vous!

NÉRON.

Je vous nommerois, madame, un autre nom,
Si j'en savois quelque autre au-dessus de Néron.
Oui, pour vous faire un choix où vous puissiez souscrire,
J'ai parcouru des yeux la cour, Rome, et l'empire.
Plus j'ai cherché, madame, et plus je cherche encor
En quelles mains je dois confier ce trésor;
Plus je vois que César, digne seul de vous plaire,
En doit être lui seul l'heureux dépositaire,
Et ne peut dignement vous confier qu'aux mains
A qui Rome a commis l'empire des humains.
Vous-même, consultez vos premieres années :
Claudius à son fils les avoit destinées;
Mais c'étoit en un temps où de l'empire entier
Il croyoit quelque jour le nommer l'héritier.
Les dieux ont prononcé. Loin de leur contredire,
C'est à vous de passer du côté de l'empire.
En vain de ce présent ils m'auroient honoré,
Si votre cœur devoit en être séparé;
Si tant de soins ne sont adoucis par vos charmes;
Si, tandis que je donne aux veilles, aux alarmes,
Des jours toujours à plaindre et toujours enviés,

Je ne vais quelquefois respirer à vos pieds.

Qu'Octavie à vos yeux ne fasse point d'ombrage;

Rome, aussi-bien que moi, vous donne son suffrage,

Répudie Octavie, et me fait dénouer

Un hymen que le ciel ne veut point avouer.

Songez-y donc, madame; et pesez en vous-même

Ce choix digne des soins d'un prince qui vous aime,

Digne de vos beaux yeux trop long-temps captivés,

Digne de l'univers à qui vous vous devez.

JUNIE.

Seigneur, avec raison je demeure étonnée.

Je me vois, dans le cours d'une même journée,

Comme une criminelle amenée en ces lieux;

Et lorsqu'avec frayeur je parois à vos yeux,

Que sur mon innocence à peine je me fie,

Vous m'offrez tout d'un coup la place d'Octavie.

J'ose dire pourtant que je n'ai mérité

Ni cet excès d'honneur, ni cette indignité.

Et pouvez-vous, seigneur, souhaiter qu'une fille

Qui vit presque en naissant éteindre sa famille,

Qui, dans l'obscurité nourrissant sa douleur,

S'est fait une vertu conforme à son malheur,

Passe subitement de cette nuit profonde

Dans un rang qui l'expose aux yeux de tout le monde,

Dont je n'ai pu de loin soutenir la clarté,

Et dont une autre enfin remplit la majesté?

NÉRON.

Je vous ai déja dit que je la répudie :
Ayez moins de frayeur, ou moins de modestie.
N'accusez point ici mon choix d'aveuglement :
Je vous réponds de vous ; consentez seulement.
Du sang dont vous sortez rappellez la mémoire ;
Et ne préférez point à la solide gloire
Des honneurs dont César prétend vous revêtir,
La gloire d'un refus sujet au repentir.

JUNIE.

Le ciel connoît, seigneur, le fond de ma pensée.
Je ne me flatte point d'une gloire insensée :
Je sais de vos présents mesurer la grandeur.
Mais plus ce rang sur moi répandroit de splendeur,
Plus il me feroit honte, et mettroit en lumiere
Le crime d'en avoir dépouillé l'héritiere.

NÉRON.

C'est de ses intérêts prendre beaucoup de soin,
Madame ; et l'amitié ne peut aller plus loin.
Mais ne nous flattons point, et laissons le mystere.
La sœur vous touche ici beaucoup moins que le frere ;
Et pour Britannicus...

JUNIE.

Il a su me toucher,
Seigneur ; et je n'ai point prétendu m'en cacher.
Cette sincérité sans doute est peu discrete ;

Mais toujours de mon cœur ma bouche est l'interprete :
Absente de la cour, je n'ai pas dû penser,
Seigneur, qu'en l'art de feindre il fallût m'exercer.
J'aime Britannicus ; je lui fus destinée
Quand l'empire devoit suivre son hyménée.
Mais ces mêmes malheurs qui l'en ont écarté,
Ses honneurs abolis, son palais déserté,
La fuite d'une cour que sa chûte a bannie,
Sont autant de liens qui retiennent Junie.
Tout ce que vous voyez conspire à vos desirs ;
Vos jours toujours sereins coulent dans les plaisirs ;
L'empire en est pour vous l'inépuisable source :
Ou, si quelque chagrin en interrompt la course,
Tout l'univers, soigneux de les entretenir,
S'empresse à l'effacer de votre souvenir.
Britannicus est seul : quelque ennui qui le presse,
Il ne voit dans son sort que moi qui s'intéresse,
Et n'a pour tout plaisir, seigneur, que quelques pleurs
Qui lui font quelquefois oublier ses malheurs.

NÉRON.

Et ce sont ces plaisirs et ces pleurs que j'envie,
Que tout autre que lui me paieroit de sa vie.
Mais je garde à ce prince un traitement plus doux :
Madame, il va bientôt paroître devant vous.

JUNIE.

Ah seigneur ! vos vertus m'ont toujours rassurée.

NÉRON.

Je pouvois de ces lieux lui défendre l'entrée;
Mais, madame, je veux prévenir le danger
Où son ressentiment le pourroit engager.
Je ne veux point le perdre; il vaut mieux que lui-même
Entende son arrêt de la bouche qu'il aime.
Si ses jours vous sont chers, éloignez-le de vous
Sans qu'il ait aucun lieu de me croire jaloux.
De son bannissement prenez sur vous l'offense;
Et, soit par vos discours, soit par votre silence,
Du moins par vos froideurs, faites-lui concevoir
Qu'il doit porter ailleurs ses vœux et son espoir.

JUNIE.

Moi! que je lui prononce un arrêt si sévere!
Ma bouche mille fois lui jura le contraire.
Quand même jusques-là je pourrois me trahir,
Mes yeux lui défendront, seigneur, de m'obéir.

NÉRON.

Caché près de ces lieux, je vous verrai, madame.
Renfermez votre amour dans le fond de votre ame:
Vous n'aurez point pour moi de langages secrets;
J'entendrai des regards que vous croirez muets;
Et sa perte sera l'infaillible salaire
D'un geste ou d'un soupir échappé pour lui plaire.

JUNIE.

Hélas! si j'ose encor former quelques souhaits,
Seigneur, permettez-moi de ne le voir jamais.

SCENE IV.

NÉRON, JUNIE, NARCISSE.

———

NARCISSE.

Britannicus, seigneur, demande la princesse;
Il approche.

NÉRON.

Qu'il vienne.

JUNIE.

Ah seigneur!

NÉRON.

Je vous laisse.
Sa fortune dépend de vous plus que de moi:
Madame, en le voyant, songez que je vous voi.

———

SCENE V.

JUNIE, NARCISSE.

———

JUNIE.

Ah cher Narcisse! cours au-devant de ton maître;
Dis-lui... Je suis perdue, et je le vois paroître.

SCENE VI.

JUNIE, BRITANNICUS, NARCISSE.

BRITANNICUS.

Madame, quel bonheur me rapproche de vous?
Quoi! je puis donc jouir d'un entretien si doux?
Mais parmi ce plaisir quel chagrin me dévore?
Hélas! puis-je espérer de vous revoir encore?
Faut-il que je dérobe, avec mille détours,
Un bonheur que vos yeux m'accordoient tous les jours?
Quelle nuit! quel réveil! Vos pleurs, votre présence
N'ont point de ces cruels désarmé l'insolence?
Que faisoit votre amant? Quel démon envieux
M'a refusé l'honneur de mourir à vos yeux?
Hélas! dans la frayeur dont vous étiez atteinte,
M'avez-vous en secret adressé quelque plainte?
Ma princesse, avez-vous daigné me souhaiter?
Songiez-vous aux douleurs que vous m'alliez coûter?
Vous ne me dites rien! Quel accueil! quelle glace!
Est-ce ainsi que vos yeux consolent ma disgrace?
Parlez. Nous sommes seuls. Notre ennemi trompé,
Tandis que je vous parle, est ailleurs occupé.
Ménageons les moments de cette heureuse absence.

JUNIE.

Vous êtes en des lieux tout pleins de sa puissance :
Ces murs même, seigneur, peuvent avoir des yeux ;
Et jamais l'empereur n'est absent de ces lieux.

BRITANNICUS.

Et depuis quand, madame, êtes-vous si craintive ?
Quoi ! déja votre amour souffre qu'on le captive ?
Qu'est devenu ce cœur qui me juroit toujours
De faire à Néron même envier nos amours ?
Mais bannissez, madame, une inutile crainte :
La foi dans tous les cœurs n'est pas encore éteinte ;
Chacun semble des yeux approuver mon courroux ;
La mere de Néron se déclare pour nous.
Rome, de sa conduite elle-même offensée....

JUNIE.

Ah seigneur ! vous parlez contre votre pensée.
Vous-même, vous m'avez avoué mille fois
Que Rome le louoit d'une commune voix :
Toujours à sa vertu vous rendiez quelque hommage.
Sans doute la douleur vous dicte ce langage.

BRITANNICUS.

Ce discours me surprend, il le faut avouer :
Je ne vous cherchois pas pour l'entendre louer.
Quoi ! pour vous confier la douleur qui m'accable,
A peine je dérobe un moment favorable ;
Et ce moment si cher, madame, est consumé

A louer l'ennemi dont je suis opprimé !
Qui vous rend à vous-même en un jour si contraire ?
Quoi ! même vos regards ont appris à se taire ?
Que vois-je ? Vous craignez de rencontrer mes yeux !
Néron vous plairoit-il ? Vous serois-je odieux ?
Ah ! si je le croyois !... Au nom des dieux, madame,
Éclaircissez le trouble où vous jettez mon ame.
Parlez. Ne suis-je plus dans votre souvenir ?

JUNIE.

Retirez-vous, seigneur ; l'empereur va venir.

BRITANNICUS.

Après ce coup, Narcisse, à qui dois-je m'attendre !

SCENE VII.

NÉRON, JUNIE, NARCISSE.

NÉRON.

Madame...

JUNIE.

Non, seigneur, je ne puis rien entendre.
Vous êtes obéi. Laissez couler du moins
Des larmes dont ses yeux ne seront pas témoins.

SCENE VIII.

NÉRON, NARCISSE.

NÉRON.

Hé bien! de leur amour tu vois la violence,
Narcisse; elle a paru jusques dans son silence.
Elle aime mon rival, je ne puis l'ignorer:
Mais je mettrai ma joie à le désespérer.
Je me fais de sa peine une image charmante;
Et je l'ai vu douter du cœur de son amante.
Je la suis. Mon rival t'attend pour éclater.
Par de nouveaux soupçons, va, cours le tourmenter;
Et tandis qu'à mes yeux on le pleure, on l'adore,
Fais-lui payer bien cher un bonheur qu'il ignore.

NARCISSE, seul.

La fortune t'appelle une seconde fois,
Narcisse; voudrois-tu résister à sa voix?
Suivons jusques au bout ses ordres favorables,
Et, pour nous rendre heureux, perdons les misérables.

FIN DU SECOND ACTE.

ACTE TROISIEME.

SCENE I.

NÉRON, BURRHUS.

BURRHUS.

PALLAS obéira, seigneur.

NÉRON.

        Et de quel œil
Ma mere a-t-elle vu confondre son orgueil?

BURRHUS.

Ne doutez point, seigneur, que ce coup ne la frappe;
Qu'en reproches bientôt sa douleur ne s'échappe.
Ses transports dès long-temps commencent d'éclater:
A d'inutiles cris puissent-ils s'arrêter!

NÉRON.

Quoi! de quelque dessein la croyez-vous capable?

BURRHUS.

Agrippine, seigneur, est toujours redoutable.
Rome et tous vos soldats réverent ses aïeux;
Germanicus son pere est présent à leurs yeux.
Elle sait son pouvoir; vous savez son courage:
Et ce qui me la fait redouter davantage,

C'est que vous appuyez vous-même son courroux,
Et que vous lui donnez des armes contre vous.

NÉRON.

Moi, Burrhus?

BURRHUS.

Cet amour, seigneur, qui vous possede...

NÉRON.

Je vous entends, Burrhus. Le mal est sans remede :
Mon cœur s'en est plus dit que vous ne m'en direz ;
Il faut que j'aime enfin.

BURRHUS.

Vous vous le figurez,
Seigneur ; et, satisfait de quelque résistance,
Vous redoutez un mal foible dans sa naissance.
Mais si dans son devoir votre cœur affermi
Vouloit ne point s'entendre avec son ennemi ;
Si de vos premiers ans vous consultiez la gloire ;
Si vous daigniez, seigneur, rappeller la mémoire
Des vertus d'Octavie indignes de ce prix,
Et de son chaste amour vainqueur de vos mépris ;
Sur-tout si, de Junie évitant la présence,
Vous condamniez vos yeux à quelques jours d'absence ;
Croyez-moi, quelque amour qui semble vous charmer,
On n'aime point, seigneur, si l'on ne veut aimer.

NÉRON.

Je vous croirai, Burrhus, lorsque dans les alarmes

Il faudra soutenir la gloire de nos armes,
Ou lorsque, plus tranquille, assis dans le sénat,
Il faudra décider du destin de l'état;
Je m'en reposerai sur votre expérience.
Mais, croyez-moi, l'amour est une autre science,
Burrhus; et je ferois quelque difficulté
D'abaisser jusques-là votre sévérité.
Adieu. Je souffre trop éloigné de Junie.

SCENE II.

BURRHUS.

Enfin, Burrhus, Néron découvre son génie:
Cette férocité que tu croyois fléchir
De tes foibles liens est prête à s'affranchir.
En quels excès peut-être elle va se répandre!
Ô dieux! en ce malheur quel conseil dois-je prendre?
Séneque, dont les soins me devroient soulager,
Occupé loin de Rome, ignore ce danger.
Mais quoi! si d'Agrippine excitant la tendresse
Je pouvois.... La voici : mon bonheur me l'adresse.

SCENE III.

AGRIPPINE, BURRHUS, ALBINE.

AGRIPPINE.

Hé bien! je me trompois, Burrhus, dans mes soupçons?
Et vous vous signalez par d'illustres leçons!
On exile Pallas, dont le crime peut-être
Est d'avoir à l'empire élevé votre maître.
Vous le savez trop bien; jamais, sans ses avis,
Claude qu'il gouvernoit n'eût adopté mon fils.
Que dis-je? à son épouse on donne une rivale;
On affranchit Néron de la foi conjugale:
Digne emploi d'un ministre ennemi des flatteurs,
Choisi pour mettre un frein à ses jeunes ardeurs,
De les flatter lui-même, et nourrir dans son ame
Le mépris de sa mere et l'oubli de sa femme!

BURRHUS.

Madame, jusqu'ici c'est trop tôt m'accuser.
L'empereur n'a rien fait qu'on ne puisse excuser.
N'imputez qu'à Pallas un exil nécessaire:
Son orgueil dès long-temps exigeoit ce salaire;
Et l'empereur ne fait qu'accomplir à regret
Ce que toute la cour demandoit en secret.
Le reste est un malheur qui n'est point sans ressource,

Des larmes d'Octavie on peut tarir la source.
Mais calmez vos transports. Par un chemin plus doux
Vous lui pourrez plutôt ramener son époux :
Les menaces, les cris le rendront plus farouche.

AGRIPPINE.

Ah! l'on s'efforce en vain de me fermer la bouche.
Je vois que mon silence irrite vos dédains ;
Et c'est trop respecter l'ouvrage de mes mains.
Pallas n'emporte pas tout l'appui d'Agrippine ;
Le ciel m'en laisse assez pour venger ma ruine.
Le fils de Claudius commence à ressentir
Des crimes dont je n'ai que le seul repentir.
J'irai, n'en doutez point, le montrer à l'armée,
Plaindre aux yeux des soldats son enfance opprimée,
Leur faire, à mon exemple, expier leur erreur.
On verra d'un côté le fils d'un empereur
Redemandant la foi jurée à sa famille,
Et de Germanicus on entendra la fille :
De l'autre, l'on verra le fils d'Énobarbus,
Appuyé de Séneque et du tribun Burrhus,
Qui, tous deux de l'exil rappellés par moi-même,
Partagent à mes yeux l'autorité suprême.
De nos crimes communs je veux qu'on soit instruit ;
On saura les chemins par où je l'ai conduit.
Pour rendre sa puissance et la vôtre odieuses,
J'avouerai les rumeurs les plus injurieuses ;

Je confesserai tout, exils, assassinats,
Poison même...

BURRHUS.

Madame, ils ne vous croiront pas :
Ils sauront récuser l'injuste stratagême
D'un témoin irrité qui s'accuse lui-même.
Pour moi, qui le premier secondai vos desseins,
Qui fis même jurer l'armée entre ses mains,
Je ne me repens point de ce zele sincere.
Madame, c'est un fils qui succede à son pere.
En adoptant Néron, Claudius par son choix
De son fils et du vôtre a confondu les droits.
Rome l'a pu choisir. Ainsi, sans être injuste,
Elle choisit Tibere adopté par Auguste ;
Et le jeune Agrippa, de son sang descendu,
Se vit exclus du rang vainement prétendu.
Sur tant de fondements sa puissance établie
Par vous-même aujourd'hui ne peut être affoiblie ;
Et, s'il m'écoute encor, madame, sa bonté
Vous en fera bientôt perdre la volonté.
J'ai commencé, je vais poursuivre mon ouvrage.

SCENE IV.

AGRIPPINE, ALBINE.

ALBINE.

Dans quel emportement la douleur vous engage,
Madame! L'empereur puisse-t-il l'ignorer!

AGRIPPINE.

Ah! lui-même à mes yeux puisse-t-il se montrer!

ALBINE.

Madame, au nom des dieux, cachez votre colere.
Quoi! pour les intérêts de la sœur ou du frere,
Faut-il sacrifier le repos de vos jours?
Contraindrez-vous César jusques dans ses amours?

AGRIPPINE.

Quoi! tu ne vois donc pas jusqu'où l'on me ravale,
Albine? C'est à moi qu'on donne une rivale.
Bientôt, si je ne romps ce funeste lien,
Ma place est occupée, et je ne suis plus rien.
Jusqu'ici d'un vain titre Octavie honorée,
Inutile à la cour, en étoit ignorée.
Les graces, les honneurs par moi seule versés,
M'attiroient des mortels les vœux intéressés.
Une autre de César a surpris la tendresse;
Elle aura le pouvoir d'épouse et de maîtresse;

TOME I. 50

Le fruit de tant de soins, la pompe des Césars,
Tout deviendra le prix d'un seul de ses regards.
Que dis-je? l'on m'évite, et déja délaissée...
Ah! je ne puis, Albine, en souffrir la pensée.
Quand je devrois du ciel hâter l'arrêt fatal,
Néron, l'ingrat Néron.... Mais voici son rival.

SCENE V.

BRITANNICUS, AGRIPPINE, NARCISSE, ALBINE.

BRITANNICUS.

Nos ennemis communs ne sont pas invincibles,
Madame; nos malheurs trouvent des cœurs sensibles:
Vos amis et les miens, jusqu'alors si secrets,
Tandis que nous perdions le temps en vains regrets,
Animés du courroux qu'allume l'injustice,
Viennent de confier leur douleur à Narcisse.
Néron n'est pas encor tranquille possesseur
De l'ingrate qu'il aime au mépris de ma sœur.
Si vous êtes toujours sensible à son injure,
On peut dans son devoir ramener le parjure.
La moitié du sénat s'intéresse pour nous;
Sylla, Pison, Plautus...

AGRIPPINE.

Prince, que dites-vous?
Sylla, Pison, Plautus, les chefs de la noblesse!

BRITANNICUS.

Madame, je vois bien que ce discours vous blesse,
Et que votre courroux, tremblant, irrésolu,
Craint déja d'obtenir tout ce qu'il a voulu.
Non, vous avez trop bien établi ma disgrace;
D'aucun ami pour moi ne redoutez l'audace:
Il ne m'en reste plus, et vos soins trop prudents
Les ont tous écartés ou séduits dès long-temps.

AGRIPPINE.

Seigneur, à vos soupçons donnez moins de créance;
Notre salut dépend de notre intelligence.
J'ai promis, il suffit. Malgré vos ennemis,
Je ne révoque rien de ce que j'ai promis.
Le coupable Néron fuit en vain ma colere;
Tôt ou tard il faudra qu'il entende sa mere.
J'essaierai tour-à-tour la force et la douceur;
Ou moi-même, avec moi conduisant votre sœur,
J'irai semer par-tout ma crainte et ses alarmes,
Et ranger tous les cœurs du parti de ses larmes.
Adieu. J'assiégerai Néron de toutes parts.
Vous, si vous m'en croyez, évitez ses regards.

SCENE VI.

BRITANNICUS, NARCISSE.

BRITANNICUS.

Ne m'as-tu point flatté d'une fausse espérance?
Puis-je sur ton récit fonder quelque assurance,
Narcisse?

NARCISSE.

Oui. Mais, seigneur, ce n'est pas en ces lieux
Qu'il faut développer ce mystere à vos yeux.
Sortons. Qu'attendez-vous?

BRITANNICUS.

Ce que j'attends, Narcisse?
Hélas!

NARCISSE.

Expliquez-vous.

BRITANNICUS.

Si par ton artifice
Je pouvois revoir...

NARCISSE.

Qui?

BRITANNICUS.

J'en rougis. Mais enfin
D'un cœur moins agité j'attendrois mon destin.

NARCISSE.

Après tous mes discours vous la croyez fidele?

BRITANNICUS.

Non, je la crois, Narcisse, ingrate, criminelle,
Digne de mon courroux: mais je sens, malgré moi,
Que je ne le crois pas autant que je le doi.
Dans ses égarements mon cœur opiniâtre
Lui prête des raisons, l'excuse, l'idolâtre.
Je voudrois vaincre enfin mon incrédulité:
Je la voudrois haïr avec tranquillité.
Et qui croira qu'un cœur si grand en apparence,
D'une infidele cour ennemi dès l'enfance,
Renonce à tant de gloire, et dès le premier jour
Trame une perfidie inouie à la cour?

NARCISSE.

Et qui sait si l'ingrate, en sa longue retraite,
N'a point de l'empereur médité la défaite?
Trop sûre que ses yeux ne pouvoient se cacher,
Peut-être elle fuyoit pour se faire chercher,
Pour exciter Néron par la gloire pénible
De vaincre une fierté jusqu'alors invincible.

BRITANNICUS.

Je ne la puis donc voir?

NARCISSE.

Seigneur, en ce moment
Elle reçoit les vœux de son nouvel amant.

BRITANNICUS.

Hé bien, Narcisse, allons. Mais que vois-je? C'est elle.

NARCISSE, à part.

Ah dieux! A l'empereur portons cette nouvelle.

SCENE VII.

JUNIE, BRITANNICUS.

JUNIE.

Retirez-vous, seigneur, et fuyez un courroux
Que ma persévérance allume contre vous.
Néron est irrité. Je me suis échappée,
Tandis qu'à l'arrêter sa mere est occupée.
Adieu. Réservez-vous, sans blesser mon amour,
Au plaisir de me voir justifier un jour.
Votre image sans cesse est présente à mon ame;
Rien ne l'en peut bannir.

BRITANNICUS.

    Je vous entends, madame,
Vous voulez que ma fuite assure vos desirs,
Que je laisse un champ libre à vos nouveaux soupirs.
Sans doute, en me voyant, une pudeur secrete
Ne vous laisse goûter qu'une joie inquiete.
Hé bien, il faut partir.

JUNIE.

Seigneur, sans m'imputer...

BRITANNICUS.

Ah! vous deviez du moins plus long-temps disputer.
Je ne murmure point qu'une amitié commune
Se range du parti que flatte la fortune;
Que l'éclat d'un empire ait pu vous éblouir;
Qu'aux dépens de ma sœur vous en vouliez jouir:
Mais que, de ces grandeurs comme une autre occupée,
Vous m'en ayez paru si long-temps détrompée;
Non, je l'avoue encor, mon cœur désespéré
Contre ce seul malheur n'étoit point préparé.
J'ai vu sur ma ruine élever l'injustice;
De mes persécuteurs j'ai vu le ciel complice:
Tant d'horreurs n'avoient point épuisé son courroux,
Madame; il me restoit d'être oublié de vous.

JUNIE.

Dans un temps plus heureux, ma juste impatience
Vous feroit repentir de votre défiance.
Mais Néron vous menace: en ce pressant danger,
Seigneur, j'ai d'autres soins que de vous affliger.
Allez, rassurez-vous, et cessez de vous plaindre;
Néron nous écoutoit et m'ordonnoit de feindre.

BRITANNICUS.

Quoi! le cruel...

JUNIE.

Témoin de tout notre entretien,
D'un visage sévere examinoit le mien,
Prêt à faire sur vous éclater la vengeance
D'un geste confident de notre intelligence.

BRITANNICUS.

Néron nous écoutoit, madame! Mais, hélas!
Vos yeux auroient pu feindre et ne m'abuser pas:
Ils pouvoient me nommer l'auteur de cet outrage.
L'amour est-il muet, ou n'a-t-il qu'un langage?
De quel trouble un regard pouvoit me préserver!
Il falloit...

JUNIE.

Il falloit me taire et vous sauver.
Combien de fois, hélas! puisqu'il faut vous le dire,
Mon cœur de son désordre alloit-il vous instruire!
De combien de soupirs interrompant le cours,
Ai-je évité vos yeux que je cherchois toujours!
Quel tourment de se taire en voyant ce qu'on aime,
De l'entendre gémir, de l'affliger soi-même,
Lorsque par un regard on peut le consoler!
Mais quels pleurs ce regard auroit-il fait couler!
Ah! dans ce souvenir, inquiete, troublée,
Je ne me sentois pas assez dissimulée:
De mon front effrayé je craignois la pâleur;
Je trouvois mes regards trop pleins de ma douleur:

Sans cesse il me sembloit que Néron en colere
Me venoit reprocher trop de soin de vous plaire :
Je craignois mon amour vainement renfermé ;
Enfin, j'aurois voulu n'avoir jamais aimé.
Hélas ! pour son bonheur, seigneur, et pour le nôtre,
Il n'est que trop instruit de mon cœur et du vôtre !
Allez, encore un coup, cachez-vous à ses yeux :
Mon cœur plus à loisir vous éclaircira mieux.
De mille autres secrets j'aurois compte à vous rendre.

BRITANNICUS.

Ah ! n'en voilà que trop : c'est trop me faire entendre,
Madame, mon bonheur, mon crime, vos bontés.
Et savez-vous pour moi tout ce que vous quittez ?

(se jettant aux pieds de Junie.)

Quand pourrai-je à vos pieds expier ce reproche ?

JUNIE.

Que faites-vous ? Hélas ! votre rival s'approche.

SCENE VIII.

NÉRON, BRITANNICUS, JUNIE.

NÉRON.

Prince, continuez des transports si charmants.
Je conçois vos bontés par ses remercîments,
Madame ; à vos genoux je viens de le surprendre.

Mais il auroit aussi quelque grace à me rendre;
Ce lieu le favorise, et je vous y retiens
Pour lui faciliter de si doux entretiens.

BRITANNICUS.

Je puis mettre à ses pieds ma douleur ou ma joie
Par-tout où sa bonté consent que je la voie;
Et l'aspect de ces lieux où vous la retenez
N'a rien dont mes regards doivent être étonnés.

NÉRON.

Et que vous montrent-ils qui ne vous avertisse
Qu'il faut qu'on me respecte et que l'on m'obéisse?

BRITANNICUS.

Ils ne nous ont pas vu l'un et l'autre élever,
Moi pour vous obéir, et vous pour me braver;
Et ne s'attendoient pas, lorsqu'ils nous virent naître,
Qu'un jour Domitius me dût parler en maître.

NÉRON.

Ainsi par le destin nos vœux sont traversés;
J'obéissois alors, et vous obéissez.
Si vous n'avez appris à vous laisser conduire,
Vous êtes jeune encore, et l'on peut vous instruire.

BRITANNICUS.

Et qui m'en instruira?

NÉRON.

Tout l'empire à la fois,

Rome.

BRITANNICUS.

Rome met-elle au nombre de vos droits
Tout ce qu'a de cruel l'injustice et la force,
Les emprisonnements, le rapt et le divorce?

NÉRON.

Rome ne porte point ses regards curieux
Jusques dans des secrets que je cache à ses yeux.
Imitez son respect.

BRITANNICUS.

On sait ce qu'elle en pense.

NÉRON.

Elle se tait du moins : imitez son silence.

BRITANNICUS.

Ainsi Néron commence à ne se plus forcer.

NÉRON.

Néron de vos discours commence à se lasser.

BRITANNICUS.

Chacun devoit bénir le bonheur de son regne.

NÉRON.

Heureux ou malheureux, il suffit qu'on me craigne.

BRITANNICUS.

Je connois mal Junie, ou de tels sentiments
Ne mériteront pas ses applaudissements.

NÉRON.

Du moins, si je ne sais le secret de lui plaire,
Je sais l'art de punir un rival téméraire.

BRITANNICUS.

Pour moi, quelque péril qui me puisse accabler,
Sa seule inimitié peut me faire trembler.

NÉRON.

Souhaitez-la, c'est tout ce que je vous puis dire.

BRITANNICUS.

Le bonheur de lui plaire est le seul où j'aspire.

NÉRON.

Elle vous l'a promis, vous lui plairez toujours.

BRITANNICUS.

Je ne sais pas du moins épier ses discours.
Je la laisse expliquer sur tout ce qui me touche,
Et ne me cache point pour lui fermer la bouche.

NÉRON.

Je vous entends. Hé bien, gardes.

JUNIE.

Que faites-vous?
C'est votre frere. Hélas! c'est un amant jaloux!
Seigneur, mille malheurs persécutent sa vie:
Ah! son bonheur peut-il exciter votre envie?
Souffrez que, de vos cœurs rapprochant les liens,
Je me cache à vos yeux et me dérobe aux siens.
Ma fuite arrêtera vos discordes fatales;
Seigneur, j'irai remplir le nombre des vestales.
Ne lui disputez plus mes vœux infortunés;
Souffrez que les dieux seuls en soient importunés.

NÉRON.

L'entreprise, madame, est étrange et soudaine.
Dans son appartement, gardes, qu'on la remene.
Gardez Britannicus dans celui de sa sœur.

BRITANNICUS.

C'est ainsi que Néron sait disputer un cœur!

JUNIE.

Prince, sans l'irriter, cédons à cet orage.

NÉRON.

Gardes, obéissez sans tarder davantage.

SCENE IX.

NÉRON, BURRHUS.

BURRHUS.

Que vois-je! ô ciel!

NÉRON, sans voir Burrhus.

Ainsi leurs feux sont redoublés:
Je reconnois la main qui les a rassemblés.
Agrippine ne s'est présentée à ma vue,
Ne s'est dans ses discours si long-temps étendue,
Que pour faire jouer ce ressort odieux.

(appercevant Burrhus.)

Qu'on sache si ma mere est encore en ces lieux.
Burrhus, dans ce palais je veux qu'on la retienne,

Et qu'au lieu de sa garde on lui donne la mienne.

BURRHUS.

Quoi, seigneur! sans l'ouir? Une mere?

NÉRON.

Arrêtez.

J'ignore quel projet, Burrhus, vous méditez:
Mais, depuis quelques jours, tout ce que je desire
Trouve en vous un censeur prêt à me contredire.
Répondez-m'en, vous dis-je : ou, sur votre refus,
D'autres me répondront et d'elle et de Burrhus.

FIN DU TROISIEME ACTE.

ACTE QUATRIEME.

SCENE I.

AGRIPPINE, BURRHUS.

BURRHUS.

Oui, madame, à loisir vous pourrez vous défendre :
César lui-même ici consent de vous entendre.
Si son ordre au palais vous a fait retenir,
C'est peut-être à dessein de vous entretenir.
Quoi qu'il en soit, si j'ose expliquer ma pensée,
Ne vous souvenez plus qu'il vous ait offensée ;
Préparez-vous plutôt à lui tendre les bras :
Défendez-vous, madame, et ne l'accusez pas.
Vous voyez, c'est lui seul que la cour envisage.
Quoiqu'il soit votre fils, et même votre ouvrage,
Il est votre empereur. Vous êtes, comme nous,
Sujette à ce pouvoir qu'il a reçu de vous.
Selon qu'il vous menace ou bien qu'il vous caresse,
La cour autour de vous ou s'écarte ou s'empresse.
C'est son appui qu'on cherche en cherchant votre appui.
Mais voici l'empereur.

AGRIPPINE.

Qu'on me laisse avec lui.

SCENE II.

NÉRON, AGRIPPINE.

AGRIPPINE, s'asseyant.

Approchez-vous, Néron, et prenez votre place.
On veut sur vos soupçons que je vous satisfasse.
J'ignore de quel crime on a pu me noircir :
De tous ceux que j'ai faits je vais vous éclaircir.
Vous régnez : vous savez combien votre naissance
Entre l'empire et vous avoit mis de distance.
Les droits de mes aïeux, que Rome a consacrés,
Étoient même sans moi d'inutiles degrés.
Quand de Britannicus la mere condamnée
Laissa de Claudius disputer l'hyménée,
Parmi tant de beautés qui briguerent son choix,
Qui de ses affranchis mendierent les voix,
Je souhaitai son lit, dans la seule pensée
De vous laisser au trône où je serois placée.
Je fléchis mon orgueil ; j'allai prier Pallas.
Son maître, chaque jour caressé dans mes bras,
Prit insensiblement dans les yeux de sa niece
L'amour où je voulois amener sa tendresse.
Mais ce lien du sang qui nous joignoit tous deux
Écartoit Claudius d'un lit incestueux :

Il n'osoit épouser la fille de son frere.
Le sénat fut séduit : une loi moins sévere
Mit Claude dans mon lit, et Rome à mes genoux.
C'étoit beaucoup pour moi : ce n'étoit rien pour vous.
Je vous fis sur mes pas entrer dans sa famille,
Je vous nommai son gendre et vous donnai sa fille :
Silanus, qui l'aimoit, s'en vit abandonné,
Et marqua de son sang ce jour infortuné.
Ce n'étoit rien encore. Eussiez-vous pu prétendre
Qu'un jour Claude à son fils dût préférer son gendre ?
De ce même Pallas j'implorai le secours :
Claude vous adopta, vaincu par ses discours,
Vous appella Néron, et du pouvoir suprême
Voulut avant le temps vous faire part lui-même.
C'est alors que chacun, rappellant le passé,
Découvrit mon dessein déja trop avancé ;
Que de Britannicus la disgrace future
Des amis de son pere excita le murmure.
Mes promesses aux uns éblouirent les yeux ;
L'exil me délivra des plus séditieux :
Claude même, lassé de ma plainte éternelle,
Éloigna de son fils tous ceux de qui le zele,
Engagé dès long-temps à suivre son destin,
Pouvoit du trône encor lui rouvrir le chemin.
Je fis plus : je choisis moi-même dans ma suite
Ceux à qui je voulois qu'on livrât sa conduite.

J'eus soin de vous nommer, par un contraire choix,
Des gouverneurs que Rome honoroit de sa voix;
Je fus sourde à la brigue et crus la renommée:
J'appellai de l'exil, je tirai de l'armée,
Et ce même Séneque, et ce même Burrhus,
Qui depuis.... Rome alors estimoit leurs vertus.
De Claude en même temps épuisant les richesses,
Ma main sous votre nom répandoit ses largesses.
Les spectacles, les dons, invincibles appas,
Vous attiroient les cœurs du peuple et des soldats,
Qui d'ailleurs, réveillant leur tendresse premiere,
Favorisoient en vous Germanicus mon pere.
Cependant Claudius penchoit vers son déclin.
Ses yeux, long-temps fermés, s'ouvrirent à la fin:
Il connut son erreur. Occupé de sa crainte,
Il laissa pour son fils échapper quelque plainte,
Et voulut, mais trop tard, assembler ses amis.
Ses gardes, son palais, son lit m'étoient soumis.
Je lui laissai sans fruit consumer sa tendresse;
De ses derniers soupirs je me rendis maîtresse:
Mes soins, en apparence épargnant ses douleurs,
De son fils, en mourant, lui cacherent les pleurs.
Il mourut. Mille bruits en courent à ma honte.
J'arrêtai de sa mort la nouvelle trop prompte;
Et tandis que Burrhus alloit secrètement
De l'armée en vos mains exiger le serment,

Que vous marchiez au camp, conduit sous mes auspices,
Dans Rome les autels fumoient de sacrifices:
Par mes ordres trompeurs tout le peuple excité
Du prince déja mort demandoit la santé.
Enfin, des légions l'entiere obéissance
Ayant de votre empire affermi la puissance,
On vit Claude; et le peuple, étonné de son sort,
Apprit en même temps votre regne et sa mort.
C'est le sincere aveu que je voulois vous faire:
Voilà tous mes forfaits. En voici le salaire:
Du fruit de tant de soins à peine jouissant
En avez-vous six mois paru reconnoissant,
Que, lassé d'un respect qui vous gênoit peut-être,
Vous avez affecté de ne me plus connoître.
J'ai vu Burrhus, Séneque, aigrissant vos soupçons,
De l'infidélité vous tracer des leçons,
Ravis d'être vaincus dans leur propre science.
J'ai vu favorisés de votre confiance
Othon, Sénecion, jeunes voluptueux,
Et de tous vos plaisirs flatteurs respectueux.
Et lorsque, vos mépris excitant mes murmures,
Je vous ai demandé raison de tant d'injures,
Seul recours d'un ingrat qui se voit confondu,
Par de nouveaux affronts vous m'avez répondu.
Aujourd'hui je promets Junie à votre frere;
Ils se flattent tous deux du choix de votre mere:

Que faites-vous? Junie enlevée à la cour
Devient en une nuit l'objet de votre amour:
Je vois de votre cœur Octavie effacée
Prête à sortir du lit où je l'avois placée:
Je vois Pallas banni, votre frere arrêté:
Vous attentez enfin jusqu'à ma liberté;
Burrhus ose sur moi porter ses mains hardies.
Et lorsque, convaincu de tant de perfidies,
Vous deviez ne me voir que pour les expier,
C'est vous qui m'ordonnez de me justifier.

NÉRON.

Je me souviens toujours que je vous dois l'empire;
Et sans vous fatiguer du soin de le redire,
Votre bonté, madame, avec tranquillité
Pouvoit se reposer sur ma fidélité.
Aussi-bien ces soupçons, ces plaintes assidues,
Ont fait croire à tous ceux qui les ont entendues
Que jadis, j'ose ici vous le dire entre nous,
Vous n'aviez sous mon nom travaillé que pour vous.
« Tant d'honneurs, disoient-ils, et tant de déférences
« Sont-ce de ses bienfaits de foibles récompenses?
« Quel crime a donc commis ce fils tant condamné?
« Est-ce pour obéir qu'elle l'a couronné?
« N'est-il de son pouvoir que le dépositaire? »
Non que, si jusques là j'avois pu vous complaire,
Je n'eusse pris plaisir, madame, à vous céder

Ce pouvoir que vos cris sembloient redemander:
Mais Rome veut un maître, et non une maîtresse.
Vous entendiez les bruits qu'excitoit ma foiblesse:
Le sénat chaque jour et le peuple, irrités
De s'ouir par ma voix dicter vos volontés,
Publioient qu'en mourant Claude avec sa puissance
M'avoit encor laissé sa simple obéissance.
Vous avez vu cent fois nos soldats en courroux
Porter en murmurant leurs aigles devant vous;
Honteux de rabaisser par cet indigne usage
Les héros dont encore elles portent l'image.
Toute autre se seroit rendue à leurs discours:
Mais, si vous ne régnez, vous vous plaignez toujours.
Avec Britannicus contre moi réunie,
Vous le fortifiez du parti de Junie;
Et la main de Pallas trame tous ces complots.
Et, lorsque malgré moi j'assure mon repos,
On vous voit de colere et de haine animée:
Vous voulez présenter mon rival à l'armée;
Déja jusques au camp le bruit en a couru.

AGRIPPINE.

Moi! le faire empereur? Ingrat! l'avez-vous cru?
Quel seroit mon dessein? qu'aurois-je pu prétendre?
Quels honneurs dans sa cour, quel rang pourrois-je attendre?
Ah! si sous votre empire on ne m'épargne pas,
Si mes accusateurs observent tous mes pas,

Si de leur empereur ils poursuivent la mere,
Que ferois-je au milieu d'une cour étrangere?
Ils me reprocheroient, non des cris impuissants,
Des desseins étouffés aussitôt que naissants,
Mais des crimes pour vous commis à votre vue,
Et dont je ne serois que trop tôt convaincue.
Vous ne me trompez point, je vois tous vos détours;
Vous êtes un ingrat, vous le fûtes toujours :
Dès vos plus jeunes ans, mes soins et mes tendresses
N'ont arraché de vous que de feintes caresses.
Rien ne vous a pu vaincre; et votre dureté
Auroit dû dans son cours arrêter ma bonté.
Que je suis malheureuse! Et par quelle infortune
Faut-il que tous mes soins me rendent importune!
Je n'ai qu'un fils : ô ciel, qui m'entends aujourd'hui,
T'ai-je fait quelques vœux qui ne fussent pour lui?
Remords, crainte, périls, rien ne m'a retenue;
J'ai vaincu ses mépris; j'ai détourné ma vue
Des malheurs qui dès-lors me furent annoncés;
J'ai fait ce que j'ai pu : vous régnez, c'est assez.
Avec ma liberté, que vous m'avez ravie,
Si vous le souhaitez, prenez encor ma vie,
Pourvu que par ma mort tout le peuple irrité
Ne vous ravisse pas ce qui m'a tant coûté.

NÉRON.

Hé bien donc, prononcez. Que voulez-vous qu'on fasse?

AGRIPPINE.

De mes accusateurs qu'on punisse l'audace;
Que de Britannicus on calme le courroux;
Que Junie à son choix puisse prendre un époux;
Qu'ils soient libres tous deux; et que Pallas demeure;
Que vous me permettiez de vous voir à toute heure;

(appercevant Burrhus dans le fond du théâtre.)

Que ce même Burrhus, qui nous vient écouter,
A votre porte enfin n'ose plus m'arrêter.

NÉRON.

Oui, madame, je veux que ma reconnoissance
Désormais dans les cœurs grave votre puissance;
Et je bénis déja cette heureuse froideur
Qui de notre amitié va rallumer l'ardeur.
Quoi que Pallas ait fait, il suffit, je l'oublie:
Avec Britannicus je me réconcilie;
Et, quant à cet amour qui nous a séparés,
Je vous fais notre arbitre, et vous nous jugerez.
Allez donc, et portez cette joie à mon frere.
Gardes, qu'on obéisse aux ordres de ma mere.

SCENE III.

NÉRON, BURRHUS.

BURRHUS.

Que cette paix, seigneur, et ces embrassements
Vont offrir à mes yeux de spectacles charmants!
Vous savez si jamais ma voix lui fut contraire,
Si de son amitié j'ai voulu vous distraire,
Et si j'ai mérité cet injuste courroux.

NÉRON.

Je ne vous flatte point, je me plaignois de vous,
Burrhus; je vous ai crus tous deux d'intelligence:
Mais son inimitié vous rend ma confiance.
Elle se hâte trop, Burrhus, de triompher:
J'embrasse mon rival, mais c'est pour l'étouffer.

BURRHUS.

Quoi seigneur!

NÉRON.

C'en est trop; il faut que sa ruine
Me délivre à jamais des fureurs d'Agrippine.
Tant qu'il respirera je ne vis qu'à demi.
Elle m'a fatigué de ce nom ennemi;
Et je ne prétends pas que sa coupable audace
Une seconde fois lui promette ma place.

BURRHUS.

Elle va donc bientôt pleurer Britannicus?

NÉRON.

Avant la fin du jour je ne le craindrai plus.

BURRHUS.

Et qui de ce dessein vous inspire l'envie?

NÉRON.

Ma gloire, mon amour, ma sûreté, ma vie.

BURRHUS.

Non, quoi que vous disiez, cet horrible dessein
Ne fut jamais, seigneur, conçu dans votre sein.

NÉRON.

Burrhus!

BURRHUS.

De votre bouche, ô ciel! puis-je l'apprendre?
Vous-même, sans frémir, avez-vous pu l'entendre?
Songez-vous dans quel sang vous allez vous baigner?
Néron dans tous les cœurs est-il las de régner?
Que dira-t-on de vous? Quelle est votre pensée?

NÉRON.

Quoi! toujours enchaîné de ma gloire passée,
J'aurai devant les yeux je ne sais quel amour
Que le hasard nous donne et nous ôte en un jour?
Soumis à tous leurs vœux, à mes desirs contraire,
Suis-je leur empereur seulement pour leur plaire?

BURRHUS.

Et ne suffit-il pas, seigneur, à vos souhaits
Que le bonheur public soit un de vos bienfaits?
C'est à vous à choisir, vous êtes encor maître.
Vertueux jusqu'ici, vous pouvez toujours l'être:
Le chemin est tracé, rien ne vous retient plus;
Vous n'avez qu'à marcher de vertus en vertus.
Mais, si de vos flatteurs vous suivez la maxime,
Il vous faudra, seigneur, courir de crime en crime;
Soutenir vos rigueurs par d'autres cruautés,
Et laver dans le sang vos bras ensanglantés.
Britannicus mourant excitera le zele
De ses amis, tout prêts à prendre sa querelle.
Ces vengeurs trouveront de nouveaux défenseurs,
Qui, même après leur mort, auront des successeurs:
Vous allumez un feu qui ne pourra s'éteindre.
Craint de tout l'univers, il vous faudra tout craindre,
Toujours punir, toujours trembler dans vos projets,
Et pour vos ennemis compter tous vos sujets.
Ah! de vos premiers ans l'heureuse expérience
Vous fait-elle, seigneur, haïr votre innocence?
Songez-vous au bonheur qui les a signalés?
Dans quel repos, ô ciel! les avez-vous coulés!
Quel plaisir de penser et de dire en vous-même:
« Par-tout, en ce moment, on me bénit, on m'aime;
« On ne voit point le peuple à mon nom s'alarmer;

« Le ciel dans tous leurs pleurs ne m'entend point nommer;
« Leur sombre inimitié ne fuit point mon visage;
« Je vois voler par-tout les cœurs à mon passage! »
Tels étoient vos plaisirs. Quel changement, ô dieux!
Le sang le plus abject vous étoit précieux:
Un jour, il m'en souvient, le sénat équitable
Vous pressoit de souscrire à la mort d'un coupable;
Vous résistiez, seigneur, à leur sévérité;
Votre cœur s'accusoit de trop de cruauté;
Et, plaignant les malheurs attachés à l'empire,
Je voudrois, disiez-vous, ne savoir pas écrire.
Non, ou vous me croirez, ou bien de ce malheur
Ma mort m'épargnera la vue et la douleur:
On ne me verra point survivre à votre gloire
Si vous allez commettre une action si noire.

(se jettant aux pieds de Néron.)

Me voilà prêt, seigneur: avant que de partir,
Faites percer ce cœur qui n'y peut consentir;
Appellez les cruels qui vous l'ont inspirée;
Qu'ils viennent essayer leur main mal assurée.
Mais je vois que mes pleurs touchent mon empereur;
Je vois que sa vertu frémit de leur fureur.
Ne perdez point de temps, nommez-moi les perfides
Qui vous osent donner ces conseils parricides;
Appellez votre frere, oubliez dans ses bras...

NÉRON.

Ah! que demandez-vous?

BURRHUS.

Non, il ne vous hait pas,
Seigneur; on le trahit : je sais son innocence;
Je vous réponds pour lui de son obéissance.
J'y cours. Je vais presser un entretien si doux.

NÉRON.

Dans mon appartement qu'il m'attende avec vous.

SCENE IV.

NÉRON, NARCISSE.

NARCISSE.

Seigneur, j'ai tout prévu pour une mort si juste;
Le poison est tout prêt. La fameuse Locuste
A redoublé pour moi ses soins officieux :
Elle a fait expirer un esclave à mes yeux;
Et le fer est moins prompt pour trancher une vie,
Que le nouveau poison que sa main me confie.

NÉRON.

Narcisse, c'est assez; je reconnois ce soin,
Et ne souhaite pas que vous alliez plus loin.

NARCISSE.

Quoi! pour Britannicus votre haine affoiblie

Me défend...

NÉRON.

Oui, Narcisse; on nous réconcilie.

NARCISSE.

Je me garderai bien de vous en détourner,
Seigneur. Mais il s'est vu tantôt emprisonner:
Cette offense en son cœur sera long-temps nouvelle.
Il n'est point de secrets que le temps ne révele:
Il saura que ma main lui devoit présenter
Un poison que votre ordre avoit fait apprêter.
Les dieux de ce dessein puissent-ils le distraire!
Mais peut-être il fera ce que vous n'osez faire.

NÉRON.

On répond de son cœur; et je vaincrai le mien.

NARCISSE.

Et l'hymen de Junie en est-il le lien?
Seigneur, lui faites-vous encor ce sacrifice?

NÉRON.

C'est prendre trop de soin. Quoi qu'il en soit, Narcisse,
Je ne le compte plus parmi mes ennemis.

NARCISSE.

Agrippine, seigneur, se l'étoit bien promis:
Elle a repris sur vous son souverain empire.

NÉRON.

Quoi donc? Qu'a-t-elle dit? Et que voulez-vous dire?

NARCISSE.

Elle s'en est vantée assez publiquement.

NÉRON.

De quoi?

NARCISSE.

Qu'elle n'avoit qu'à vous voir un moment;
Qu'à tout ce grand éclat, à ce courroux funeste,
On verroit succéder un silence modeste;
Que vous-même à la paix souscririez le premier:
Heureux que sa bonté daignât tout oublier.

NÉRON.

Mais, Narcisse, dis-moi, que veux-tu que je fasse?
Je n'ai que trop de pente à punir son audace;
Et, si je m'en croyois, ce triomphe indiscret
Seroit bientôt suivi d'un éternel regret.
Mais de tout l'univers quel sera le langage?
Sur les pas des tyrans veux-tu que je m'engage,
Et que Rome, effaçant tant de titres d'honneur,
Me laisse pour tous noms celui d'empoisonneur?
Ils mettront ma vengeance au rang des parricides.

NARCISSE.

Et prenez-vous, seigneur, leurs caprices pour guides?
Avez-vous prétendu qu'ils se tairoient toujours?
Est-ce à vous de prêter l'oreille à leurs discours?
De vos propres desirs perdrez-vous la mémoire?
Et serez-vous le seul que vous n'oserez croire?

Mais, seigneur, les Romains ne vous sont pas connus;
Non, non : dans leurs discours ils sont plus retenus.
Tant de précaution affoiblit votre regne:
Ils croiront, en effet, mériter qu'on les craigne.
Au joug, depuis long-temps, ils se sont façonnés;
Ils adorent la main qui les tient enchaînés.
Vous les verrez toujours ardents à vous complaire:
Leur prompte servitude a fatigué Tibere.
Moi-même, revêtu d'un pouvoir emprunté,
Que je reçus de Claude avec la liberté,
J'ai cent fois, dans le cours de ma gloire passée,
Tenté leur patience, et ne l'ai point lassée.
D'un empoisonnement vous craignez la noirceur?
Faites périr le frere, abandonnez la sœur:
Rome sur les autels prodiguant les victimes,
Fussent-ils innocents, leur trouvera des crimes;
Vous verrez mettre au rang des jours infortunés
Ceux où jadis la sœur et le frere sont nés.

NÉRON.

Narcisse, encore un coup, je ne puis l'entreprendre.
J'ai promis à Burrhus, il a fallu me rendre.
Je ne veux point encore, en lui manquant de foi,
Donner à sa vertu des armes contre moi.
J'oppose à ses raisons un courage inutile;
Je ne l'écoute point avec un cœur tranquille.

N A R C I S S E.

Burrhus ne pense pas, seigneur, tout ce qu'il dit:
Son adroite vertu ménage son crédit.
Ou plutôt ils n'ont tous qu'une même pensée:
Ils verroient par ce coup leur puissance abaissée;
Vous seriez libre alors, seigneur; et, devant vous,
Ces maîtres orgueilleux fléchiroient comme nous.
Quoi donc! ignorez-vous tout ce qu'ils osent dire?
« Néron, s'ils en sont crus, n'est point né pour l'empire;
« Il ne dit, il ne fait que ce qu'on lui prescrit:
« Burrhus conduit son cœur, Séneque son esprit.
« Pour toute ambition, pour vertu singuliere,
« Il excelle à conduire un char dans la carriere;
« A disputer des prix indignes de ses mains;
« A se donner lui-même en spectacle aux Romains;
« A venir prodiguer sa voix sur un théâtre;
« A réciter des chants qu'il veut qu'on idolâtre;
« Tandis que des soldats, de moments en moments,
« Vont arracher pour lui les applaudissements. »
Ah! ne voulez-vous pas les forcer à se taire?

N É R O N.

Viens, Narcisse : allons voir ce que nous devons faire

F I N D U Q U A T R I E M E A C T E.

ACTE CINQUIEME.

SCENE I.

BRITANNICUS, JUNIE.

BRITANNICUS.

Oui, madame, Néron, qui l'auroit pu penser!
Dans son appartement m'attend pour m'embrasser.
Il y fait de sa cour inviter la jeunesse:
Il veut que d'un festin la pompe et l'alégresse
Confirment à leurs yeux la foi de nos serments,
Et réchauffent l'ardeur de nos embrassements.
Il éteint cet amour source de tant de haine;
Il vous fait de mon sort arbitre souveraine.
Pour moi, quoique banni du rang de mes aïeux,
Quoique de leur dépouille il se pare à mes yeux;
Depuis qu'à mon amour cessant d'être contraire
Il semble me céder la gloire de vous plaire,
Mon cœur, je l'avouerai, lui pardonne en secret,
Et lui laisse le reste avec moins de regret.
Quoi! je ne serai plus séparé de vos charmes!
Quoi! même en ce moment, je puis voir sans alarmes
Ces yeux que n'ont émus ni soupirs ni terreur,
Qui m'ont sacrifié l'empire et l'empereur!

Ah madame! Mais quoi! quelle nouvelle crainte
Tient parmi mes transports votre joie en contrainte?
D'où vient qu'en m'écoutant, vos yeux, vos tristes yeux
Avec de longs regards se tournent vers les cieux?
Qu'est-ce que vous craignez?

J U N I E.

Je l'ignore moi-même:
Mais je crains.

B R I T A N N I C U S.

Vous m'aimez?

J U N I E.

Hélas! si je vous aime!

B R I T A N N I C U S.

Néron ne trouble plus notre félicité.

J U N I E.

Mais me répondez-vous de sa sincérité?

B R I T A N N I C U S.

Quoi! vous le soupçonnez d'une haine couverte?

J U N I E.

Néron m'aimoit tantôt, il juroit votre perte;
Il me fuit, il vous cherche: un si grand changement
Peut-il être, seigneur, l'ouvrage d'un moment?

B R I T A N N I C U S.

Cet ouvrage, madame, est un coup d'Agrippine:
Elle a cru que ma perte entraînoit sa ruine.
Grace aux préventions de son esprit jaloux,

Nos plus grands ennemis ont combattu pour nous.
Je m'en fie aux transports qu'elle m'a fait paroître;
Je m'en fie à Burrhus : j'en crois même son maître;
Je crois qu'à mon exemple, impuissant à trahir,
Il hait à cœur ouvert, ou cesse de haïr.

JUNIE.

Seigneur, ne jugez pas de son cœur par le vôtre :
Sur des pas différents vous marchez l'un et l'autre.
Je ne connois Néron et la cour que d'un jour :
Mais, si je l'ose dire, hélas! dans cette cour
Combien tout ce qu'on dit est loin de ce qu'on pense!
Que la bouche et le cœur sont peu d'intelligence!
Avec combien de joie on y trahit sa foi!
Quel séjour étranger et pour vous et pour moi!

BRITANNICUS.

Mais que son amitié soit véritable ou feinte,
Si vous craignez Néron, lui-même est-il sans crainte?
Non, non, il n'ira point, par un lâche attentat,
Soulever contre lui le peuple et le sénat.
Que dis-je? il reconnoît sa derniere injustice;
Ses remords ont paru, même aux yeux de Narcisse.
Ah! s'il vous avoit dit, ma princesse, à quel point...

JUNIE.

Mais Narcisse, seigneur, ne vous trahit-il point?

BRITANNICUS.

Et pourquoi voulez-vous que mon cœur s'en défie?

JUNIE.

Et que sais-je? Il y va, seigneur, de votre vie:
Tout m'est suspect : je crains que tout ne soit séduit;
Je crains Néron; je crains le malheur qui me suit.
D'un noir pressentiment malgré moi prévenue,
Je vous laisse à regret éloigner de ma vue.
Hélas ! si cette paix dont vous vous repaissez
Couvroit contre vos jours quelques pieges dressés;
Si Néron, irrité de notre intelligence,
Avoit choisi la nuit pour cacher sa vengeance;
S'il préparoit ses coups tandis que je vous vois;
Et si je vous parlois pour la derniere fois !
Ah prince !

BRITANNICUS.

Vous pleurez ! ah ma chere princesse !
Et pour moi jusques là votre cœur s'intéresse !
Quoi, madame ! en un jour où plein de sa grandeur
Néron croit éblouir vos yeux de sa splendeur,
Dans des lieux où chacun me fuit et le révere,
Aux pompes de sa cour préférer ma misere !
Quoi ! dans ce même jour et dans ces mêmes lieux,
Refuser un empire, et pleurer à mes yeux !
Mais, madame, arrêtez ces précieuses larmes;
Mon retour va bientôt dissiper vos alarmes.
Je me rendrois suspect par un plus long séjour:
Adieu. Je vais, le cœur tout plein de mon amour,

Au milieu des transports d'une aveugle jeunesse,
Ne voir, n'entretenir que ma belle princesse.
Adieu.

JUNIE.

Prince...

BRITANNICUS.

On m'attend, madame, il faut partir.

JUNIE.

Mais du moins attendez qu'on vous vienne avertir.

SCENE II.

AGRIPPINE, BRITANNICUS, JUNIE.

AGRIPPINE.

Prince, que tardez-vous? Partez en diligence.
Néron impatient se plaint de votre absence.
La joie et le plaisir de tous les conviés
Attend, pour éclater, que vous vous embrassiez.
Ne faites point languir une si juste envie;
Allez. Et nous, madame, allons chez Octavie.

BRITANNICUS.

Allez, belle Junie, et, d'un esprit content,
Hâtez-vous d'embrasser ma sœur qui vous attend.
Dès que je le pourrai, je reviens sur vos traces,
Madame, et de vos soins j'irai vous rendre graces.

SCENE III.

AGRIPPINE, JUNIE.

AGRIPPINE.

Madame, ou je me trompe, ou durant vos adieux
Quelques pleurs répandus ont obscurci vos yeux.
Puis-je savoir quel trouble a formé ce nuage?
Doutez-vous d'une paix dont je fais mon ouvrage?

JUNIE.

Après tous les ennuis que ce jour m'a coûtés,
Ai-je pu rassurer mes esprits agités?
Hélas! à peine encor je conçois ce miracle.
Quand même à vos bontés je craindrois quelque obstacle,
Le changement, madame, est commun à la cour;
Et toujours quelque crainte accompagne l'amour.

AGRIPPINE.

Il suffit, j'ai parlé, tout a changé de face:
Mes soins à vos soupçons ne laissent point de place.
Je réponds d'une paix jurée entre mes mains;
Néron m'en a donné des gages trop certains.
Ah! si vous aviez vu par combien de caresses
Il m'a renouvellé la foi de ses promesses!
Par quels embrassements il vient de m'arrêter!
Ses bras dans nos adieux ne pouvoient me quitter.

Sa facile bonté, sur son front répandue,
Jusqu'aux moindres secrets est d'abord descendue.
Il s'épanchoit en fils qui vient en liberté
Dans le sein de sa mere oublier sa fierté.
Mais bientôt reprenant un visage sévere,
Tel que d'un empereur qui consulte sa mere,
Sa confidence auguste a mis entre mes mains
Des secrets d'où dépend le destin des humains.
Non, il le faut ici confesser à sa gloire,
Son cœur n'enferme point une malice noire;
Et nos seuls ennemis, altérant sa bonté,
Abusoient contre nous de sa facilité.
Mais enfin à son tour leur puissance décline;
Rome encore une fois va connoître Agrippine:
Déja de ma faveur on adore le bruit.
Cependant en ces lieux n'attendons pas la nuit:
Passons chez Octavie, et donnons-lui le reste
D'un jour autant heureux que je l'ai cru funeste.
Mais qu'est-ce que j'entends? Quel tumulte confus!
Que peut-on faire?

                    J U N I E.
          Ô ciel, sauvez Britannicus!

SCENE IV.

AGRIPPINE, JUNIE, BURRHUS.

AGRIPPINE.

Burrhus, où courez-vous? arrêtez. Que veut dire...

BURRHUS.

Madame, c'en est fait, Britannicus expire.

JUNIE.

Ah mon prince!

AGRIPPINE.

Il expire?

BURRHUS.

Ou plutôt il est mort,

Madame.

JUNIE.

Pardonnez, madame, à ce transport.
Je vais le secourir, si je puis, ou le suivre.

S C E N E V.

A G R I P P I N E, B U R R H U S.

A G R I P P I N E.

Quel attentat, Burrhus !

B U R R H U S.

     Je n'y pourrai survivre,
Madame ; il faut quitter la cour et l'empereur.

A G R I P P I N E.

Quoi ! du sang de son frere il n'a point eu d'horreur !

B U R R H U S.

Ce dessein s'est conduit avec plus de mystere.
A peine l'empereur a vu venir son frere,
Il se leve, il l'embrasse, on se tait ; et soudain
César prend le premier une coupe à la main :
« Pour achever ce jour sous de meilleurs auspices,
« Ma main de cette coupe épanche les prémices,
« Dit-il : Dieux, que j'appelle à cette effusion,
« Venez favoriser notre réunion. »
Par les mêmes serments Britannicus se lie.
La coupe dans ses mains par Narcisse est remplie :
Mais ses levres à peine en ont touché les bords,
Le fer ne produit point de si puissants efforts,
Madame, la lumiere à ses yeux est ravie,

Tome I.   55

Il tombe sur son lit sans chaleur et sans vie.
Jugez combien ce coup frappe tous les esprits:
La moitié s'épouvante et sort avec des cris;
Mais ceux qui de la cour ont un plus long usage
Sur les yeux de César composent leur visage.
Cependant sur son lit il demeure penché,
D'aucun étonnement il ne paroît touché:
« Ce mal dont vous craignez, dit-il, la violence
« A souvent sans péril attaqué son enfance. »
Narcisse veut en vain affecter quelque ennui,
Et sa perfide joie éclate malgré lui.
Pour moi, dût l'empereur punir ma hardiesse,
D'une odieuse cour j'ai traversé la presse;
Et j'allois, accablé de cet assassinat,
Pleurer Britannicus, César et tout l'état.

AGRIPPINE.

Le voici. Vous verrez si c'est moi qui l'inspire.

SCENE VI.

AGRIPPINE, NÉRON, BURRHUS, NARCISSE.

NÉRON, voyant Agrippine.

Dieux!

AGRIPPINE.

Arrêtez, Néron; j'ai deux mots à vous dire.
Britannicus est mort: je reconnois les coups;
Je connois l'assassin.

NÉRON.

Et qui, madame?

AGRIPPINE.

Vous.

NÉRON.

Moi! Voilà les soupçons dont vous êtes capable.
Il n'est point de malheur dont je ne sois coupable;
Et si l'on veut, madame, écouter vos discours,
Ma main de Claude même aura tranché les jours.
Son fils vous étoit cher, sa mort peut vous confondre:
Mais des coups du destin je ne puis pas répondre.

AGRIPPINE.

Non, non, Britannicus est mort empoisonné:

Narcisse a fait le coup; vous l'avez ordonné.

NÉRON.

Madame! Mais qui peut vous tenir ce langage?

NARCISSE.

Hé seigneur! ce soupçon vous fait-il tant d'outrage?
Britannicus, madame, eut des desseins secrets
Qui vous auroient coûté de plus justes regrets:
Il aspiroit plus loin qu'à l'hymen de Junie;
De vos propres bontés il vous auroit punie.
Il vous trompoit vous-même, et son cœur offensé
Prétendoit tôt ou tard rappeller le passé.
Soit donc que malgré vous le sort vous ait servie;
Soit qu'instruit des complots qui menaçoient sa vie
Sur ma fidélité César s'en soit remis,
Laissez les pleurs, madame, à vos seuls ennemis;
Qu'ils mettent ce malheur au rang des plus sinistres:
Mais vous...

AGRIPPINE.

Poursuis, Néron: avec de tels ministres,
Par des faits glorieux tu te vas signaler;
Poursuis. Tu n'as pas fait ce pas pour reculer:
Ta main a commencé par le sang de ton frere;
Je prévois que tes coups viendront jusqu'à ta mere.
Dans le fond de ton cœur je sais que tu me hais:
Tu voudras t'affranchir du joug de mes bienfaits.
Mais je veux que ma mort te soit même inutile:

Ne crois pas qu'en mourant je te laisse tranquille;
Rome, ce ciel, ce jour que tu reçus de moi,
Par-tout, à tout moment m'offriront devant toi.
Tes remords te suivront comme autant de furies:
Tu croiras les calmer par d'autres barbaries;
Ta fureur, s'irritant soi-même dans son cours,
D'un sang toujours nouveau marquera tous tes jours.
Mais j'espere qu'enfin le ciel, las de tes crimes,
Ajoutera ta perte à tant d'autres victimes;
Qu'après t'être couvert de leur sang et du mien
Tu te verras forcé de répandre le tien;
Et ton nom paroîtra, dans la race future,
Aux plus cruels tyrans une cruelle injure.
Voilà ce que mon cœur se présage de toi.
Adieu : tu peux sortir.

NÉRON.
Narcisse, suivez-moi.

SCENE VII.

AGRIPPINE, BURRHUS.

AGRIPPINE.

Ah ciel ! de mes soupçons quelle étoit l'injustice !
Je condamnois Burrhus pour écouter Narcisse !

Burrhus, avez-vous vu quels regards furieux
Néron en me quittant m'a laissés pour adieux?
C'en est fait, le cruel n'a plus rien qui l'arrête;
Le coup qu'on m'a prédit va tomber sur ma tête.
Il vous accablera vous-même à votre tour.

BURRHUS.

Ah madame! pour moi j'ai vécu trop d'un jour.
Plût au ciel que sa main, heureusement cruelle,
Eût fait sur moi l'essai de sa fureur nouvelle!
Qu'il ne m'eût pas donné, par ce triste attentat,
Un gage trop certain des malheurs de l'état!
Son crime seul n'est pas ce qui me désespere;
Sa jalousie a pu l'armer contre son frere:
Mais s'il vous faut, madame, expliquer ma douleur,
Néron l'a vu mourir sans changer de couleur.
Ses yeux indifférents ont déja la constance
D'un tyran dans le crime endurci dès l'enfance.
Qu'il acheve, madame, et qu'il fasse périr
Un ministre importun qui ne le peut souffrir.
Hélas! loin de vouloir éviter sa colere,
La plus soudaine mort me sera la plus chere.

SCENE VIII.

AGRIPPINE, BURRHUS, ALBINE.

ALBINE.

Ah madame! ah seigneur! courez vers l'empereur;
Venez sauver César de sa propre fureur;
Il se voit pour jamais séparé de Junie.

AGRIPPINE.

Quoi! Junie elle-même a terminé sa vie?

ALBINE.

Pour accabler César d'un éternel ennui,
Madame, sans mourir elle est morte pour lui.
Vous savez de ces lieux comme elle s'est ravie:
Elle a feint de passer chez la triste Octavie;
Mais bientôt elle a pris des chemins écartés,
Où mes yeux ont suivi ses pas précipités.
Des portes du palais elle sort éperdue.
D'abord elle a d'Auguste apperçu la statue;
Et mouillant de ses pleurs le marbre de ses pieds
Que de ses bras pressants elle tenoit liés:
« Prince, par ces genoux, dit-elle, que j'embrasse,
« Protege en ce moment le reste de ta race:
« Rome, dans ton palais, vient de voir immoler
« Le seul de tes neveux qui te pût ressembler.

« On veut après sa mort que je lui sois parjure.
« Mais pour lui conserver une foi toujours pure,
« Prince, je me dévoue à ces dieux immortels
« Dont ta vertu t'a fait partager les autels. »
Le peuple cependant, que ce spectacle étonne,
Vole de toutes parts, se presse, l'environne,
S'attendrit à ses pleurs, et, plaignant son ennui,
D'une commune voix la prend sous son appui.
Ils la menent au temple, où depuis tant d'années
Au culte des autels nos vierges destinées
Gardent fidèlement le dépôt précieux
Du feu toujours ardent qui brûle pour nos dieux.
César les voit partir sans oser les distraire.
Narcisse, plus hardi, s'empresse pour lui plaire,
Il vole vers Junie; et, sans s'épouvanter,
D'une profane main commence à l'arrêter.
De mille coups mortels son audace est punie;
Son infidele sang rejaillit sur Junie.
César, de tant d'objets en même temps frappé,
Le laisse entre les mains qui l'ont enveloppé.
Il rentre. Chacun fuit son silence farouche :
Le seul nom de Junie échappe de sa bouche.
Il marche sans dessein : ses yeux mal assurés
N'osent lever au ciel leurs regards égarés :
Et l'on craint, si la nuit jointe à la solitude
Vient de son désespoir aigrir l'inquiétude,

Si vous l'abandonnez plus long-temps sans secours,
Que sa douleur bientôt n'attente sur ses jours.
Le temps presse : courez. Il ne faut qu'un caprice;
Il se perdroit, madame.

AGRIPPINE.

Il se feroit justice.
Mais, Burrhus, allons voir jusqu'où vont ses transports :
Voyons quel changement produiront ses remords;
S'il voudra désormais suivre d'autres maximes.

BURRHUS.

Plût aux dieux que ce fût le dernier de ses crimes!

F I N.

FRAGMENTS.

ANDROMAQUE.

ACTE V, SCENE III.

ORESTE, ANDROMAQUE, HERMIONE,
CLÉONE, CÉPHISE, soldats d'oreste.

ORESTE.

Madame, c'en est fait. Partons en diligence.
Venez dans mes vaisseaux goûter votre vengeance.
Voyez cette captive : elle peut mieux que moi
Vous apprendre qu'Oreste a dégagé sa foi.

HERMIONE.

Ô dieux ! c'est Andromaque !

ANDROMAQUE.

Oui, c'est cette princesse
Deux fois veuve et deux fois l'esclave de la Grece,
Mais qui jusques dans Sparte ira vous braver tous,
Puisqu'elle voit son fils à couvert de vos coups.
Du crime de Pyrrhus complice manifeste,
J'attends son châtiment : car je vois bien qu'Oreste,

Engagé par votre ordre à cet assassinat,
Vient de ce triste exploit vous céder tout l'éclat.
Je ne m'attendois pas que le ciel en colere
Pût, sans perdre mon fils, accroître ma misere,
Et gardât à mes yeux quelque spectacle encor
Qui fît couler mes pleurs pour un autre qu'Hector.
Vous avez trouvé seule une sanglante voie
De suspendre en mon cœur le souvenir de Troie:
Plus barbare aujourd'hui qu'Achille et que son fils,
Vous me faites pleurer mes plus grands ennemis;
Et, ce que n'avoient pu prieres ni menace,
Pyrrhus de mon Hector semble avoir pris la place.
Je n'ai que trop, madame, éprouvé son courroux:
J'aurois plus de sujet de m'en plaindre que vous.
Pour derniere rigueur, ton amitié cruelle,
Pyrrhus, à mon époux me rendoit infidele:
Je t'en allois punir. Mais le ciel m'est témoin
Que je ne poussois pas ma vengeance si loin;
Et, sans verser ton sang, ni causer tant d'alarmes,
Il ne t'en eût coûté peut-être que des larmes.

HERMIONE.

Quoi! Pyrrhus est donc mort?

ORESTE.

Oui, nos Grecs irrités
Ont lavé dans son sang ses infidélités.
Je vous l'avois promis; et, quoique mon courage

Se fit de ce complot une funeste image,
J'ai couru vers le temple, où nos Grecs dispersés
Se sont jusqu'à l'autel dans-la foule glissés.
Pyrrhus m'a reconnu, mais sans changer de face:
Il sembloit que ma vue excitât son audace;
Que tous les Grecs, bravés en leur ambassadeur,
Dussent de son hymen relever la splendeur.
Enfin, avec transport prenant son diadême,
Sur le front d'Andromaque il l'a posé lui-même:
« Je vous donne, a-t-il dit, ma couronne et ma foi;
« Andromaque, régnez sur l'Épire et sur moi.
« Je voue à votre fils une amitié de pere;
« J'en atteste les dieux, je le jure à sa mere:
« Pour tous mes ennemis je déclare les siens,
« Et je le reconnois pour le roi des Troyens. »
A ces mots, qui du peuple attiroient le suffrage,
Nos Grecs n'ont répondu que par un cri de rage;
L'infidele s'est vu par-tout envelopper,
Et je n'ai pu trouver de place pour frapper:
Chacun se disputoit la gloire de l'abattre.
Je l'ai vu dans leurs mains quelque temps se débattre,
Tout sanglant, à leurs coups vouloir se dérober;
Mais enfin à l'autel il est allé tomber.
Le Troyen est sauvé. Mais partons, le temps presse.
L'Épire tôt ou tard satisfera la Grece.
Cependant j'ai voulu qu'Andromaque aujourd'hui

Honorât mon triomphe, et répondît de lui.
Du peuple épouvanté la foule fugitive
M'a laissé sans obstacle enlever ma captive,
Et regagner ces lieux où bientôt nos amis
Viendront couverts du sang que je vous ai promis.

HERMIONE.

Qu'ont-ils fait!

ORESTE.

Pardonnez à leur impatience:
Ils ont, je le vois bien, trahi votre vengeance;
Vous vouliez que ma main portât les premiers coups;
Qu'il sentît en mourant qu'il expiroit pour vous.
Mais c'est moi dont l'ardeur leur a servi d'exemple:
Je les ai pour vous seule entraînés dans le temple,
Madame; et vous pouvez justement vous flatter
D'une mort que leurs bras n'ont fait qu'exécuter.
Vous seule avez poussé les coups...

HERMIONE.

Tais-toi, perfide,
Et n'impute qu'à toi ton lâche parricide.
Va faire chez tes Grecs admirer ta fureur;
Va, je la désavoue; et tu me fais horreur.
Barbare, qu'as-tu fait? Avec quelle furie
As-tu tranché le cours d'une si belle vie?
Avez-vous pu, cruels, l'immoler aujourd'hui,
Sans que tout votre sang se soulevât pour lui?

Mais parle. De son sort qui t'a rendu l'arbitre?
Pourquoi l'assassiner? qu'a-t-il fait? à quel titre?
Qui te l'a dit?

ORESTE.

Ô dieux! quoi! ne m'avez-vous pas
Vous-même ici tantôt ordonné son trépas?

HERMIONE.

Ah! falloit-il en croire une amante insensée?
Ne devois-tu pas lire au fond de ma pensée?
Et ne voyois-tu pas, dans mes emportements,
Que mon cœur démentoit ma bouche à tous moments?
Quand je l'aurois voulu, falloit-il y souscrire?
N'as-tu pas dû cent fois te le faire redire?
Toi-même avant le coup me venir consulter?
Y revenir encore, ou plutôt m'éviter?
Que ne me laissois-tu le soin de ma vengeance?
Qui t'amene en des lieux où l'on fuit ta présence?
Voilà de ton amour le détestable fruit:
Tu m'apportois, cruel, le malheur qui te suit.
C'est toi dont l'ambassade, à tous les deux fatale,
L'a fait pour son malheur pencher vers ma rivale.
Nous le verrions encor nous partager ses soins:
Il m'aimeroit peut-être; il le feindroit du moins.
Adieu. Tu peux partir. Je demeure en Épire:
Je renonce à la Grece, à Sparte, à son empire,
A toute ma famille; et c'est assez pour moi,

Traître, qu'elle ait produit un monstre comme toi.

(à Andromaque.)

Allons, madame, allons. C'est moi qui vous délivre :
Pyrrhus ainsi l'ordonne, et vous pouvez me suivre.
De nos derniers devoirs allons nous dégager :
Montrons qui de nous deux saura mieux le venger.

PRÉFACE

DE LA PREMIERE ÉDITION D'ANDROMAQUE.

MES personnages sont si fameux dans l'antiquité, que, pour peu qu'on la connoisse, on verra fort bien que je les ai rendus tels que les anciens poètes nous les ont donnés. Aussi n'ai-je pas pensé qu'il me fût permis de rien changer à leurs mœurs. Toute la liberté que j'ai prise, c'a été d'adoucir un peu la férocité de Pyrrhus, que Séneque dans la Troade, et Virgile dans l'Énéide, liv. 2, ont poussée beaucoup plus loin que je n'ai cru le devoir faire.

Encore s'est-il trouvé des gens qui se sont plaints qu'il s'emportât contre Andromaque, et qu'il voulût épouser cette captive à quelque prix que ce fût. J'avoue qu'il n'est pas assez résigné à la volonté de sa maîtresse, et que Céladon a mieux connu que lui le parfait amour. Mais que faire? Pyrrhus n'avoit pas lu nos romans; il étoit violent de son naturel; et tous les héros ne sont pas faits pour être des Céladons.

Quoi qu'il en soit, le public m'a été trop favorable pour m'embarrasser du chagrin particulier de deux ou trois personnes qui voudroient qu'on réformât tous les héros de l'antiquité, pour en faire des héros parfaits. Je trouve leur intention fort bonne, de vouloir qu'on

TOME I.   57

ne mette sur la scene que des hommes impeccables.
Mais je les prie de se souvenir que ce n'est point à moi
de changer les regles du théâtre. Horace nous recom-
mande de dépeindre Achille farouche, inexorable, violent, tel qu'il étoit, et tel qu'on dépeint son fils. Et
Aristote, bien éloigné de nous demander des héros parfaits, veut au contraire que les personnages tragiques,
c'est-à-dire ceux dont le malheur fait la catastrophe
de la tragédie, ne soient ni tout-à-fait bons, ni tout-à-
fait méchants. Il ne veut pas qu'ils soient extrêmement
bons, parceque la punition d'un homme de bien exci-
teroit plutôt l'indignation que la pitié du spectateur;
ni qu'ils soient méchants avec excès, parcequ'on n'a
point pitié d'un scélérat. Il faut donc qu'ils aient une
bonté médiocre, c'est-à-dire une vertu capable de foiblesse, et qu'ils tombent dans le malheur, par quelque
faute qui les fasse plaindre sans les faire détester.

BRITANNICUS.

SCENE

ENTRE BURRHUS ET NARCISSE.

Elle étoit la premiere du troisieme acte.

BURRHUS.

Quoi! Narcisse au palais obsédant l'empereur
Laisse Britannicus en proie à sa fureur!
Narcisse, qui devroit d'une amitié sincere
Sacrifier au fils tout ce qu'il tient du pere!
Qui devroit, en plaignant avec lui son malheur,
Loin des yeux de César détourner sa douleur!
Voulez-vous qu'accablé d'horreur, d'inquiétude,
Pressé du désespoir qui suit la solitude,
Il avance sa perte en voulant l'éloigner,
Et force l'empereur à ne plus l'épargner?
Lorsque de Claudius l'impuissante vieillesse
Laissa de tout l'empire Agrippine maîtresse;
Qu'instruit du successeur que lui gardoient les dieux,
Il vit déja son nom écrit dans tous les yeux;
Ce prince, à ses bienfaits mesurant votre zele,
Crut laisser à son fils un gouverneur fidele,
Et qui, sans s'ébranler, verroit passer un jour

Du côté de Néron la fortune et la cour.

Cependant aujourd'hui, sur la moindre menace

Qui de Britannicus présage la disgrace,

Narcisse, qui devoit le quitter le dernier,

Semble dans le malheur le plonger le premier.

César vous voit par-tout attendre son passage.

NARCISSE.

Avec tout l'univers je viens lui rendre hommage,

Seigneur; c'est le dessein qui m'amene en ces lieux.

BURRHUS.

Près de Britannicus vous le servirez mieux.

Craignez-vous que César n'accuse votre absence?

Sa grandeur lui répond de votre obéissance.

C'est à Britannicus qu'il faut justifier

Un soin dont ses malheurs se doivent défier.

Vous pouvez sans péril respecter sa misere;

Néron n'a point juré la perte de son frere:

Quelque froideur qui semble altérer leurs esprits,

Votre maître n'est point au nombre des proscrits.

Néron même, en son cœur touché de votre zele,

Vous en tiendroit peut-être un compte plus fidele

Que de tous ces respects vainement assidus,

Oubliés dans la foule aussitôt que rendus.

NARCISSE.

Ce langage, seigneur, est facile à comprendre.

Avec quelque bonté César daigne m'entendre;

Mes soins trop bien reçus pourroient vous irriter.
A l'avenir, seigneur, je saurai l'éviter.

B U R R H U S.

Narcisse, vous réglez mes desseins sur les vôtres;
Ce que vous avez fait vous l'imputez aux autres.
Ainsi, lorsqu'inutile au reste des humains
Claude laissoit gémir l'empire entre vos mains,
Le reproche éternel de votre conscience
Condamnoit devant lui Rome entiere au silence:
Vous lui laissiez à peine écouter vos flatteurs;
Le reste vous sembloit autant d'accusateurs
Qui, prêts à s'élever contre votre conduite,
Alloient de nos malheurs développer la suite,
Et, lui portant les cris du peuple et du sénat,
Lui demander justice au nom de tout l'état.
Toutefois pour César je crains votre présence:
Je crains, puisqu'il vous faut parler sans complaisance,
Tous ceux qui, comme vous, flattant tous ses desirs,
Sont toujours dans son cœur du parti des plaisirs.
Jadis à nos conseils l'empereur plus docile
Affectoit pour son frere une bonté facile;
Et, de son rang pour lui modérant la splendeur,
De sa chûte à ses yeux cachoit la profondeur.
Quel soupçon aujourd'hui, quel desir de vengeance
Rompt du sang des Césars l'heureuse intelligence?
Junie est enlevée; Agrippine frémit;

Jaloux et sans espoir Britannicus gémit;
Du cœur de l'empereur son épouse bannie
D'un divorce à toute heure attend l'ignominie;
Elle pleure : et voilà ce que leur a coûté
L'entretien d'un flatteur qui veut être écouté.

NARCISSE.

Seigneur, c'est un peu loin pousser la violence.
Vous pouvez tout; j'écoute, et garde le silence.
Mes actions un jour pourront vous repartir :
Jusques là...

BURRHUS.

Puissiez-vous bientôt me démentir!
Plût aux dieux qu'en effet ce reproche vous touche!
Je vous aiderai même à me fermer la bouche.
Séneque, dont les soins devroient me soulager,
Occupé loin de Rome, ignore ce danger.
Réparons, vous et moi, cette absence funeste.
Du sang de nos Césars réunissons le reste :
Rapprochons-les, Narcisse, au plutôt dès ce jour,
Tandis qu'ils ne sont point séparés sans retour.

ACTE V, SCENE VI.

NÉRON, AGRIPPINE, JUNIE,
BURRHUS, NARCISSE.

NÉRON, à Junie.

De vos pleurs j'approuve la justice.
Mais, madame, évitez ce spectacle odieux:
Moi-même en frémissant j'en détourne les yeux.
Il est mort; tot ou tard il faut qu'on vous l'avoue.
Ainsi de nos desseins la fortune se joue:
Quand nous nous rapprochons le ciel nous désunit.

JUNIE.

J'aimois Britannicus, seigneur, je vous l'ai dit.
Si de quelque pitié ma misere est suivie,
Qu'on me laisse chercher dans le sein d'Octavie
Un entretien conforme à l'état où je suis.

NÉRON.

Belle Junie, allez; moi-même je vous suis.
Je vais, par tous les soins que la tendresse inspire,
Vous....

P R É F A C E

DE LA PREMIERE ÉDITION DE BRITANNICUS.

DE tous les ouvrages que j'ai donnés au public, il
n'y en a point qui m'ait attiré plus d'applaudissements
ni plus de censeurs que celui-ci. Quelque soin que j'aie
pris pour travailler cette tragédie, il semble qu'autant
que je me suis efforcé de la rendre bonne, autant de
certaines gens se sont efforcés de la décrier. Il n'y a
point de cabale qu'ils n'aient faite, point de critique
dont ils ne se soient avisés. Il y en a qui ont pris même
le parti de Néron contre moi : ils ont dit que je le faisois trop cruel. Pour moi je croyois que le nom seul de
Néron faisoit entendre quelque chose de plus que cruel.
Mais peut-être qu'ils raffinent sur son histoire, et veulent dire qu'il étoit honnête homme dans ses premieres
années. Il ne faut qu'avoir lu Tacite pour savoir que,
s'il a été quelque temps un bon empereur, il a toujours
été un très méchant homme. Il ne s'agit point dans ma
tragédie des affaires du dehors : Néron est ici dans son
particulier et dans sa famille. Et ils me dispenseront
de leur rapporter tous les passages qui pourroient aisément leur prouver que je n'ai point de réparation à
lui faire.

D'autres ont dit au contraire que je l'avois fait trop bon. J'avoue que je ne m'étois pas formé l'idée d'un bon homme en la personne de Néron : je l'ai toujours regardé comme un monstre. Mais c'est ici un monstre naissant : il n'a pas encore mis le feu à Rome ; il n'a pas encore tué sa mere, sa femme, ses gouverneurs. A cela près, il me semble qu'il lui échappe assez de cruautés pour empêcher que personne ne le méconnoisse.

Quelques uns ont pris l'intérêt de Narcisse, et se sont plaints que j'en eusse fait un très méchant homme et le confident de Néron. Il suffit d'un passage pour leur répondre. Néron, dit Tacite, porta impatiemment la mort de Narcisse, parceque cet affranchi avoit une conformité merveilleuse avec les vices du prince encore cachés : *Cujus abditis adhuc vitiis miré congruebat.*

Les autres se sont scandalisés que j'eusse choisi un homme aussi jeune que Britannicus pour le héros d'une tragédie. Je leur ai déclaré dans la préface d'Andromaque le sentiment d'Aristote sur le héros de la tragédie ; et que, bien loin d'être parfait, il faut toujours qu'il ait quelque imperfection. Mais je leur dirai encore ici qu'un jeune prince de dix-sept ans, qui a beaucoup de cœur, beaucoup d'amour, beaucoup de franchise et beaucoup de crédulité, qualités ordinaires d'un jeune homme, m'a semblé très capable d'exciter la compassion. Je n'en veux pas davantage.

Mais, disent-ils, ce prince n'entroit que dans sa quinzieme année lorsqu'il mourut : on le fait vivre, lui et Narcisse, deux ans plus qu'ils n'ont vécu. Je n'aurois point parlé de cette objection, si elle n'avoit été faite avec chaleur par un homme qui s'est donné la liberté de faire régner vingt ans un empereur qui n'en a régné que huit, quoique ce changement soit bien plus considérable dans la chronologie, où l'on suppute les temps par les années des empereurs.

Junie ne manque pas non plus de censeurs. Ils disent que d'une vieille coquette, nommée Junia Silana, j'en ai fait une jeune fille très sage. Qu'auroient-ils à me répondre, si je leur disois que cette Junie est un personnage inventé, comme l'Émilie de CINNA, comme la Sabine d'HORACE? Mais j'ai à leur dire que s'ils avoient bien lu l'histoire, ils y auroient trouvé une Junia Calvina, de la famille d'Auguste, sœur de Silanus à qui Claudius avoit promis Octavie. Cette Junie étoit jeune, belle, et, comme dit Séneque, *festivissima omnium puellarum*. Elle aimoit tendrement son frere; et leurs ennemis, dit Tacite, les accuserent tous deux d'inceste, quoiqu'ils ne fussent coupables que d'un peu d'indiscrétion. Si je la présente plus retenue qu'elle n'étoit, je n'ai pas oui dire qu'il nous fût défendu de rectifier les mœurs d'un personnage, sur-tout lorsqu'il n'est pas connu.

L'on trouve étrange qu'elle paroisse sur le théâtre
après la mort de Britannicus. Certainement la délica-
tesse est grande de ne pas vouloir qu'elle dise en quatre
vers assez touchants qu'elle passe chez Octavie. Mais,
disent-ils, cela ne valoit pas la peine de la faire revenir;
un autre l'auroit pu raconter pour elle. Ils ne savent
pas qu'une des regles du théâtre est de ne mettre en récit que les choses qui ne se peuvent passer en action;
et que tous les anciens font venir souvent sur la scene
des acteurs qui n'ont autre chose à dire, sinon qu'ils
viennent d'un endroit, et qu'ils s'en retournent en un
autre.

Tout cela est inutile, disent mes censeurs. La piece
est finie au récit de la mort de Britannicus, et l'on ne
devroit point écouter le reste. On l'écoute pourtant,
et même avec autant d'attention qu'aucune fin de tragédie. Pour moi, j'ai toujours compris que la tragédie
étant l'imitation d'une action complete, où plusieurs
personnes concourent, cette action n'est point finie
que l'on ne sache en quelle situation elle laisse ces mêmes personnes. C'est ainsi que Sophocle en use presque
par-tout. C'est ainsi que dans l'ANTIGONE il emploie
autant de vers à représenter la fureur d'Hémon et la
punition de Créon, après la mort de cette princesse,
que j'en ai employé aux imprécations d'Agrippine, à la

retraite de Junie, à la punition de Narcisse, et au dés
espoir de Néron, après la mort de Britannicus.

Que faudroit-il faire pour contenter des juges si difficiles? La chose seroit aisée, pour peu qu'on voulût
trahir le bon sens. Il ne faudroit que s'écarter du naturel, pour se jetter dans l'extraordinaire. Au lieu d'une
action simple, chargée de peu de matiere, telle que
doit être une action qui se passe en un seul jour, et qui
s'avançant par degrés vers sa fin n'est soutenue que par
les intérêts, les sentiments et les passions des personnages, il faudroit remplir cette même action de quantité d'incidents qui ne se pourroient passer qu'en un
mois, d'un grand nombre de jeux de théâtre d'autant
plus surprenants qu'ils seroient moins vraisemblables,
d'une infinité de déclamations où l'on feroit dire aux
acteurs tout le contraire de ce qu'ils devroient dire. Il
faudroit, par exemple, représenter quelque héros ivre,
qui se voudroit faire haïr de sa maîtresse de gaieté de
cœur, un Lacédémonien grand parleur [1], un conquérant qui ne débiteroit que des maximes d'amour [2], une
femme qui donneroit des leçons de fierté à des conquérants [3]. Voilà sans doute de quoi faire récrier tous ces

---

(1) Lysander, dans l'AGÉSILAS de Corneille, et Agésilas lui-même.
(2) César, dans la MORT DE POMPÉE; et Pompée, dans SERTORIUS.
(3) Viriate, dans SERTORIUS; et Cornélie, dans la MORT DE POMPÉE.

messieurs. Mais que diroit cependant le petit nombre de gens sages auxquels je m'efforce de plaire? De quel front oserois-je me montrer, pour ainsi dire, aux yeux de ces grands hommes de l'antiquité que j'ai choisis pour modeles? Car, pour me servir de la pensée d'un ancien, voilà les véritables spectateurs que nous devons nous proposer; et nous devons sans cesse nous demander : Que diroiént Homere et Virgile, s'ils lisoient ces vers? Que diroit Sophocle, s'il voyoit représenter cette scene? Quoi qu'il en soit, je n'ai point prétendu empêcher qu'on ne parlât contre mes ouvrages : je l'aurois prétendu inutilement. *Quid de te alii loquantur ipsi videant,* dit Cicéron, *sed loquentur tamen.*

Je prie seulement le lecteur de me pardonner cette petite préface que j'ai faite pour lui rendre raison de ma tragédie. Il n'y a rien de plus naturel que de se défendre quand on se croit injustement attaqué. Je vois que Térence même semble n'avoir fait des prologues que pour se justifier contre les critiques d'un vieux poète mal intentionné, *malevoli veteris poetæ,* et qui venoit briguer des voix contre lui jusqu'aux heures où l'on représentoit ses comédies.

« Occepta est agi :
« Exclamat, &c.

On pouvoit me faire une difficulté qu'on ne m'a point

faite. Mais ce qui est échappé aux spectateurs pourra être remarqué par les lecteurs. C'est que je fais entrer Junie dans les vestales, où, selon Aulu-Gelle, on ne recevoit personne au-dessous de six ans, ni au-dessus de dix. Mais le peuple prend ici Junie sous sa protection : et j'ai cru qu'en considération de sa naissance, de sa vertu et de son malheur, il pouvoit la dispenser de l'âge prescrit par les loix, comme il a dispensé de l'âge pour le consulat tant de grands hommes qui avoient mérité ce privilege.

Enfin, je suis très persuadé qu'on me peut faire bien d'autres critiques, sur lesquelles je n'aurois d'autre parti à prendre que celui d'en profiter à l'avenir. Mais je plains fort le malheur d'un homme qui travaille pour le public. Ceux qui voient le mieux nos défauts sont ceux qui les dissimulent le plus volontiers : ils nous pardonnent les endroits qui leur ont déplu, en faveur de ceux qui leur ont donné du plaisir. Il n'y a rien au contraire de plus injuste qu'un ignorant : il croit toujours que l'admiration est le partage des gens qui ne savent rien : il condamne toute une piece pour une scene qu'il n'approuve pas : il s'attaque même aux endroits les plus éclatants, pour faire croire qu'il a de l'esprit; et pour peu que nous résistions à ses sentiments, il nous traite de présomptueux, qui ne veulent croire personne; et ne songe pas qu'il tire quelquefois plus de vanité d'une critique fort mauvaise, que nous n'en tirons d'une assez bonne piece de théâtre.

» Homine imperito nunquàm quidquam injustius.»

FIN DU PREMIER VOLUME.

www.ingramcontent.com/pod-product-compliance
Lightning Source LLC
Chambersburg PA
CBHW051521050726
47503CB00014B/277